蛊血珠生

冯小玉 著

辽宁人民出版社

图书在版编目（CIP）数据

蛊皿珠生 / 冯小玉著 . —沈阳：辽宁人民出版社，
2024.6
（青铜夔纹悬疑小说系列）
ISBN 978-7-205-11052-9

Ⅰ.①蛊…　Ⅱ.①冯…　Ⅲ.①长篇小说—中国—当代
Ⅳ.① I247.5

中国国家版本馆 CIP 数据核字（2024）第 044857 号

出版发行：辽宁人民出版社
　　　　　地址：沈阳市和平区十一纬路 25 号　邮编：110003
　　　　　电话：024-23284191（发行部）　024-23284304（办公室）
　　　　　http：//www.lnpph.com.cn
印　　刷：河北朗祥印刷有限公司
幅面尺寸：145mm×210mm
印　　张：8.5
字　　数：202 千字
出版时间：2024 年 6 月第 1 版
印刷时间：2024 年 6 月第 1 次印刷
责任编辑：赵维宁　孙姤娇
封面设计：乐　翁
版式设计：一诺设计
责任校对：耿　珺
书　　号：ISBN 978-7-205-11052-9

定　　价：58.00 元

目　录

楔子一 旧报逸闻

1975年，穿着老旧制服的邮差，将一个牛皮纸的信封如烫手山芋般，丢进了伦敦郊外一座老旧庄园的信箱里。这该死的邮件，跟这伦敦十一月里该死的天气一样让他厌恶透顶。

邮差瞥了一眼与他隔窗相望的半张脸。那半张脸毫无血色，憔悴得仿佛下一秒就会停止呼吸。邮差摇了摇头，那人看样子也没有几天活头了，也许死神今晚就会来到他的床头。可惜了，他还那么年轻，而且长得还很英俊。

丁繁高裹着破旧的毛毯有气无力地斜靠在床上，他看着邮差渐渐离去，心里狐疑着，谁会写信给他。他本就体弱，去年还得了一场重病，这几天天气忽冷忽热，他的病也时好时坏，药吃了不少，就是不见好转。倒是前不久华人街的老中医开的几味中药有点效果。那老中医说病来如山倒，病走如抽丝，他这病啊，是打娘胎里就落下的病根，总得慢慢休养着才能根治。

不多时老仆敲了门，手里拿着刚刚那封信。老仆有些欲言又止，他目光里的疑惑让丁繁高已经意识到了，这是一封不同寻常的信件。他接过信件，便知这的确是一封不同寻常的信件。信件很厚，收件人一栏用汉字写着丁繁高先生，字体力透纸背，并不是所有人称呼他的Goddard，这让他因久病而灰暗的心有了一丝波澜，继而目光变得深邃，脑海里那些尘封已久的念头死灰复燃。这一刻他不曾想到，这封信会彻底颠覆他的一切。而那段他一直追寻的往事，也正在以一种匪夷所思且诡异的方式向他慢慢呈现。

丁繁高迫不及待地打开了信封，信封里装着一封简短的信，还有一份泛黄的老旧报纸。信的内容简短，没有署名，就是让他去拍下一件旧物。旧物拍卖，有点像早些年在二手市场淘宝贝一样，这也是他的工作。他自小体弱，学习一般，老早就进入伦敦拍卖行学习古董杂项的鉴别技能，也常有人找他拍旧物。而那份旧报就让他有些摸不着门路了。那是一份1938年11月的《力报》，上边都是些民国时期无甚要紧的旧闻，只一则新闻被圈了起来，却是在报纸最不显眼的角落里。内容如下：

"据年逾知命之某翁谈：凡精于不正当之赌术，恃局赌诈财为常业者，晚年多病盲；并历举其所识者十余人为证，岂冥冥中果有恶报耶？按：不正当之赌局，在昔称'念映'，查今如'翻戏'，如'牌九司务''麻将司务'，亦称'郎中先生'，能以敏锐之目力辨认赌具，如见其覆底，更佐以特制之骰子（个中人隐语称'接桶'），呼雉得雉，呼卢得卢，得心应手，胜券必操。

至于摇滩，则用灌铅骰子，藏吸铁磁石于特制之赌桌下，骰随石转，左之右之，上之下之，无不如意。俗统称此种赌博曰'横落'（横读如黄，横落二字，不知究应如何写）。意者，赌徒卜昼卜夜，废寝失眠，实损目力；加以赌'横落'者必集全神于目以辨认赌具，损目尤甚。

尝闻海上之所谓郎中先生，亦授徒，其法即先练目，然后练指，由是以观，赌徒善用其目数十年，又不谋所以养目之道，则晚岁失明，亦生理上必然之现象。此乃人事，未可断谓冥中恶报也。

笔者昔年尝随友人入宝裕里一赌窟，所赌为'同宝'，时在深夜，室内除参加之赌徒外，另有瞽者二十余人，袖手旁坐，若有所待者。或曰：此辈均老资格之赌徒，盲于目未盲于心，日必来此坐分余润云。久博成盲，征于是而益信。"

丁繁高跟随母亲学习过中国文化，但报纸上的内容晦涩难懂，他只得翻阅了很多字典，方才将报纸上的内容了解清楚，但他并没有从中找出与信件内容有关的文字。也许这份报纸只是发件人不小心夹带其中，与信件本身没任何关系，他如是想着。可多年后，他远渡重洋，寻找自己的身世之谜，方才知道这则报纸与他的身世息息相关。

十几天后，丁繁高按照信上的地址来到位于伦敦西部的公寓里。旧物的持有人是一位英国的绅士，他让仆人从地下室里取来了那件东西。丁繁高十分诧异地看着装在破匣子里的黑色石头。

他早就知道要拍下的是块黑色的石头，之前他想着这也许是块墨玉，或是其他什么宝石。可他着实没有想到会是如此普通的一块石头，坑坑洼洼，像是被什么东西烧过似的。以他所学的知识而言，这块石头除了比泰晤士河边的石头更圆更黑一些之外，并没有什么出奇之处。他有点怀疑那封信是某个人的恶作剧，否则怎么会没有署名。倒是那位英国绅士家的仆人，极力地想要把那块石头售出，还对丁繁高吹嘘："这是块带着能力的石头，您要能拍下，绝对物超所值。"

受人之托，忠人之事，丁繁高倒不觉得这石头真的具有什么能量，他只是出于对工作认真负责的态度，用极低的价格拍下了那块黑色石头。在压价方面他还是很有一手的。

其实丁繁高也有他的目的，他是想通过那个委托人查出自己的身世。在他记忆里，父亲只是个模糊的身影，并不太真切，只知道父亲看他时的眼神带着难以言表的情绪。父亲会轻抚他的头发，那温热的大掌传递而来的温度，是他关于父亲最美好的回忆。后来，父亲从他的生活里彻底消失了，没有通信，没有电话，没有任何的联系，他甚至连父亲是生是死都不清楚。

他也曾问过母亲，父亲是谁、他去了哪里、为什么不和他们联系？母亲总是苦笑，说等他长大些就把父亲的事情讲给他听。可多年前母亲突然离世，父亲的消息便随着母亲的离开彻底成了尘封的秘密。之后他在姨母家长大，姨夫、姨母对他视如己出。他以前学习不好，他们也不曾苛责于他，这一点倒是跟其他移民的中国家庭不同。后来他说想去拍卖行工作，姨夫便找了朋友将他送去做学徒。

时间更迭，他也生活得很好，可对父亲的思念还是一直烙印在他的脑海里，时不时地侵占他的梦境，提醒着他，让他总是想要找寻一个答案。他的父亲，那个记忆里模糊不清，却让他感觉十分亲切的男人来自哪里、又去了何方、为什么要抛弃他和他苦命的母亲？

这些问题他也问过姨母，可姨母对他的父亲也知之甚少。那几年他的母亲一直居住在爱尔兰，后来才带着年幼的他回到了伦敦。多年来丁繁高苦苦探寻一直没有结果，身世之谜一直困扰着他，直到那封信的出现。那位神秘的委托人居然知道他的中文名字，那么，那个人很可能知道他的身世。所以这块黑色的石头对丁繁高来讲，意义非比寻常。

拍下石头后，丁繁高夜不能寐，盼望着那位委托人尽快联系他。可时间像停不下来的陀螺飞转，只那块黑色石头一直被锁在他的床头柜里。家里的每个电话，邮箱里的每一封信件，都会让他燃起新的希望，可随即希望又在现实中破灭。他在一次次的失望中变得不再期待，而他满腹的疑问，也随着时间的流逝慢慢锁进心房。

但事情并没有因此戛然而止，反而向着丁繁高意想不到的方向发展。那是个阴冷的雨夜，伦敦的雨稀松平常，只是下雨时那潮湿的感觉让丁繁高很不舒服。他裹着被子，坐在壁炉边看着一本新淘来的古籍。这时他突然感觉眼前一亮，好似有一道光照到了院子中，并反射出了耀眼的光芒。那光来得诡异，一瞬即逝，他也说不清自己是如何洞悉的。他撑着伞走到了院子里，却什么也没发现，地上只有一些铺路剩下的碎石。

正当他要返回客厅的时候，那道光再次出现。丁繁高被吓了一跳，因为那光是黑色的。他很难理解，一道黑色的光还能如此耀眼。而那道光，正是从他的房间里发出来的。当然，这些都不是重点。重点是那道黑色的光照到他的身体上，他瞬间感觉一股暖流席卷了全身，接着那股暖流在他的身体内上下游走，使他周身的每个毛孔都舒张开来。虽然那种感觉十分短暂，却让丁繁高震撼不已。

然而，还有更诡异的。丁繁高迎着那光，总似有种异样的感觉。他猛地回头，结果却呆愣在了原地。地上居然有块碎石在那道黑光的照射下反射出耀眼的红光，而那道黑光正来自于他的身体。

丁繁高心头一紧，连忙跳开，那道光依旧照在碎石之上。他的脑海里出现了一个念头，那道光居然可以穿透他的身体，这有些颠覆他的认知。于是他又走到了黑光之下，黑光再次穿透他的身体，照射在碎石上。丁繁高突然想到某位杰出的物理学家提出的一个观点，光线也许有思想，它会选择最近的路线到达它想要照射的地方。正当他想要深入研究那道光时，那道黑色的光却再次消失不见了。

就在那道光消失之后，丁繁高感觉眼前一黑，整个人像是被抽走了周身的力气，意识一片混沌。他摇摇晃晃地回了房间，感觉自己像是被什么东西附了体的行尸走肉。第二天，丁繁高醒得很早，他感觉身体轻盈。而昨夜的一切仿佛南柯一梦，可他枕旁的碎石又在提醒着他，那道黑色的光真真切切地出现过。他回想昨夜的每一个细节，他感觉那道黑光是从他的床头柜里发出的。

他打开床头柜，里边除了一些小物件并没什么奇特的东西。几经筛选，他将目光落到了一个盒子上面。他慢慢地将盒子打开，里面静静地躺着一块黑色的石头。他摇了摇头，觉得自己一定是想错了，这么普通的一块石头，怎会发出如此耀眼的奇异光芒？可一个月后，那黑色石头再次发出夺目的黑光，这一次丁繁高方才确定，那黑色石头确有非比寻常之处。之后那块石头会不定期发光，显然是有一定的周期性，他又观察了许久，还是未能掌握其中规律，他只觉得那黑色石头发出的光正在逐渐减弱。这现象有点像古籍上说的月华。所谓月华，便是一些异石对天地灵气感应，可这黑色石头又不是什么宝石，委实有些神秘。

与此同时，丁繁高的身体也发生了一些奇异的变化。他开始变得精力充沛，甚至很少睡觉，可他没因少眠而萎靡不振。相反，别人都说他看上去精神焕发、红光满面。他也不再畏惧寒冷，这让丁繁高开心不已。但事出反常必有妖，一段时间后丁繁高开始反思，自己的身体为何会有如此神奇的变化，他百思不得其解，直到有一次他出差多日，结果他的身体又恢复如初。他这才想到，身体的变化也许与那黑色石头有关。

看来那块黑色石头真的具有一些能量，这种能量改变了他的体质。之后丁繁高再次去拜访黑色石头原来的主人，可那位绅士已经搬离了伦敦，且没有人知道那块黑色石头的由来。

楔子二　神眼识宝

不知从什么时候起，伦敦的拍卖行里突然冒出了这样一个人物。一眼辨真伪，双眸锁乾坤。

甭管是什么物件，哪怕是被火烧过、被脏水浸泡过，他只看一眼，还是远看，便可知其年份与真伪，就连一些老行家都不得不啧啧称奇。更有传闻，他是唯一一位不用戴手套的古董鉴定师。

而他的传奇，还要从一年前的一场拍卖会说起。

那是场很普通的拍卖会，其间行内知名收藏家马克的一个藏品酒杯，在鉴赏环节被意外损毁。因为那只酒杯并不稀有，也就没有人注意到罪魁祸首是谁。警察对此毫无办法，在场的人也并无惋惜之色，因为那确实是件特别普通的藏品。

可就在这时，业内颇有名气的鉴定师亚度尼斯突然惊叫一声，引来了所有人的关注。之后亚度尼斯痛哭流涕、捶胸顿足、万分惋惜地宣称，这并非一件普通的藏品，而是拿破仑使用过的珍贵酒杯。因为酒杯上留有拿破仑的私章印迹，虽然经过岁月的洗礼看得并不真切，但他用名誉发誓，他所说的每一句话都是真的。在场的人不禁哗然，纷纷露出惋惜之色。一只拿破仑用过的酒杯是很值得珍藏的，那只酒杯的价格瞬间就翻了几十倍不止。

这时又有人站出来声称，这确是一只拿破仑使用过且十分珍爱的酒杯。主办方有些坐不住了，出了这样的事儿会影响到他们的声誉。主办方在最初的鉴定环节并没有看出这只酒杯的价值，这一点就足以让他们成为业内的笑柄。再则在鉴赏会时出了如此大的纰漏，造成珍贵藏品无故损毁，现在他们不论怎样恶补，都是亡羊补牢。

主办方将马克和亚度尼斯都请到了贵宾室，准备赔偿马克的损失，还让警方悬赏，希望他们尽快找到那个打碎了酒杯的罪魁祸首，以此来挽回一些声誉。马克开价十万英镑，这在当时算是天价，主办方却毫不犹豫地答应了，并当场开出了支票。马克和亚度尼斯为此声名大噪。主办方也因回收了打碎的酒杯信用度直线上升，非但没有影响声誉，反而更受一些藏家的青睐，还意外地拿到了一场重要藏品拍卖会的举办权。但毕竟出了这么大的事故，主办方也势必要找出一个背锅侠来。于是鉴定师亚克·李因此被炒了鱿鱼，还面临着巨额赔偿。此后亚克·李很难在这个圈里找到工作，他万分委屈，拎着酒瓶找到了自己的好朋友诉苦。

几天后，伦敦的报纸报出了一则新闻，那个打碎酒杯的罪魁祸首被抓到了，是收藏家罗伊卡尔。罗伊卡尔对此百般狡辩，可亚克·李的朋友却找到了确实的证据，当然其过程十分曲折，在此就不详细赘述。总的来说是警方在罗伊卡尔的毛呢外套里找到了一块几不可见的玻璃碎片。经过化验，那正是鉴赏会中被打碎的酒杯的残片。且那碎片的位置特殊，只能是打碎酒杯的人才能留下。

这是丁繁高的名字第一次出现在报纸上，他正是那个倒霉的亚克·李的朋友，这次他却没有轰动全城。可之后的事情，却让他的传奇至今都被人津津乐道。

一个月后，另外一只拿破仑使用过的酒杯突然出现在了黑市，且不论颜色和外形，都跟之前被打碎的那只十分相近。不久后马克宣布这次愿意出二十万卢布收购这只酒杯，并与他收藏的另外一只酒杯凑成一对。而亚度尼斯跟朋友讲，那套酒杯本来应有四只，现在存世的酒杯如果能凑成一对便也难能可贵了，要是拿去苏富比拍卖，定会拍出几百万以上的价格。这些消息不胫而走，很快整个黑市都为之疯狂了起来。

而此时，丁繁高和亚克·李却站在伦敦市中心的大厦中，泰晤士河蜿蜒在他们的脚下。外边的景色很美，但丁繁高和亚克·李并不是来看风景的。

"高，按你所说的，这一切都是马克的阴谋，你有证据吗？"说话的是业内知名藏家卡本特，他同时也是富瑞拍卖行的最大股东。若不是因为上个月发生的那件事儿，那场几年来最受瞩目的藏品拍卖会将会由富瑞来举办，现在却被人截和了。卡本特是实打实的世袭贵族，在各行各业都有着广泛的人脉。对于失掉了这场拍卖会的主办权，他觉得颜面扫地，可他对眼前的两个东方面孔并不信任。

对此丁繁高却自信满满地说："只要您愿意相信我，我不但能证明这一切，还可以帮您夺回那场珍贵藏品的拍卖权。"丁繁高语气轻松，给人一种信服的感觉，还隐隐带着些不置可否，让人无法拒绝，还是心甘情愿的那种。当然，精明的卡本特，即便已经开始欣赏起丁繁高了，却还是问道："年轻人，那你这么做的目的又是什么？众所周知，我是个商人，而且我很杰出，我相信人要靠利益来维系关系。所以你们两个年轻人找上门来，一定有你们的目的。"

丁繁高开诚布公地回道："当然，我也有我的目的。首先，等一切真相大白后我的朋友李可以洗脱冤屈。其次，我希望您把您收藏的一件佛头归还给中国。不过也请您放心，我会用高于此的价值来补偿您。而且我相信，在这件事情中您会名利双收。"

接下来的几天，卡本特的堂弟艾特探长，在伦敦的黑市里抓到了好几个古董贩子，他们手里无不持着同样的一只所谓拿破仑珍爱的酒杯。经过丁繁高的鉴定，那些酒杯都是赝品，是经过特殊工艺处理的近代制品。因此还牵出了一些幕后的收藏家，其中也包括打碎了酒杯的罗伊卡尔，还有谁也想不到的马克。

更让人大跌眼镜的是，马克居然是这一切的幕后推手。马克伙同即将倒闭的拍卖行老板赫斯特以及罗伊卡尔，还有鉴定师亚度尼斯，自导自演了一个月前拍卖会的那场闹剧。这一切看似匪夷所思，其中却机关算尽。若不是丁繁高的出现，也许所有人都不会发现当时的那场惊天阴谋。

十几年前，马克和他的几个穷困好友就以坑蒙拐骗的形式捞到了一些资本。为了创造出更多的财富，马克开始分工，先将亚度尼斯包装成了知名的鉴定师。当然，亚度尼斯还是有一定的能力的，可马克他们需要的是一个有知名度的鉴定师。于是他们花了重金，制造了几个鉴定的经典案例，亚度尼斯终于有了一些名气。之后马克多次出现在重大拍卖会上，并让人放出风说，他其实是位十分低调且慷慨的收藏家，之前有许多藏品都是他委托他人拍下的，有的他甚至给出了天价。之后的一切就变得顺利了许多，他们仿制古董，并利用几人的知名度将假古董贩卖到了国外，从中谋取巨大的利润。但纸包不住火，这一切早晚会被人揭穿，于是他们想着大干一票，然后改名换姓到美国过逍遥日子。

于是他们仿制了一批酒杯，并将其做了特殊处理，这是罗伊卡尔的强项。之后他们开始慢慢放出风去，称拿破仑曾经有一套十分珍爱的酒杯，被一个不识货的老妪卖给了意大利的古董贩子。这虽然是个不起眼的消息，但几年内被传出了各种版本。时间总是带着神奇的力量，能让一些真的东西成为假的，也能让一些假的东西成为真的。马克深知这一道理，所以他耐下心来，用了三年的时间来让这个假消息在每个人的心里生根发芽，直到有人提到拿破仑，就会让许多人联想到那个传闻。

三年的等待，终于等来了一个绝好的机会。而亚克·李也非无缘无故成了倒霉蛋。他早就察觉了马克和他的藏品有问题，马克曾试图利诱他。但亚克·李是个很讲原则的人，马克只能找个理由把他除掉。不得不说这是一举数得的好办法，但马克等人的计划远不只这些。他们的计划很完美，他们借摔碎酒杯的举动为下一步的计划预热。之后便会将那批酒杯分期分批地销售给一些土豪藏家和一些想借机发一笔财的投机商。这一切都很容易，只要再雇用几个鉴定师就行。另外一方面，他们也顺利地拿到了那场重大藏品拍卖会的拍卖权，只要那批藏品入库，他们立马偷梁换柱，然后再将假的藏品拍卖出去，最后卷了钱和那批真的藏品跑路。等几年后，他们再将那批藏品分批出手。这样挣得的钱，他们几辈子也花不完。

这中间却出了点小问题，罗伊卡尔突然被抓了，他被丁繁高证实为打碎酒杯的嫌疑犯。于是几人商量，让他承认自己的过错，并愿意赔偿。他们以为这样就可以息事宁人，却不想这一切只是丁繁高的计划。

一个组成了十几年的利益群体，是很难在一时间土崩瓦解的，所以他必须找出一个突破口，罗伊卡尔无疑就是最好的突破口。在他被审讯的时候，艾特探长便有意无意地让罗伊卡尔觉得是马克雇用了丁繁高来揭发他，一来是为了让他少分点钱，二来是想找机会除掉他，继而独吞那批即将到手的藏品。所以当罗伊卡尔因为贩卖假古董再次被抓时，他很快就交代了以马克为首的犯罪集团的计划。

之后一群警察冲进了拍卖会的现场，丁繁高在众人面前抽丝剥茧，一点点揭开了马克等人的伪装。马克等人仍在狡辩称那些就是真品，可丁繁高凭借着自己独特的眼光，说出了每一件藏品真伪间的区别，并在仓库的地下室里找到了被掉包的真品。

丁繁高从此一战成名。此后便有一些老牌的鉴定师不服，时不时地找机会挑战丁繁高，丁繁高都从容面对，一次次用自己的实力证明了一切。一眼辨真伪，双眸锁乾坤，所言非虚。

事情尘埃落定之后，卡本特也兑现了自己的承诺，他将佛头交给了丁繁高，而丁繁高则把佛头送回了中国，也同样兑现了自己的承诺。他将卡本特带到了一个很小的旧物拍卖会上，并让他以十分低廉的价格拍到了一件稀有的珠宝。那个锈迹斑斑的胸针上的饰品，经过抛光后居然是一颗天然的螺珠。珍珠有价，螺珠无价。几百年前将这么大一颗螺珠作为饰品的人肯定非富即贵。紧接着丁繁高又让卡本特拍了一件老旧的屏风。而就是这一次的经历彻底征服了卡本特，让卡本特对丁繁高的感觉从欣赏直接上升到了崇拜。

丁繁高用娴熟的手法，将糊在屏风上的布剥离下来。当那布剥离下来之后，便能依稀看出是一幅画。丁繁高又将画放到了药水里浸泡，很快，一幅漂亮的中国少女画像跃然纸上，而那少女的胸前，正佩戴着那枚螺珠饰品。

丁繁高初见这两样东西的时候，就有种说不上来的感觉。他有一种莫名的冲动，想要将两样东西买下收藏。可他鉴的宝又由他买下，只怕坏了行里的规矩。不过这两样东西加在一起拍出了极高的价格。而此时丁繁高还不知道，他与那位拍下这些藏品的中国买家成了朋友，之后那位中国买家还帮了他一个大忙。且那螺珠胸针与螺珠少女的油画皆与他有着解不开的渊源。

后来丁繁高才发现，其实很多事情在冥冥中早已注定。

第一章　灯影化妖成悬案

　　几年后，丁繁高坐在客厅里看着午夜档的电视。这些年来，他习惯了晚睡，甚至不睡。极少的睡眠和异于常人充沛的精力让他有了更多的学习时间，也让他的注意力更为集中，继而使他的接受能力有了很大提高。而且他的五感也越来越灵敏，他可以看到别人很难发现的细节，也更能看出一些东西的细微变化，这些都让他在工作方面变得更加优秀。

　　但与此同时，他也比正常人更加孤单。最开始的时候，他把大量的时间用来学习。他读了很多书籍，也研究了很多他感兴趣的事儿。可当热情退却之后，他便开始觉得，过度旺盛的精力让他变得越来越孤独。于是他在不工作也不学习的时候就看电视来消磨时间。

　　此时电视里的纪录片引起了他的注意，纪录片讲的是某某公司新研究出的一款机器，可以检验出物体的年份。此前丁繁高也带着那块黑色石头去检验过，却没有检验出任何结果。不过随着科技的发展，也许很快就会有机器能够检验出那石头的年份，甚至产地。

　　于是丁繁高找到了那家公司，将石头拿去检验。检验员将那块石头放到了一个盒子里，又将盒子放到了机器的中心，随后他按动了按钮，一道道光线照在了石头的表面。正常的情况下一个小时之后，那台机器就会自动打印出检验结果，可这一次机器失灵了。在几次重启之后，机器终于打印出了报告，可上边只有一组奇怪的数字 –1000000 年。最初这个数字并没有引起大家的注意，他们只当这是普通的机器故障，可他们再次对石头进行检验后，报告上依旧是那串负数。

检验员詹姆斯先生不得不得出这样一个结论，这也许是一块来自未来的石头，而以我们现在的科学水平，还无法成功地分析出它的成分。当时詹姆斯称，这只是他的个人看法，因为他对自己研究的仪器充满信心，这肯定是一块来自未来或者是另外一个时空的产物，并建议丁繁高将石头送去做放射性检测。可在场的其他人并不这么想，他们也不觉得丁繁高手里那块普通的石头会来自未来，他们只觉得这就是仪器故障，即便检验员詹姆斯先生极力否认。

作为当事人的丁繁高也没有表示出任何的异样，他只是淡笑着道谢，然后带着石头离开了。表面上看来，他并没有把詹姆斯的话放在心上，可他的内心掀起了惊涛骇浪。难道说这块神秘的石头，真的来自于未来？

那么现在问题又来了，这块石头又是如何从未来来到现在的呢？难道真的像科幻小说写的那样穿越时空？也许并没有那么复杂，也许这石头本身就有这个能量。对，能量！那位绅士的仆人就是用这个词来形容它的。丁繁高天马行空地想了许久，最终发现这是条无解之路。

在他无论如何都想不出一个问题的答案时，那就说明他找错了方向，他需要改变思路，从另外一个角度去考虑问题。于是丁繁高开始从石头的上任主人、那位英国绅士着手调查。功夫不负有心人，丁繁高在朋友的帮助下辗转与那位绅士取得了联系。可那位绅士称，那块黑色石头是从远房亲戚那里继承来的，对于石头的来历他一无所知，那位称石头带着能量的仆人也早在几个月前就去世了。

线索就此断了，丁繁高只得再从那位委托人开始查起，结果还是一无所获。一切就像是进入了一个死循环，他如同一只无头苍蝇般，四处乱撞，又四处碰壁，却始终没有找到正确的出口，直到他再次遇到了那位买下卡本特藏品的中国买家钱学明。

钱学明是位中国商人，收藏只是他的爱好。在一个聚会中他与丁繁高一见如故，再加上都是黄皮肤，两人相见恨晚。他听说丁繁高在寻找一块黑色石头的来历，于是他四处找人打听，很快就有人称见过这石头。说来也巧，那个人正是给丁繁高治过病的老中医。

最近丁繁高的视力不断下降，他感觉眼前时而模糊，时而清晰，也不知是不是用眼过度的原因，他正好要医治一番。两人开车到了中医馆，丁繁高方才知道这位看上去六十出头的老中医已是耄耋之年。可观其气色红润，头发只是花白但十分浓密，看不出其真实年纪，想来也是精通养生之道。

老中医先是号脉问诊，只说丁繁高这视力是消耗过度，还开了方子，让丁繁高按时服用。又说这消耗之症非表而从内。也就是说，丁繁高的视力不只是因为用眼过度，而是身体的亏空。丁繁高觉得老中医言之有理，他终日不睡觉，表面上看上去没有异常，但久而久之，只怕会有潜在的隐患。

老中医长叹一声说道："说起这个石头，多年前与老夫还有过一段渊源。"

那是几十年前的一桩旧案，当时老中医刚到一位太医家学徒。那个年代风雨飘摇，大清王朝即将土崩瓦解，可就在这个时候居然发生了一件诡异的凶案。

子夜十分，更夫如常行走在小巷之中，巷子里寂静无人。更夫已隐隐有了些倦意，就在这时，他突然感觉身旁一道黑影一闪而过。更夫吓得汗毛竖立，四下张望，却见一盏油纸灯从他的身边飘浮而过。

更夫顿时吓得腿软，脑海里想到了之前坊间灯影成妖的传闻。那纸灯飘飘忽忽，越过院墙，不多时一道光影乍现，接着便听到凄厉的惨叫声。更夫顺着门缝往里一瞧，吓得三魂离体。

只见院内，那纸灯发着诡异的黑光，那黑光可穿透一切物体，所照射之人，脖子上便出现一道血光，然后倒地而亡。霎时间，哀嚎满院，横死一地。等官差赶来的时候，院中林姓高官家中十余口人皆已毙命。

仵作勘验尸体，死者的死状惨烈，无不瞪大双眼，表情惊恐无比，且他们的喉咙都是被利刃所割，观其伤口细如丝线。仵作和在场的衙差十分诧异，到底是何种武器，能造成如此薄的伤口？那林姓高官平素并没有作奸犯科，也不知为何会招此横祸。倒是那更夫醒来语无伦次，只称见那灯影成妖，灭了林家满门。衙差只潦草查了查，也没查出个子午卯酉，便也称许是那灯影成妖，为祸人间。

老中医初闻此事，只觉背脊生寒，倒是他师父那几天变得十分异常。还将家中秘籍一一拿出交于徒弟，大有交代后事的意味。老中医那时还小，可也有了一种风雨欲来的感觉。很快在一个飘雪的夜晚，老中医起夜，就见院外影影绰绰，好像有什么光亮。

不多时，那光亮飘忽而进，就见一盏油纸灯跃墙而来。老中医吓得发不出任何声音，心道不好，自己怕是小命不保。接着那油纸灯突然亮起了黑光。那黑光晃得人无法视物，老中医吓得瘫软在地上，却见那黑光透过院内桂花树，不偏不倚地照在了他的身上。

接着寒光一闪，老中医张大了嘴巴，惊呼出声。可就在一瞬间，他感觉身体一轻，一只温热的大掌已将他托起。他回头一看，是他师父一脸决然地面对着那油纸灯，说道："当初之事由老夫一人承担，与这院里的杂役小徒皆无干系，你若是冤魂索命，便冲着我一个人来，不要伤及无辜。"

那纸灯里发出诡异的笑声，那笑声刺耳，吓得老中医瑟瑟发抖。那纸灯一转，里边便有皮影转动，竟是盏走马灯。灯影转动，反射的灯影照在地上，就如同一个人骑着高头大马，手持长枪。接着寒光一闪，那地上的灯影突然飞起，那长枪一扫而过，老中医师父的脖子上便有血液喷溅而出，溅了老中医一身，直接把老中医吓得晕死了过去。

老中医的师父就这么死了，之后老中医也发起了烧，浑浑噩噩地只重复着一句话："灯影成妖，杀了我的师父。"师兄细心照顾着老中医足足三个月老中医才恢复了意识。此时他的师父已经下葬，他知道是师父救了他和院里所有的人。之后师兄们便散了，他跟着大师兄逃到了乡下。

之后灯影成妖的事儿一度成了很多人的梦魇，可再离奇的事儿，都抵不过时代的更迭，最后淹没于历史的洪流之中。灯影成妖的杀人事件，也就不了了之了。但老中医一直记得当时师父决绝的表情，和那句"当初之事"。老中医觉得师父的死有蹊跷，后来他一直追问大师兄，大师兄方才说，师父的死，只怕与皇宫里一块丢失的黑色石头有关。那石头很是诡异，在特定的时间便会发出诡异的黑光。

老中医成年以后，也曾追寻过那块黑色石头的踪迹，想找到师父被杀的真正原因。他不相信灯影真的会杀人，可小时候的所见所闻又让他不得不相信，所以他必须找到答案，否则他连死都不会瞑目。后来他听说有人在中国去爱尔兰的远洋船上，看到过那块黑色石头。于是他也远渡重洋，最后辗转来到了伦敦。

　　这段旧案诡异离奇，让人百思不得其解，丁繁高和钱学明都陷入了沉思。老中医提笔写了一行字，用颤抖的手递给了丁繁高。"我已经老了，经不起远途劳顿。我给你一个地址，你若能去北京找到这个人，也许他能帮你解开这黑色石头之谜。同时，我也希望你能帮我找出当年师父被杀的真相。"

　　丁繁高郑重其事地接过老中医手中的便签，上边是一串地址，落款写的是"水心斋"古董铺子，店主南宫勇。

　　拜别了老中医后，丁繁高便打算去一趟北京。其实他早有回国的打算，只是一直没有一个很好的契机。他人生地不熟，于是拜托钱学明帮他找一名向导。钱学明却说自己正好有事也要回一趟北京，且他对那灯影成妖的事情也很感兴趣，倒可以给丁繁高当几天向导。

　　两人一拍即合，几天后两人带着行李走出了首都机场。接机的人叫柏天行，四十多岁，国字脸，小眼睛，微微有些发福，穿着一套黑色的中山装，胸前还挂着一块珐琅怀表，能这么打扮在当时也是抢眼的。

　　柏天行是老中医师兄的徒孙，为人很随和，也很健谈，他开着车将丁繁高和钱学明拉到了国贸，办理了相关手续后，便又将两人拉到了离国贸不远的胡同里。"总想着您两位是远道归来的贵客，又是师叔公的朋友，这接风宴马虎不得。正好内兄便是国宴大厨，就把这宴席设在寒舍，希望两位见谅。"丁繁高与钱学明相视一笑，心里皆明白，只有把他们当贵客或朋友，才会把接风宴放在家里。家里随便些，说起话来方便许多。

柏天行的家是典型的四合院，院里还种着一棵柿子树。那紫檀的八仙桌便摆在了柿子树下。柏天行说这图个好彩头，柿柿如意。柏夫人穿着旗袍，虽身材丰盈了些，但胜在气质温婉，也不失韵味，端茶倒水，一直忙里忙外。不一会儿的工夫，便有热菜上桌。做的是满族的八大碗。

柏天行的内兄姓李，叫李原山，身体微胖，虽然年近六十，却也比同龄人显得年轻些。满族人的习惯，贵客至，妇人不入席。陪宴的只有柏天行和李原山两人。李原山不愧是国宴大厨，单一个熘鱼片就已经让丁繁高胃口大开。丁繁高对中国博大精深的饮食文化一知半解，倒是听李原山说，这满族的八大碗分细粗，今天上的是细八碗，七荤一素，相传与蓬莱八仙有关，其他七仙皆可食荤，唯有何仙姑吃素，所以七荤一素。

酒过三巡，菜过五味，四人便谈起了当年那桩灯影成妖的旧案。一提起这事儿，柏天行便长叹一声，当年那桩旧案，不只是师叔公一人的心结，亦是整个师门的心结。柏天行的师公逃亡多年后还是回到了北京，希望能破解当年的谜团，却因时局动荡终无所获，抱憾而逝。直到几天前柏天行在陪同柏夫人参加了一个票友会的时候听说了一件趣闻，倒是觉得与当年的事情有些联系。

事情发生在两三百年前，具体的时间已经无从考证了。只知当时京城里有位颇有名气的伶人，名唤锦元。这锦元生得漂亮，八面玲珑，便是与当时的许多达官贵人都有些往来，意在攀附权贵。旧时伶人乃是下九流的行当，与那妓院的女子无异，皆是一双玉臂千人枕的玩物。所以这锦元虽受男人的青睐，却注定不受京城里其他女人的待见。

但这锦元确也有些手段，很快便被一大官相中，养在了别院。可好景不长，这事儿很快就被那大官的正房所知。那正房一不吵二不闹，倒是跟《红楼梦》里的王熙凤一般，风风光光地将锦元接到了家中。古时皆是一夫一妻多妾，这妾也分三六九等，正经人家的姑娘娶来的叫贵妾，这伶人入府只能叫贱妾。妾如同正妻的奴隶，那卖身契都在正妻手中，任正妻拿捏。锦元自然是不愿意，但也不能不识抬举。

就在锦元入府后，那大官家里便没安稳过，总有那丫鬟婢女无故失踪。久而久之便被言官参奏了一本，于是府衙便开始调查此事。那大官在朝中颇有些势力，这调查其实不过是走走形式，却不想还真让人查出了大案。原来那些丫鬟婢女都是正妻所害，原因竟是那正妻与相好的私会，为掩人耳目便女扮男装，结果遇到了盘查。当时汉人皆是留头不留发，留发不留头。可那正妻为女儿身，并不需要剃头。正妻被发现额蓄发又不敢亮明身份，只得任人剃了额前长发。归家后正妻不敢声张，于是便将婢女的长发剪下，接于额前以掩人耳目，只待过些时日，额前发长出即可。可身体发肤受之父母，婢女自是不愿意，那正妻本也不想让婢女将此事宣扬出去，于是便找个由头将其活活杖毙。

可那正妻自从接了婢女的头发，便开始夜不能寐，总是见那婢女的魅影在午夜里游荡，最终她原本好的头发也开始纷纷掉落，额前发却是一根没长出来。于是那正妻便又剪了几个丫鬟的头发，用来接发。可依旧抵挡不住她头发的日益掉落。正妻寻访名医，不论外敷还是内用，多少名贵药材都用了上去，就是不见好转。那正妻便觉得定是有鬼怪作祟，于是找来神婆，寻求解决之法。那神婆收了正妻不少好处，却是坏了良心，称以少女之血洗头便可长出如丝秀发。如此荒谬之词，那正妻居然信了。于是她杀人取血，又混于中药洗头，倒是别说，还真长出了头发。可头发岂是一日内长成，还未等她长发及腰便东窗事发。

府衙查明原因，便要去缉拿那正妻。那正妻本有诰命在身，想要缉拿她自是需要烦琐手续。那大官得了信就想着明哲保身，不顾及多年夫妻之情，一封休书让正妻下了堂。待府衙办齐手续上门之时，便见那正妻三寸白绫自挂东南枝了。那正妻死了还不算完，其父兄也受了牵连入了大狱。之后那大官又举报那正妻的父兄谋逆，于是正妻一家被处以极刑。

丁繁高蹙眉听完这个故事，却是没有想出这故事怎会与老中医师父之死有关。可又一想，这故事中有颇多细节经不起推敲。正要发问，结果柏天行继续说，不久后那大官的府里传出了锦元暴毙。一代名伶就此香消玉殒，可也没谁为之惋惜。不久后当年皇宫之内来了外国使团，皇帝为体现大国威仪便在民间寻找新奇戏码以迎接外国使团，这任务正好落到了大官身上。

大官本就爱好风月，很快便找来了古彩刘到宫里献艺。古代戏法有很多种类，称之为"彩门""彩立子"，这古彩戏法便是经过多年改良后的结果，有点类似于现在的魔术。戏术又分大戏法"落活"，天上跑的、水里游的都能变得出来。小戏法就很考验功夫，什么"三仙归洞""金钱抱柱"。戏法门里又分"照子""揪子"，这也跟所变的物件有关。彩物则分软和硬两种，能折叠的便是软彩，如绢花等。而如彩碗等不能折叠的，就是硬彩。这古彩刘并不是一个人，而是一个班底，班主姓刘，也是技艺最高超的人，他手下收有擅长各种门类的徒弟。古彩刘正是能将软、硬两彩表演到极致的民间艺人群体。

于是风和日丽，外国来使，古朴的大殿之中，古彩刘携众弟子表演了"凤穿牡丹""百花齐放""嫦娥奔月"等新奇的节目，可外国使团却不买账，只称自己国家的马戏和魔术要比这精彩多了。这下可是驳了皇帝的面子，皇帝勃然大怒，看向大官的目光隐隐带着几分杀意。那大官噤若寒蝉，便称古彩刘还有新奇戏码，但白日里无法展示，只能等到掌灯之后方才可以献艺。皇帝虽笑着应允，可潜台词就是今晚古彩刘要是能拿得出绝好的戏码，堵住西洋使团的悠悠之口，挽回大清朝的面子，那便是赏。若不能，便将古彩刘和那大官一并处以极刑。

一时间朝中官员纷纷猜测，古彩刘到底要表演什么新奇戏码。若说是传统的戏码，也无非是那么几样，虽道具有变，可总是离不开一个戏术。却不想到了晚上，宫殿之内掌起明灯，那古彩刘却是换了一身深色行头，手提一彩灯缓缓走入大殿。

外国使团投以鄙夷的目光，这宫灯、彩灯他们见得多了，想来这戏码也不过如此，怎能与他们国家相比？却不想那古彩刘拿出火折子将彩灯点燃，又命人将一侧的明灯熄灭。偌大宫殿一侧漆黑，所有的人屏气凝神，只待古彩刘将那灯罩打开。

当灯罩打开的一瞬间，便见一长发翩跹女子从灯入影，投射到墙壁之上。接着那女子脚踩莲花，所到之处云雾缭绕。时而翩翩起舞，时而静坐抚琴；时而妩媚一笑，时而静坐梳妆。那女子如丝秀发如涓涓流水，将女子的动人美貌和灯影的朦胧婉约都照进了在场所有人的心里，也包括那些外国使臣和坐在高位上的皇帝。

在那大殿之上，这女子早已经非人非仙，非虚非实。实则虚而梦幻，虚则实而撩人。最后皇帝命人将身侧的灯也熄灭了，让那灯中的女子也照在他的身边，与之共饮杯中之酒。要不说这古彩刘的技艺高超，他还真将那灯中女子照在了皇帝的龙椅旁，并当着众人的面，饮下了皇帝杯盏里的琼浆。在场的人无不哗然，一场表演真是如太虚幻境，又似置身于九天之外的仙境。直到古彩刘将灯罩上，所有人还意犹未尽，过了许久，大殿里才响起此起彼伏的掌声。古彩刘的戏术也因此一夜成名。

当晚，所有看过这戏术的人都在回味那灯中女子的韵味。那大官却夜不能寐，不为别的，只因那灯中女子不是别人，正是那已经暴毙而亡的伶人锦元。没多久，大官的府上便开始闹鬼，总有人称见那锦元在府里穿着戏服唱戏，活活吓死了好几个奴仆，而那些奴仆手里都留有一支点翠的簪子，皆是锦元生前最喜爱之物。没多久那大官也暴毙于家中，仵作勘验，称其是因思念亡妻而用点翠的簪子自杀。可府里的人都知道，当年正妻只喜玉簪，唯有那伶人出身的锦元独喜点翠。

之后便有人传，那锦元嫁给大官之后，便开始与正妻钩心斗角，使用巫蛊之术让正妻患上了鬼剃头。正妻为保住面子，用婢女的头发接发，却不想那婢女也是个烈性子，被剃了头后竟然自杀了。于是锦元利用自己学过的戏法，在府里装神弄鬼，吓唬正妻，终将正妻逼疯，最后悬梁自尽。锦元以为自己斗过了正妻便能鸠占鹊巢，不想螳螂捕蝉，黄雀在后，那大官才是真正的黄雀。

事情原本是这样的，大官与正妻早有婚约，他却与正妻的父兄政见不合，本来他也不愿迎娶正妻，可悔婚一事既得罪人，又会毁了自己的声誉。于是大官迎娶正妻，又在几年后将很有手段的锦元养在外院。正妻本是要将锦元接入府中拿捏，却不想被锦元陷害致死。当然，这中间也少不了大官的推波助澜，最后他又借机将正妻一家赶尽杀绝，算是斩草除根，也算是帮他背后的人扫清宿敌。

锦元再漂亮也不过是个女人。女人如衣服，大官早已不喜她的卑劣手段，一直纵容她不过是想借她之手杀人而已。所以正妻死后，没多久那大官便一杯毒酒送走了锦元。结果这锦元却成了那灯中魅影，不知是何原因。

第二章　百年绝技古彩刘

　　这个故事让丁繁高和钱学明陷入了沉思。丁繁高很喜欢这个故事，就如同在英国的时候，他喜欢福尔摩斯和希区柯克一样，只是这个故事更具有东方神秘色彩。钱学明说道："难道说这灯便是杀了你师祖的那盏？"丁繁高摇头："不，但他们肯定用了同样的手法。"钱学明表示认同，他又说道："可我还是不明白，为何那灯中女子会是锦元的模样。"而丁繁高则问出问题的关键点："难道那古彩刘与锦元相识？"

　　柏天行边斟酒边摇了摇头："这就不知道了，只知道这古彩刘的戏术确是天下第一。当然也有人说，那灯影中的女子并非锦元，只是那大官心中有愧，便将那灯中女子看成了锦元。我只是想着，这古彩刘的戏术多为障眼法，要是能知道其中法门，没准能破解了当年师祖的疑案。"

　　丁繁高觉得柏天行的思路不错，他对古时的幻术和戏术倒是了解过一些，这也得益于他有着比常人更充沛的时间和精力。不论是幻术还是戏术，皆为道具或灯光配合以熟练的手法，方才掩人耳目，达到神乎其神的效果。他回敬了一杯酒又说道："这倒是个方法，只是这古彩刘可还有传人？"柏天行爽快地饮下杯中的佳酿，然后回道："有，而且就在这北京城中。说来我与他还有过几面之缘，只是当初并不知道他还有这技法传承。我已经托人约了他明天见面，正好二位也可以一同前往。"

回了宾馆，丁繁高便陷入了沉思。他本就少眠，而今天柏天行讲的故事更是让他产生了浓厚的兴趣。钱学明有点儿微醺，很快便睡下了。丁繁高则一个人下了楼，准备出去逛逛，看看北京的夜色。

不得不说，北京的夜色别有一番韵味。他很喜欢这种亲切的感觉，也许这就是中华儿女骨子里的烙印，即便在宁静的夜，就连月光都要比伦敦的柔美，万影皆因月，千生各为秋。这里的月光倒是如丝绢裹挟的女子，在风中舞出皎洁的白光，如丝、如画、如梦、如幻。

也不知道几百年前，那个叫锦元的女子，是否也对着这样皎洁的月光翩翩起舞，抑或吟唱出聚散离合。而那位大官的正妻娘子，是否也在这样的月光下，饮下不得夫宠的酸甜苦辣。不论是锦元，还是那位正妻娘子，皆是政治斗争的牺牲品，没准就连那位大官也是如此。

这时有位趴活儿的出租车司机过来搭讪，那中年司机操着蹩脚的英文问丁繁高有没有外汇券。丁繁高摇头，假装听不懂他说的话。那人估计以为丁繁高是日本人，又用蹩脚的日语问他想不想看看中国的传统文化，说着还拿出了一些剧照，有说相声的，还有戏曲和杂技。其实丁繁高还是挺感兴趣的，但他并没有搭话，因为那人的手上小动作不断，总在试图伸进他的衣兜。那人的动作很快，而且很有章法，一看就是深谙此道，好在他的五感比正常人要灵敏，任何一个小动作都逃不开他的眼睛。柏天行说这种貌似趴活儿的司机，实际都是倒爷儿。倒爷儿，顾名思义，就是什么都可以拿来交易的人。

那人一直跟了丁繁高三条街，到了第三条街丁繁高终于意识到不对，这人明显是想把他往胡同里引，而胡同里没有路灯，且就在不远的角落里，还有几个人影若隐若现。丁繁高不得不提高警惕，但他也没动声色，巧妙地一个转身，躲过那人然后往回走。那人立马又跟了上来，丁繁高加快了脚步，这时后边的脚步声变得杂乱了，他不用回头也能听出，那人和他的同伙在一起追他。

此时虽然还有路灯，但已近午夜，马路上寂静无人，倒是他大意了，没想到那人偷钱不成就动了抢劫的念头。他快速向前跑去，后边的人穷追不舍。丁繁高吃了人生地不熟的亏，他跑来跑去，非但没有跑到安全的地方，反而跑到了更为偏僻的死胡同。眼看着前边没有路，后边的脚步也越来越近。这时后边传来得意的笑声和一个粗粝的声音："看你往哪儿跑。"突然一只黑猫窜了出来，许是被人惊了，一个纵身跳上了矮墙。然后转过身来，用一双暗紫色的瞳仁盯着丁繁高。黑猫被称为玄猫，丁繁高倒是见过几只，可这紫色瞳仁的，倒是第一次见。不过这还真是车到山前必有路。他立马也跳上了前边的矮墙。看似山重水复，但也可以柳暗花明。

这一跳丁繁高确实"柳暗花明"了，他先是被那矮墙后的柳树绊了一脚，摔了一个大马趴，而那只黑猫已没了踪影。没等狼狈至极的他起身，迎面便闪过一道寒芒，他连忙出手去挡，手臂上却没有传来任何痛楚，他定睛一看，便见一个明晃晃的枪头正对着他的眉心。出枪的人动作极快，快到他都没看清就已经足以致命。他顺着枪柄望去，便是一个穿着京剧练功服、画着大花脸的男人正怒目凝视着他。显然那人并没有想要他的命，必是他突然翻墙而入，惊扰了这院子的主人，才得了如此境遇。

丁繁高刚要解释，便见身旁的屋子亮起灯，接着里边传来细弱的声音，虽然有些惶恐，但极为好听。"谁，谁在院子里？"丁繁高看向那拿着花枪的人，那人却对他做了一个噤声的手势，这下丁繁高有些摸不清头绪了。屋内灯影之下，一个身材纤瘦的女人披衣下地，拿着手电准备出门查看。下一秒，丁繁高便被那人拎着衣领拖到了角落里的阴暗处。而那枪头一直抵在他的咽喉处，他只得顺从地躲在一旁，直到那女人再次回了房间熄灯入睡。更让丁繁高没有想到的是，等院子里恢复了平静之后，那男人却一声不响地跳墙离开了，空留丁繁高一个人在院子里不知所措。

这一切来得太突然，丁繁高直到回到了宾馆也没有想明白。难道刚才那男人也是个贼？可那扮相分明是没有卸妆的京剧花脸。难道北京城的窃贼都流行这个扮相？不过说来也巧，他前脚遇到了劫匪，后脚又碰到了窃贼。也可能不是窃贼，也许是那人爱慕那院中的女子，所以深夜前来行不轨之事。不过好像也说不通，若是行不轨之事，倒是不应该如此轻易地放过他。思来想去，丁繁高居然睡着了，他久违的深眠，让他第二天的精力十分旺盛。

丁繁高并没有把前一夜的遭遇告诉给钱学明，而是很平静地坐上了柏天行的车，来到了不远处的一个古朴的院落。北京城里到处都是这样的四合院，这是典型的中式民用建筑，也是北京城的一大特色。院子并没有什么与众不同的地方，正中央的地上还晒着几棵大白菜和一些大葱，这让整个院子都带着浓郁的生活气息，这与丁繁高想象的不太一样，他以为一个有着几百年传承的老艺人的家里，不应该如此平民化，至少应该带着专业的色彩。

院子里一个十来岁的孩子，将他们几个引到了正房屋内，让他们稍微等候片刻，说人一会儿就回来了。这正房屋内倒是有些与众不同，这一点从屋内的陈设就能看得出。柜子上摆了一些黑白照片，有演出时的照片，也有一些生活照，照片上的人物皆不相同，从年代上看，应该是古彩刘历代的传人，而年代最近的一张，是一个中年男人，正细心地教导着一个扎着两个羊角辫的小姑娘练习银环。那照片里的小姑娘只有侧脸，正专注地看着手里的银环。丁繁高知道那三个银环里有一个是带豁口的，这应该是入门级的魔术。不知道为何，他觉得这些照片总给人一种异样的感觉，丁繁高也说不出是哪里不对，可就是本能地觉得有问题。

除了照片，便是墙上的一些古怪装饰，有魔术用的红色绒布，还有一些五颜六色的面具，其中一个面具上有四只眼睛，造型十分奇特，也应该有些年头了，连上边的颜色都已经脱落，也不知为何会挂在墙上，看上去既突兀，也不美观。古怪，这是丁繁高对这房子主人的初步印象，他相信任何细节都能体现一个人的个性，这房子里有太多看似平常，可又没那么寻常的东西，处处都体现了这房子主人的与众不同。

这时屋子外传来一个苍老的声音："哎哟喂，你看这打个酱油的工夫，您几位就来了。怠慢了。"丁繁高循声望去，只见一个穿花布衣裳的老太走了进来，长得倒与照片上的中年男人有几分相像，她的身边还跟着刚才那小孩子。丁繁高与钱学明相视一眼，没想到这古彩刘的传人居然是个女的。柏天行介绍说这老太姓刘，是这一代古彩刘的妹妹。古彩刘多年前便已隐居，现如今门内的事务皆由刘老太代为打理。

"柏先生您可来了，您要是不来找我，我也得去找您呢。我这几天胸闷得很，都是被那不成器的徒弟气的。说来也不算是我家正统的传人，不过是我一个师弟收的外门弟子，学了点儿鸡毛蒜皮的把戏，就打着我家招牌出门招摇撞骗。我那哥哥如今不知跑哪儿躲清静去了，只得我老婆子亲自去清理门户。"刘老太一屁股就坐到太师椅上，边说边伸出胳膊要柏天行把脉。柏天行将手一搭，望闻问切，很快便开了一个方子，倒不像老中医那样写在便签上，只口述茯苓几钱、山楂几钱……三大碗水熬成一碗，几时服用，要忌口等。

柏天行说完之后，那刘老太便对着身边那小孩子说道："记下没，去抓药吧。"那小孩应了一声，便蹦蹦跳跳地跑出去了。刘老太笑着嘟囔道："一天天没个正形儿，又蹦又跳的，成何体统。"嘴上虽说着不成体统，眼睛里却满是宠爱之色。这一老一少倒是温馨得很，这让丁繁高羡慕不已。他姨母、姨夫都是严肃之人，他从小虽然不受苛责，可也从未如那小孩子般活泼过。

"这孩子记性可真好。"钱学明笑着赞道。刘老太说道："这记性好是许多老行当必备的技能。"这就难怪柏天行没有将方子写下来而只是口述了，看来这京城里倒是有许多外行人不懂的门道儿。而柏天行的职业能接触到各行各业的人，算是见多识广了。丁繁高想着，等以后多跟他讨教一些东西。这倒是真应了《论语》里那句话：三人行必有我师。毕竟很多经验之谈，不会被记在书本之中。

开了方子后，柏天行便说明了来意。刘老太听后摇了摇头，只笑着回道："柏先生，您是这北京城里的老大夫了，是个有见识的人，从前门到王府井，哪块地界儿没一两个您说得上话的朋友。我家这招牌确实是打从给皇上献艺，凭着绝活手艺才创出来的，可跟什么戏子小妾一点儿不搭挂。不瞒您说，这故事我也是最近才听说的，正是我说的那个不成器的外门弟子信口胡诌出来的，为的就是装神弄鬼、招摇撞骗，否则我也不会去清理门户了。如今那人与我家没任何干系了，只是这故事我还得找个机会澄清一下。"

柏天行听刘老太如此一说，倒也不能再刨根问底，只得与刘老太闲话几句，顺便问问灯影戏术的法门，这刘老太却插科打诨，直接把话题引到了给自己的小徒弟介绍对象上去了。说话间便又将目光投向了丁繁高，那目光如炬，将丁繁高上下打量了个遍。特别是听说丁繁高还单身之后，只称这小伙子看着就不错，沉稳、大气，还是留过洋的，正好与她那小徒弟般配。再一细聊，刘老太的小徒弟足足小丁繁高一轮。

丁繁高笑着婉拒，可那刘老太上来了热情的劲头，直说找个年龄大的会疼人。这个时候柏天行还不断地和稀泥，就连那钱学明也在一旁添油加醋，甚至讨论到了跨国婚姻的手续问题，最后丁繁高是仓皇而逃，出了门就直骂钱学明不讲义气。

钱学明却说："老兄你这是艳福不浅，没准还是一桩好姻缘，这叫千里姻缘一线牵。"千里没错，是不是好姻缘那便不好说了。丁繁高脑子里浮现出了那照片里扎着羊角辫的小女孩，也不知道那小姑娘是不是刘老太嘴里的小徒弟。

等坐上了柏天行的车，丁繁高方才反应过来，刚才那刘老太热情过度，倒有些顾左右而言他的感觉。他越想越不对劲，于是说道："看来这刘老太很不简单哪！我看那故事九成是真的，刘老太却矢口否认，只怕其中还有些不可告人的秘密。"柏天行点了点头："所谓无风不起浪，这故事之前便没听谁说过，也是最近才传出来的。也许其中另有隐情，所以刘老太不便告诉我们这些门外人。"

一些老的行当，都有严格的保密制度，以保证自家手艺的唯一性，这样才能保住自己维持生计的饭碗。当然，也正因为此，许多中华绝技都因为没有传人而永久绝迹了。刘老太虽然年过古稀，却精神饱满、思维敏捷。想要从她的嘴里得知古彩刘几百年传承下来的绝技，肯定不是易事儿，此事想必要另寻突破口。

　　这事儿暂时告一段落，丁繁高便要去拜访"水心斋"，毕竟这才是他此行最大的目的。柏天行却说，他得了老中医的信后，第一时间便去了"水心斋"，可"水心斋"最近关门歇业，门上只挂着"店主有事儿，半月后回还"的木牌。他又打听了左右邻居，那邻居称南宫店主跟几个朋友进山访友去了，人已经走了一个星期，还要等些时日才能回来。

　　听了这个消息丁繁高不免有些失望，钱学明却说："丁兄，你难得回来一趟，既然南宫店主不在，那你就当给自己放一个大假，如今这京城里好吃好玩的多的是，你先捡几个最喜欢的，我保证你不虚此行。"柏天行也笑着说，故宫和天坛的门票他都买好了，只等他们倒好了时差便可以前去一游。

　　说到旅行，丁繁高还是很有心得的，除了美食美景，他倒是对当地的文化更感兴趣。他虽然不需要倒时差，可钱学明疲惫得很，此时南宫店主又不在京城，倒是应该回宾馆好好休息休息。回去的时候丁繁高还特意留了一下，国贸周围倒是没了前夜搭讪的人。想必那些人也害怕他报警，所以不敢再来骚扰他了。

　　故宫确实是一个值得游玩的好地方，被誉为世界五大宫之首。除了克里姆林宫外，其他三个地方丁繁高倒是都去过，这三个地方给他的感觉都差不多，故宫却不一样。如此完整的木质结构古建筑，他还是第一次看到，简直叹为观止。巍峨的大殿及精美的九龙壁皆不表，单说那里珍藏的古董玉器就已经让他目不暇接了。这可是他的老本行，他当然不会错过这绝好的学习机会。特别是那点翠凤冠，更是让丁繁高多次按下了手中相机的快门。

其实他也见过点翠的首饰，但不论从品相到做工，都很难与故宫里珍藏的相提并论。特别是在他听了锦元的故事后，他对这点翠的首饰又有了别样的理解。记得姨夫曾跟他讲过"买椟还珠"的故事，故事说那椟，也就是盒子是"木兰之柜，薰以桂椒，缀以珠玉，饰以玫瑰，辑以翡翠"。可见那抹浑然天成的蓝，早在千年前就已惊艳了许多人。而这点翠非得从活生翠鸟身上拔下，这是用残忍换来的华美。这是翠鸟用一生中最绚烂的颜色，为这些首饰赋予了光彩夺目的生命力。难怪那个叫锦元的女子会如此喜欢这抹蓝，也许她也知道自己身如浮萍，唯有这抹靛蓝才能装点她的一生，也正映衬了她的一生。

丁繁高一直看着展柜里那一对点翠簪子，翠簪之上已经锈迹斑斑，早已没了当初的光泽，唯有上边的点翠依旧光鲜如新，将这双簪子映得华丽无比。讲解员见丁繁高很感兴趣的样子，便多介绍了几句："这点翠在古代几次盛行，后因过于奢靡曾被禁止过。乾隆年间点翠工艺达到了顶峰，那时是宫中贵族女眷最喜爱的一种装饰，直到清末民初，点翠才在民间流行……"

"直到清末民初，点翠才在民间流行。"丁繁高似乎抓住了问题的重点。"那在此之前，民间就没有点翠的首饰了？"那讲解员是个小同志，今天所讲的事儿都是听老主任讲的，被丁繁高这么一问，倒也答不出来了。但这小同志还是有几分眼力的，看丁繁高的装扮和手里那价值不菲的进口相机，以及他说话的口音，便断定他八成是个华侨。一则海外关系得妥善处理，二则本着对工作的认真态度，小同志便找到了老主任，老主任一听有华侨对中国的传统工艺产生了浓厚的兴趣，自然是跑来亲自解释了一番。

这翠鸟之羽左右翅膀各十根，称为"大条"，尾部有八根羽毛，称为"尾条"。所以一只小小的翠鸟，只能有约二十八根羽毛用来做点翠。而这二十八条里，背部的称为"软翠"，翅膀的为"硬翠"。软翠色泽光鲜，羽质柔顺，而硬翠质硬色沉。这每个首饰上的翠羽都要颜色一致，所以才难能可贵。点翠因它独特的美，依旧被坊间女子所喜爱。所以在民间也有仿制的点翠，但是用孔雀羽毛或是用鹅毛染色，更有用蓝色缎面丝带的，再经过巧妙装饰也可以假乱真。钱学明倒是走马观花，却不知道丁繁高此次的故宫之行收获颇丰。

逛完了故宫、天坛，又去了景山、什刹海。丁繁高倒是神采奕奕，可钱学明多少有些吃不消了。接下来的行程，便是以饮食和传统文化为主。柏天行还要出诊，本来钱学明也可以当向导的，可他的驾照过期了。人力车坐了几次就没了新鲜感，只觉得又慢又颠簸，只得找地方租车。那些年租车也不像现在这么便利，就连出租车也没那么好打。这次倒是柏天行找来了一个人，是个个头不算太高的小伙子。小伙子姓刘，正是古彩刘的徒弟，叫木头，人如其名，也憨厚得很。

木头不苟言笑，但是开车的技术不错，载着两人穿梭在北京城里的大街小巷。对各类传统绝活儿倒是门儿清，先带着两人听了相声，又带着两人去看了杂耍。丁繁高问他哪里能看到古彩刘的戏法，木头却叹了一口气道："师父归隐前说过，世道变了，咱家那老戏法也不灵了，再怎么变来变去的，都没有那电影和电视机里的故事吸引人，所以也就退出江湖了。而且，我们这彩门里还出了不少的骗子，拿着老祖宗留下的绝活去坑蒙拐骗，我师父也看不惯，说他们坏了彩门的名誉，这行业不兴，古彩刘便永不出世。"丁繁高只得感叹，看来这一代的古彩刘的传人倒是个有血性的人，只是可惜了这绝门技法。

既然说到了技法，丁繁高便又问木头，古彩刘的戏术与其他彩门有何不同。说到了这个木头方才打开了话匣子。这古彩戏法有八字真言："捆、绑、藏、掖、撕、携、摘、解"。可古彩刘的戏术却多了几个字："影、幻、声、技"。别看只多了四个字，却是技术上的大革命。古彩刘的戏法最高一层的便是制幻术，可模拟任何场景时空，甚至可以让人产生幻觉，如海市蜃楼，抑或如同置身于星海月光、九天之外的仙境。

木头说得吐沫横飞，说得丁繁高和钱学明都起了兴致，便让木头找个地方表演给他们看。一说起表演，那木头倒如同泄了气的皮球，打起了蔫。最初丁繁高还以为木头是谦虚，钱学明更是直接拿出了外汇券。那个时候虽然市场经济已经萌芽，可一些紧俏商品还是很难买到，倒是这外汇券用途广泛，能买到不少紧俏的商品，所以才会有那么多的倒儿爷收外汇券。

两人兴致勃勃，木头最后才道出，不是他推诿，而是他也没学过那些绝技。那上层的幻术皆是利用机关法门，配合独门技法方才能达到效果。只有古彩刘的传人才有资格学习，而他也只学了一些皮毛。这时丁繁高再一次想起了那照片里扎羊角辫的小女孩。

木头因为没资格学真技法而灰心丧气，丁繁高和钱学明只得岔开话题，以挽回木头的自尊心。于是钱学明问道："那木头同志是做什么工作的？"既然戏法不能演出，那木头肯定还有职业，毕竟他也得穿衣吃饭。提到这儿，木头的脸上又有了笑容："学古彩只是我的一个爱好，其实我本行是唱老生的。"这个大出丁繁高和钱学明的意料，他们没想到原来古彩刘的徒弟，还可以学其他的技艺。

　　既然木头是唱老生的，那他的演出丁繁高和钱学明自然不能错过，再则京剧本就是中华瑰宝，来了北京却不听上一场京剧，那便是此生之憾。于是当天晚上木头便亲自送来戏票，邀请两人去看戏。

第三章　梨园惊梦

剧场离得也不远，每周只演出两场，今天正好有木头的戏。木头也算是梨园新秀，唱的是开场暖场子的戏——《打渔杀家》。对于戏曲丁繁高倒是不太精通，唐人街也有梨园，却很不专业。他姨母经常听京剧的唱片，他从小耳濡目染，虽讲不出个门道来却也能听得出好坏。他觉得木头唱得字正腔圆，倒是要比唐人街的草台班子好上许多。钱学明是个票友，对老些年的名角儿如数家珍。他告诉丁繁高，这《打渔杀家》在京剧里算是很难唱的曲目，唱念做打占了个四眼儿全，是极考验功夫的。

丁繁高看着舞台上的木头，听着他浑厚的嗓音，就想起了那夜在小院里遇到的人。那人也是画着花脸，可又与今天木头脸上的脸谱有所不同。这一点他也查过，脸谱可不只京剧有，川剧和其他戏曲皆有。他将那夜见到的脸谱画了下来，钱学明看了半天，觉得并非是戏曲的脸谱。

一般的戏曲脸谱是用颜色来区分人物的性格，黑色脸严肃；白色脸奸诈；黄色脸勇猛；蓝色脸刚直；紫色脸稳重；绿色脸莽撞；其他颜色的则是丑陋。可丁繁高看到的脸谱黑白分明，额头上又用了大片的红色油彩，虽描绘方式与京剧类似，却看不出人物性格，倒有点像古代驱邪的面具。

接下来的几出戏也是各有千秋，压轴的是《白蛇传》的最后一折《祭塔》，那青衣应是个小有名气的角儿，听周围的观众喊她"婉婉"。婉婉一上台就引来不少的喝彩之声。也难怪场下的观众如此喜欢这青衣，这青衣生得俏丽，且青衣不像刀马旦和花旦，没有多少花哨的动作，只靠嗓音来吸引观众。而且这青衣的唱功极好，每一字每一句都唱到了观众的心坎里。那唱腔如同用一只羽毛不断地挠着观众的嗓子眼儿，让你不得不为她喝彩。看来以木头的本事，也就只够暖场了。不过钱学明也说，像木头这样能上场的角儿也实属不易，还有多少只能当配角儿搭戏的。

听完了戏，木头迟迟没有出来。按理说木头唱的第一场，即便要卸妆，此时也应该出来了。钱学明和丁繁高去后台找木头。后台已没什么人了，两人打听了一下，谁都说没见着木头。木头没找着，钱学明却遇到了个熟人，两人跑到一旁说起了话，把丁繁高晾在一旁。丁繁高正觉无趣，却被一只道具花枪吸引，那花枪看着倒是与那夜里花脸男人手里拿的一样。他拿起来一看，却发现并不一样，那夜的枪头带着寒芒，锋利无比，这个枪头却是没有开刃的，只是用来表演的道具。且枪柄也有所不同，这枪柄是木制上了漆，而那夜的应该是金属制的枪柄。

"你在干什么？"一个柔美的声音响起。这声音听着有几分耳熟，再一看那双绣花鞋，应是那青衣婉婉。婉婉卸了妆，露出原来清秀的面容。她果然生得极好看，又带着些江南女人温婉的韵味。丁繁高有些尴尬地笑了笑："不好意思，我来找个熟人。"

婉婉也微微一笑，这一笑却似淡雅的水仙，带着几分脱俗的仙气儿，果然是人如其名，温柔婉约，看得丁繁高愣了神。这便是东方的美，不似欧美的大气，却带着浓厚的底蕴。想必当年的锦元也如这青衣一般，一颦一笑皆是风景，所以才会引得众人的追捧。

只这婉婉有几分眼熟，却是想不起在哪儿见过。婉婉轻咳了一声，丁繁高这才意识到自己刚才有些失态了。那婉婉又软语说道："后台除了我没别人了，我想你要找的朋友应该走了后门，怕是与你走散了。"丁繁高道了谢，匆匆从后门离开了剧场。

这后门确实是通往剧场外的，可也没见木头的人影儿。等了十几分钟，才见钱学明和一脸急切的木头一同走了出来。钱学明问怎么跑这儿来了，丁繁高自然不会说在婉婉面前有些失态便匆匆离开。木头则一头的细汗，很不好意思地解释道："对不住了两位。我下了台，班主就说今晚的《贵妃醉酒》唱不成了，让我去找婉婉救场，我就托一个小师弟去告诉你们一声，然后连妆都没卸就去接婉婉了。结果我那小师弟居然不靠谱，在后台睡着了，把这事儿忘得一干二净。我们后台正在改建，现在只有一个化妆间，等婉婉扮上了，才轮到我卸妆。等我卸了妆再去找你们，就已经散场了。我这里里外外都跑了好几个来回了，哎哟！这把我给急的。"丁繁高便说："你这有工作要忙，还得带着我们逛北京城，我们倒是应该好好谢谢你才对，晚上我做东，咱吃火锅去。"

吃了饭木头开着车回宾馆，一路上钱学明问了不少关于婉婉的事儿，看来也是很喜欢婉婉的戏。丁繁高觉得这样不好，毕竟木头也是个角儿，在他的面前大肆赞扬另外一个角儿不太礼貌。木头倒是憨厚，对此并不在意，还讲了一些关于婉婉的事儿。这婉婉出生在京剧世家，只是双亲早亡，她是由师父养大的。丁繁高倒是对婉婉的师父有些好奇，是怎么样的人才会养出婉婉这样如花似水的性格。

北京有着悠久的历史，除了名胜古迹、娱乐文化，更有数不尽的美食。接下来的几天，几个人倒也没闲着，爬了香山，逛了琉璃厂。直到一个星期后，"水心斋"依旧没有开业。那时候通信不发达，别说手机，就连座机都是稀罕物，柏天行四处也没打听到南宫店主的行踪。

钱学明有事儿只得先去了天津，丁繁高则终日泡在图书馆里查资料以及当年的《力报》。没几天，丁繁高便发现一直有人在跟踪他，若不是他的五感灵敏也许不会发现。跟踪他的是一伙人，有男有女，有老有少。他们有的是普通游客，有的是拎着菜篮子的秃顶男人。他们貌似不经意地与他擦肩而过，实则是在关注着他的一举一动。直到有一天，他发现宾馆的房间里进过陌生人。那人翻动了他的行李，虽保持了所有东西的位置，却逃不过他的一双眼睛。幸运的是，他没有丢失任何物品。

丁繁高觉得事情并不简单，这种专门接待外宾的宾馆门禁和安保都很严格，房间没有撬动及其他被破坏的痕迹，说明这个陌生人很专业，而且目的性很明确。他左思右想，也想不出那些人的目的。接下来的几天，丁繁高谨慎了许多。

一个人的日子总是百无聊赖的，特别是对于丁繁高这种精力过度充沛的人。他看着落日的余晖一点点敛入黑暗之中，忙碌的人们点起了万家灯火。他想到了小时候父亲还在的日子，在这样的时刻父亲总是抱着他坐在窗前看着远处的农场。那是他脑海里为数不多的记忆，虽然父亲的样貌早已经变得模糊，但那样的傍晚总是让他憧憬向往。

不知不觉天已经黑了，丁繁高叹了口气准备回宾馆迎接又一个无聊且不眠的夜晚。可就在这时，一只黑猫一闪而过，吓了他一跳，待他缓过心神，却发现一个鬼祟的男人从他的身边经过。他侧头一看，那男人像是在尾随着一位戴着帽子的妙龄女人。那女人穿着黑色的外套，虽是普通的穿着，却难掩姣好的身材。他最初并不想多管闲事，可那鬼祟的男人表情猥琐，眼神里满是贪婪的情欲。同为男人，他立刻明白这男人到底想干什么了。

丁繁高改变了主意，他跟在那鬼祟男人后边，脚步声不轻不重，但足以让那男人知道他的存在，继而离开。那男人却锲而不舍，根本没把丁繁高放在眼里。丁繁高又加重了脚步，在经过一个阴暗的路口时，那男人却突然回头，向丁繁高发起了攻击。

一把带着寒芒的水果刀已经刺向了丁繁高，好在他早有心理准备，一个闪身躲了过去。"兄弟，识相的滚远点儿，别坏了我的好事儿。"那男人小声地恐吓道。丁繁高迟疑了一下，那男人已经转身而去。丁繁高蹙眉，脑海里满是那女人轻步赶路时的背影，即便是背影，那也是美的。这世上所有美好的东西都不应该被玷污。他快步跟了上去，此时那男人已经在巷子里挡住了那可怜的女人，女人想要惊呼，可嘴已经被那只肮脏的手捂住。

"放开她。"丁繁高冲了过去，对付四五个人他没有把握，可一两个还是没问题的，即便对方有刀。可很快丁繁高就发现自己犯了主观意识错误，他忽略了北京的治安很好，而那男人之所以这么猖狂，必是有帮手在附近。一群人蜂拥而至，手里都带着家伙。丁繁高只会一点儿搏击术，但好在动作敏捷，反应够快。

打不过可以跑，丁繁高找准空当，拉着那女人就往胡同外跑。自从有了那黑色石头，丁繁高的身体机能有了很大的提高，若是他自己，肯定能甩掉身后那群人。可他没想到的是，那女人虽然看着瘦弱，可跑起来一点儿不慢。两人很快就与身后的人拉开了距离。那女人路熟，引着丁繁高穿梭在巷子里，转了个弯就来到了一个红色漆门的小院前。这时丁繁高才意识到他一直拉着人家的手，他不好意思地松开了手，可他的手心里还留有女人细腻的温度，以及淡淡的桂花香气。

女人开了门，回头一把将丁繁高拉了进来。丁繁高还有些愣神，可人已经站在了小院中。那小院是红砖的地面，一旁砖瓦房旁还种着一株低矮的柳树，柳树后则是灰色的水泥矮墙。丁繁高只觉哭笑不得，他两次被人追着跑，结果都进了同一个院子。只是上一次是跳墙，而这次是在匆忙间走的正门。虽殊途同归，可过程都仓皇无比。

不多时院外传来急促的脚步声，那群人从院门口跑过，最终消失在巷子的另外一头。女人松了一口气，这才回头看向丁繁高，就见丁繁高灰色的风衣被划开了好几道口子，有两道还渗出了血。"你受伤了？我们去医院吧。"这声音有些熟悉，丁繁高再仔细一看，眼前这女人不是别人，正是那青衣婉婉。

婉婉又轻咳了两声，丁繁高知道自己又愣神了。真是该死，他又失态了。他尴尬地低下了头，回道："皮外伤，用不着去医院。"婉婉居然也认出了他："那可不成，木头说你可是外宾。再说了，刚才还得多谢你的帮忙。不如这样，我先帮你处理一下，别再破伤风了。"

婉婉的房间很温馨，带着淡淡的香气。陈设虽然简单，却透着清雅之气，这跟婉婉的气质相同。丁繁高有点儿不好意思地露出受伤的手臂，他经常运动，肌肉结实。之前他觉得自己的手臂线条很美，健康而且很有男性的魅力，可此时在婉婉的面前，他身上的每个细胞，就连肌肉和皮肤都带着几分的羞涩感，以至于他的耳根都有些微微发红。

好在婉婉只专注于手上的动作，当那冰凉的药水触碰到丁繁高的伤口时，他感觉并不是疼痛，而是一种奇妙的酥麻感，那感觉让丁繁高久久难以忘怀，甚至有些心跳加速。他极力调整着呼吸，以免自己因为紧张而出糗。可婉婉的头就在他的鼻翼之下，她头发上的淡淡香气，不经意地钻进他的鼻子里，又顺着他的每一次呼吸深入肺腑，再顺着他的每一次心跳注入血液，最后在周身循环。让他感觉心猿意马，有些想入非非。

丁繁高庆幸自己刚才勇敢地跟了上去，他庆幸自己没有被那鬼祟的男人恐吓住，他庆幸自己在关键的时候没有退缩。否则这种美好将被打碎，而他留住了这美好，这可能是他有生以来做得最正确的决定。

丁繁高正胡思乱想着，猝不及防间正对上了婉婉微眯的凤眼，那清澈的眸子如水波荡漾，波光粼粼间是他那因紧张而有些局促的脸。婉婉那樱桃红的嘴唇开启，声音轻柔且悦耳。"你放松点儿，不要这么紧张。我手很轻的，不会弄痛你。"

丁繁高看着自己因过度紧张而紧绷的手臂，尴尬地回了个字："好。"可他的手臂更加紧绷了。他越是告诉自己要放松，不要出丑，就越是紧张到手抖。他觉得自己三十多岁的人生中，从来没有过这么灰暗的时刻，即便小时候体弱在学校被同学欺负，他都没有表现得如此狼狈。

婉婉低头浅笑，丁繁高却没有解释，他情愿婉婉以为他是因为怕痛，而不是因为羞涩和紧张。可婉婉的眼神又太过聪明，只怕她早看穿了他的心事，却没有揭穿他，反而找了一个台阶缓解他的尴尬。

丁繁高强迫自己镇定下来，不要再失态下去。他用力地控制着自己的呼吸、心跳以及每个毛孔的收缩，直到他被婉婉送出了小院，夜里的冷风才让他发烫的皮肤降回到正常的温度。丁繁高不经意地摸了摸自己的衣兜，那里有婉婉刚刚送给他的戏票。他笑着向宾馆走去，却没留意到他身边依旧有双眼睛在一动不动地注视着他。他回了宾馆才想起，自己应该嘱咐婉婉尽量不要晚归。不过不要紧，等后天看戏的时候再嘱咐她不迟。

翌日，油条、豆汁是丁繁高最意想不到的食物，更让他意想不到的是婉婉的出现。婉婉今天穿着一件漂亮的红色风衣，即便坐在早点铺子那简陋的四方凳子上，也是一道亮丽的风景。"我晨练的时候遇到了木头，他说你会在这儿。"婉婉边说边拿出了消炎药水和云南白药。

丁繁高有点儿手足无措，结果不小心弄洒了桌子上的豆汁，白白浪费了一顿早餐。他尴尬地挠了挠头，倒是有几分庆幸，那豆汁味道实在是清奇，他委实接受不了。婉婉掩嘴偷笑："要是吃不惯，不如我们去吃老北京的炸酱面吧，准保你会喜欢，正好我也没吃呢。"

两人移步到了不远处的一家面馆里。面馆是一对老夫妻开的，地方不大，只有两张长条桌和几条长条椅。饭口的人多，老两口只忙着下面。来这里的食客都是些老街坊，也不需要人招呼，自个儿找地方坐，自个儿扒蒜，自个儿端面。要是有嫌这里人多地方脏的，就得被满屋的食客骂穷讲究，所以能来这里的，都是真心想吃面的。

老北京人爱吃炸酱面，最好是新鲜的手擀面，面要劲道，配菜切成细丝摆在碗里，再放上一大勺的酱。这里的食客吃面，吃的不只是面，还有这里的氛围。总之就两个字——热闹。这里人多热闹，因为都是老熟人，边吃面边侃大山，侃得也热闹。旧时的人没有什么娱乐，像这种大众消费的苍蝇馆子，除了能解决人们的温饱问题，还能起到舒缓心情、缓解疲劳的作用。

丁繁高倒是很喜欢这种氛围，总好过端坐在餐桌前，为了吃饭而吃饭。他学着婉婉的样子，拌着碗里的面条，就听一旁一个老头儿说起了最近京城里的趣闻。婉婉小声地告诉丁繁高，那老头儿也是这里的常客，他以前是茶馆里讲书的，满脑子的野史外传，也算是上知天文，下知地理。老北京这片儿的旧事儿，就没有他不知道的。老头儿隔三岔五便要来吃上一顿炸酱面，一碗面也能吃上半天，就为有人能听他讲讲故事。

丁繁高和婉婉来得有些晚了，那老头儿正讲到一半，说的正好就是这几天最热门的话题。"我跟你们说，我可是亲眼见过古彩刘的戏法，那叫一个绝。后来我还请他吃过一次炸酱面，他偷偷地告诉我，这灯影戏结合了走马灯和皮影戏的精髓，再加上古彩刘的独门秘术。"

一旁有人起哄道："我说老头儿，你这是吹牛不上税。你还请古彩刘吃过炸酱面，你咋不说你请他吃过东来顺呢。我看你就是道听途说，你压根儿就不认识古彩刘。那古彩刘的故事这几天都在京城里传遍了，有本事你就说点儿不一样的。"

老头儿一听不乐意了，一拍桌子，嘴里含着的半瓣蒜都喷了出来。"你说谁吹牛呢？老头子我在这片儿混了多少年了，何时吹过牛？我跟你们讲，要说这古彩刘的灯影幻术，就要从锦元说起。这事儿可不是这几天传的，那是当年听我师父说的。你们可听好了，这故事满北京城也就只有我知道了。"丁繁高一听来了兴致，立马竖起了耳朵。

老头儿继续说道："你们听的故事根本不对，我跟你们说，那灯影幻术的法门起因是一场赌博……"

那年锦元年方二八，正是风姿展露的好年华。她刚刚有了点儿小名气，便遇到了两位特别的客人。一位是丰神俊朗的才子宋博才，另外一位则是不知是何来头的钱昆。

宋博才温文尔雅，出手阔绰，虽然总向锦元献殷勤，却十分有度，既不盛气凌人，也不咄咄逼人。这让戏班子里许多人都对锦元羡慕不已。而那钱昆老成，一脸的精明之相，衣装也不似宋博才体面，却与宫里的内侍官交往甚密，大家诸多揣测，却谁也不知道他的底细，其身份背景神秘得很，这也自是得罪不起的人物。这两人都很爱听锦元的戏，几乎是每场不落。

那钱昆自打出现在北京城便只去两个地方，一个是戏院，一个则是赌坊。那个时候戏院还叫茶园，茶客一边品茗，一边听戏。那时候也没有戏票，都是付茶资。而那时的赌坊就在琉璃厂附近，赌的花样百出，赌得最多的就是花会、闱姓、番摊、马吊、麻将等。这钱昆到了赌坊只赌番摊，这赌番摊就是抓一把铜钱用东西盖起来，让人猜它的数目，后来发展到用豆子和骰子代替了铜钱。

开摊赌法是先有主持人抓一把豆子，这么往碗里一扣，就等赌客下了注后再开摊。开摊的方法是用一根竹子，把骰子每四粒为一组，慢慢拨开，拨到最后一组，如果剩下的是一颗，便是开一摊，剩下两颗便叫两摊，依此类推，共计有四种结果，所以赌法分为四门，即番、角、稳、正四种。北方人爱玩麻将，南方人爱玩番摊，在南方更是有专营番摊的赌馆，叫摊馆。钱昆正是南方人，还是个玩番摊的高手，据说从未输过。

这看戏是看戏，赌钱是赌钱，本也是不挨着的两件事儿，后来却关联在了一起。钱昆看上了锦元，想要芙蓉帐暖，春宵一度。那时候戏子是下九流，地位很低，又都是班主买来的，自然又要卖艺又要卖身。一些长得好看的女戏子，若是被哪个大官、财主看上了，那班主自然会将人送到府里去，包戏子倒是要比那睡窑姐更体面些，自古皆是如此。钱昆砸了银钱打赏了锦元，按照惯例晚上班主就应该将锦元送到钱昆下榻的院子。可那宋博才也相中了锦元，且那时锦元据说还是个黄花姑娘，于是宋博才便横插了一杠子，给了相当于钱昆双倍的银钱。

钱昆看着桌子上的银锭，不由得来了火气。只道小子你若有那心为何不早些打赏了锦元，非要等他砸了银子，才来下他的面子。那宋博才则文绉绉地说，落花有意随流水，流水无心恋落花。意思是钱昆相中了锦元，可锦元未必愿意委身于他。说完后还意味深长地看向锦元，两人眼波流转中，大有情意绵绵之意。

钱昆更觉没了面子，那锦元不过是个戏子，居然还挑三拣四，与个中看不中用的书生勾三搭四。今晚他要是不把这锦元给办了，以后怎有面子行走于江湖？他将那银锭扔回给宋博才，直言若今晚班主不将锦元送去，京城里便不会有茶楼再让他们登台。

班主在一旁听得心惊肉跳。那宋博才一表人才，若早些开口，他也自会成全其好事儿，可如今钱昆开了这个头，他可不敢得罪钱昆，只得委屈锦元一夜。锦元见状也泪眼婆娑地看向宋博才，宋博才一怒为红颜，便与那钱昆立下赌约：若是他赌赢了，钱昆便收下银锭放锦元一马；若是他输了，银锭和锦元都是钱昆的。

若是说别的钱昆倒是不以为意，可说到赌，钱昆自是觉得这宋博才是撞到了枪口上。而且不论输赢，他都不亏，于是便爽快地答应了，三局两胜，轮流坐庄。霎时间茶楼便成了赌坊，没有赌具只能就地取材。宋博才随手从花盆里抓了一把石子放到桌子上，用那茶碟一盖。钱昆轻蔑地一笑，随手就压了角，意思是余二。若是开出正则是他们合局，若是开了番或者稔，则是钱昆输。很意外地，第一局钱昆输了，开的是稔。

钱昆很是意外，也收起了刚才的漫不经心。第二局钱昆当庄，他抓了一把桌上的花生豆，依旧用茶碟一盖。宋博才则压的正。钱昆冷冷一笑，他行走江湖多年，靠的就是眼力和手头的功夫。他刚才这一把，不多不少正好十五颗花生豆，所以这次开的还是稔。可不承想，当钱昆打开茶碟，用那竹签一扒拉。却是四四一十六，开的竟然是正。

三局两胜，还没到第三局便已分出了胜负。钱昆自是不甘心，他玩了一辈子的鹰居然被鹰给啄了，这他哪里受得了。这一场赌局不只是失了锦元，更是失了面子。宋博才拱手道谢，只道上天眷顾，这是天意使然。可钱昆在宋博才的眼中看到了挑衅的意味。愿赌服输，钱昆很不甘心地拿着银锭离开了茶楼，而当晚锦元便被送到了宋府。

那钱昆回了在京城的院子，便差人去打听宋博才的底细。其实钱昆是个憨宝人，替宫中内官给皇帝收罗奇珍异宝。钱昆憨宝很有一手，总能弄来新鲜的玩意儿让皇帝开心，就连宫中的内侍总管都敬他三分。更是有达官贵人前来示好，向他求宝以孝敬皇帝。所以他才敢放下狠话，若班主不将锦元送到他府上，便无法在京城立足。他确实有这个能力，而且他还是个极为小气的人。

不承想，那宋博才看似籍籍无名，却也有一个边关大将的舅父。难怪宋博才在京城里终日花前月下，却从不少银钱。钱昆咽不下这口恶气，掂量来掂量去，最后想到了一个办法。他要把那锦元收入房中，不做妻妾，做那最下等的贱婢，烧柴洗衣，还要用下贱的姿态去伺候他请来的客人。他要让宋博才最喜欢的女人，沦为最低贱的女人。这样既惩罚了锦元，又能让宋博才失了颜面，一举两得。至于那锦元，只要他能买下她的卖身契，一切还不是由着他说得算。若锦元不从，他也有的是办法让锦元生不如死。不为别的，就为她敬酒不吃吃罚酒，给脸不要脸。毕竟他憋的宝也不都是用正经手段得来的。

第四章　一怒豪赌为红颜

也不知道钱昆使了什么手段，让班主交上了锦元的卖身契，当夜钱昆便带着人去了宋府要人。去时那宋博才正与锦元吟诗作赋、画眉饮酒好不快活。那锦元更是有几分酒意，千娇百媚，一双勾魂的凤眼，看得钱昆气不打一处来。

钱昆冷笑了一声，想着今夜就让你这女人知道本大爷的厉害，可面上却装着老成。只道他中意锦元，为其赎身，要将锦元接过府中。锦元自是不愿，那宋博才也是纳闷，他也曾想过为锦元赎身，可那班主将锦元看成摇钱树，死活不肯放人。

钱昆拿出了锦元的卖身契，上边白纸黑字红印章，那是经了官的正规手续。锦元不从，宋博才也是急红了眼，与钱昆商量，要用三倍的价格换锦元的卖身契。钱昆自是不愿，称自己并不为钱财，只为美人。宋博才只是文弱书生，钱昆又有锦元的卖身契在手，只得眼睁睁看着钱昆将锦元拉上马车。

锦元离开后，宋博才日思夜想，终有一日跳到了钱昆的院中看到了奄奄一息的锦元。那钱昆不是东西，并没有好生地对待锦元，不但非打即骂，还让锦元一夜伺候了三位胡商。那些胡商性格暴虐，将锦元糟蹋得伤痕累累，早已经没了人样。锦元寻死觅活，只称活着就为见宋博才最后一眼，如今见到了，便要投井，也免得再受非人待遇。宋博才抱着锦元哭成了一团，这时钱昆跑来，只骂锦元不守妇道，他好生待她，她却勾三搭四，还将相好的引到了家里给他戴绿帽子。

宋博才被打了几下后便知那钱昆早有预谋，他是故意如此待锦元，又是故意让人放出风引他而来，更是故意放他进了府中。如今他翻墙而入自是没得道理，今天被暴打一顿，也只能吃了这哑巴亏。可他急中生智，就问钱昆可愿再与他赌一次，还称钱昆技不如人，便如此报复在一个女人的身上，不是大丈夫所为。

钱昆本就是个小人，他才不在意别人如何骂他。可宋博才说他技不如人，便让他想到那次在茶园的赌局。之前他从未听过宋博才赌博，当天输了，也只当是宋博才的运气好，而自己只是粗心大意。可现如今宋博才如此一说，那就是承认自己出老千。赌钱，一来看运气，二来拼技艺。他可以输给运气，却不能输给千术。毕竟以他行走江湖多年的眼力都没发现宋博才出了老千，实在是丢面子。

这已经不是玩了一辈子的鹰却被鹰啄了，而是被鹰把头发都啄秃了。为了挽回面子，他必须让宋博才输得心服口服，而且他还要宋博才为此付出代价。比如说宋府的院子就很好，最好的地段，三进三出的大院，里边还有假山、池塘的景儿。

钱昆本着从哪跌倒从哪爬起来，约定三天后，还是那家茶园，依旧是番摊，这次他们自带赌具。输了他送上锦元的卖身契，赢了他要宋博才那三进三出的院子。宋博才自是答应了，便与锦元依依不舍，只道让她再忍上三天，三天后自会将她接回府中。

三天后的赌约不胫而走，不少人开了外局。这外局就跟闹姓差不多。闹姓是赌科考的状元、探花、榜眼的姓氏，张王李赵，随便押。而今个儿这外局，除了赌这宋博才和钱昆谁能赢之外，还赌了对局数，三局二胜。是二胜制人，还是一胜一负又一胜制人。甚至还要赌上这三局都开的是什么，是番还是角，是稳还是正。总之每个小细节都能拿来赌，大大小小，开了不知多少个外围盘口。

　　三天后，宋博才穿着一身月牙白的衣服来到了茶园，钱昆则一身正红马褂。一个出尘不染，一个盛气凌人。只那宋博才的脸上还依稀有些青紫印记，那是三天前被钱昆打的。好在他有些背景，钱昆也不好下手太重，只是想出出气。但这印记就让宋博才的士气短了一截。

　　钱昆一脸的势在必得，小声地对宋博才说："锦元那女人我和兄弟都玩腻了，你要是不嫌弃就放马过来，赢了你也是捡了个破鞋。输了我将锦元送回老家，去伺候我家那些粗鄙的佃户。"宋博才一听青筋暴出，咬牙切齿地说道："钱昆你不是个男人，我一会儿便让你输得倾家荡产。"

　　依旧是三局两胜，双方先勘验了对方带来的赌具。就是每人十五个骰子。然后将这些骰子混在一起。第一局宋博才抓了一把，钱昆眼睛一直紧盯着。其实钱昆身边站着的随从皆是他请来的番摊高手，自然是千术了得，这一局虽钱昆输了，后边的高手却看出了宋博才的破绽。不想这宋博才不显山不露水却也是千术高手，不过还太年轻，又因气盛才露了破绽，若是再有几年定能赌遍天下无敌手。

　　识破了宋博才的伎俩，第二局自是钱昆胜出。第三局宋博才当庄，这是老规矩，谁提出的赌约谁先当庄，这三局两胜，自是当庄的占些便宜。一般要赌，自然是找第三人当荷官，这样更公平些。但两人赌的不是番，而是千术，自然是亲自当庄了。第三局宋博才故技重施，钱昆成竹在胸，却不想开了正。

赌局开了正便是合局，就要再赌一局。在场的两人倒是没什么，不过是再赌一局，也耽误不了多少时间。可外围的人大失所望，三局两胜，第三局合局的情况并不多，这也就说在外围下注的人大多血本无归。可更让人想不到的是，第四局居然也是正。两人轮流坐庄，居然连开了六局合局，这算是京城赌行里的头一遭。外围的庄家倒是乐开了花，他们挣得盆满钵满，只是苦了那些下注的赌客。

赌到了这个时候，这场赌局已经牵动了不少人的心。钱昆频频与身边的人眼神交流，却没有留意坐在对面的宋博才是越赌越来劲，就连眼神也不似之前的玩世不恭。终于到了第九局，还是宋博才当庄，钱昆一直压了正，结果却开了角，宋博才居然赢了。

宋博才拿过锦元的卖身契，轻摇着手中的折扇，挑衅地看向钱昆。"家奴已在贵府门外等候多时了，还请钱爷开门放人。"态度是不冷不热，可那种鼻孔朝天的感觉让钱昆气得直想掀桌子。怎奈在开赌之前，他已签字画押，赌场无常，自负盈亏。他总不能丢了面子，又丢了气度。

当夜宋博才接回了锦元，倒是成了才子佳人的佳话，只是这佳人有些破落。钱昆却被激发起了胜负欲，他找来番摊的各路高手，势必要将锦元赢回来。赌这个东西，最易成瘾，这瘾不只是来源于银钱，还来源于人的胜负欲。几天后钱昆去了宋府，嘴上说舍不得锦元，实则就是想找回面子。

于是两人立下赌约，依旧是茶园，依旧是三局两胜，规矩不变，但番摊要番上加番，就是既要番余数，还要赌点数。也就是说，看骰子的点数除四，余多少。要是骰子的个数余二，点数余三，那就是角稳。这种玩法少见，倒是很难出千。

钱昆大着嗓门问宋博才敢不敢答应，宋博才却冷冷一笑，不似往日的气场，只称钱昆技不如人，定让他输得心服口服。但他好不容易赢回了锦元，不能上来就拿锦元当赌注。所以他要拿五百两银子和宅子当赌注，他们赌三局。钱昆要能赢他三局，他不但输得身无分文，还得赔掉锦元。

这局又是惊动了整个京城的赌行，大小外围又开得五花八门。到了开赌的日子，那茶园也歇了业，只供两人来赌。两人是坐着轿子带着银子，声势浩大，被一众看热闹的人簇拥着来到了茶园。两人见面分外眼红。赌局开始，先是讲了规矩，两人签字画押，交上了定金和房契。

第一局宋博才居然输了，钱昆收了五百两银子，笑得合不拢嘴。还小声地对宋博才说："等我再赢了你的宅子和锦元，就在你的宅子里招待这里所有的人，让他们都当锦元的新郎可好？"这钱昆手段极其卑劣，他每每在赌博前刺激对方，为的就是让对方急于求成从而出错。

宋博才憋着一口气，第二局居然又输了。钱昆收下了宋府的房契，依旧刺激着宋博才。"唉，不知锦元被这么多人睡了还能活上多久，不过没准她还觉得享受呢，毕竟你这么文弱，一看就知道中看不中用。"

真是是可忍孰不可忍，你可以贬低一个男人，也可以欺压一个男人，但是绝对不能说他中看不中用，那就等于说他不是个男人。宋博才咬着牙回道："只怕你没那个本事。"他彻底被激怒了，也没了才子的风度，一只脚踩在凳子上，辫子也散了，大声吆喝着："开！"

钱昆倒是乐开了花，他要的就是这个效果，只要宋博才乱了，他才能连赢三局。可他没想到的是，这一局宋博才换了套路，直接赢下了两把，第三局宋博才赢了，他赢了钱昆的赌资——五百两银子。

　　这样三局下来，宋博才只输掉了宅子，但他还有五百两银子，依旧可以带着锦元逍遥快活。赌到了这里，钱昆已经动了杀意，不只是钱昆，还有他请来的千门高手，一群老千居然赢不了一个毛头小子，更是连宋博才最后用的什么千术都没看清。这样即便钱昆赢了宅子，也无法善罢甘休。他们丢不起这人。因为这场赌局太过轰动，他们的出现也早有人知道。这要是传出去，丢的可不只是他们几个的老脸。

　　于是便有了接下来的赌约。此时京城里赌行的人都知道，钱昆和宋博才赌的是千术，锦元不过是个彩头。可老百姓依旧不知道，只知锦元貌可倾城，引得京城里三天两头开赌局。宋博才不在乎宅子，他直接让钱昆拿出来诚意跟他赌，也别银子、宅子的，俗气，不如拿出传家宝贝来。比如说鹌鹑蛋大小的螺珠，南珠已是难能可贵，螺珠更是世上稀有，若是有豆粒那么大的就已是价格不菲了，这鹌鹑蛋大小的更是价值连城了。再比如说玄奘的舍利子，舍利子乃佛教圣物，高僧的更是万金难求。

　　只这两样钱昆便明白了，他找人打听了宋博才的底细，那宋博才也同样摸了他一个门儿清。而这两样东西，正是他新憋的宝，只待换个好价钱。钱昆隐隐有退意，他找来的几个千门高手却是停不得手了，吃江湖饭的，自是要混个有头有脸。这面子没了，以后谁都要低看你三分。一个老千直接说道："钱爷不是怕了吧，还是你钱爷差这两个宝贝？"钱昆是箭在弦上，不得不发，只能硬着头皮答应了。

其实这赌红了眼的可不只钱昆和他请来的几个老千,还有整个北京城里的赌徒。几场外围算是风云变幻,让他们赔了一个底儿掉,更有那砸锅卖铁、卖儿卖女卖老婆还赌债的。此时钱、宋两人再次订下赌约,一石激起千层浪。有想趁机捞一笔的,还有想捞回本的。总之个个都跟打了鸡血似的,四处打听外围的赔率。

几天后的赌局算是声势浩大,红毯席地、锣鼓开道,排面堪比中了三甲。来看热闹的人更是人山人海。说书唱鼓的更大肆宣扬此事,只把那宋博才说得爱美人不爱江山,把那钱昆说成了痴汉。可是,明眼人早已经看出其中必有蹊跷。

讲到了这里,那老头儿突然问道:"你们猜,这宋博才和钱昆谁才是最后的赢家?"一旁的食客正听得入迷,被他这么一问,都有些转不过来神,有说宋博才赢的,也有说钱昆赢的。

婉婉在一旁低头吃着面,丁繁高觉得这老头儿的故事说得很好,可婉婉毕竟是个青衣,听有人编排唱戏的,自是心中难过。可这故事与柏天行那日说的很是不同,他又很想听下去,便小声对婉婉说:"你别在意,说书讲古之人总是要投其所好,不免荤素不忌。"

婉婉却淡淡一笑,说道:"那个年代对一些老艺人确实不公,不过我倒想问问你的看法,你觉得他们谁会赢?"丁繁高思忖片刻答道:"只怕是螳螂捕蝉,黄雀在后,这宋博才算计了钱昆,但也不见得是最后的赢家。我觉得宋博才一开始就是冲着钱昆而去,至于锦元不过是他的一个幌子罢了。想必那钱昆的手里有个大宝贝,此人既好色,又嗜赌。所以宋博才才以此方法接近于他。他先是以退为进,又使了一个美人计,最后逼得钱昆不得不与他赌下去。想必那说书唱鼓的人也是他安排的,目的是把钱昆架在火上烤，让他不得不一赌到底。我能肯定，接下来的故事会很精彩，最后钱昆定是输掉了他的宝贝。"

婉婉又问道："何为以退为进？"丁繁高笑答："如果宋博才想要钱昆手里的宝贝，直接找钱昆去赌，只怕钱昆会起了戒心，反而不能如宋博才所愿。相反，宋博才使了计谋，让钱昆主动找他来赌，这样便是以退为进，反而事半功倍。有的时候，捕猎不一定要以猎手的身份出现，他可以先是饵，引起对方的胜负欲，这样便可一步步将猎物引进圈套，再死死套牢。"

婉婉不住点头，看向丁繁高的目光带着些许的赞赏。丁繁高对着婉婉清亮的目光，心里就如同偷了仙桃的猴子，上蹿下跳，可面儿上还得绷着，得深沉。这时一旁的人也催促起老头儿来，大家伙都听得起劲，三催四请的，那老头儿也挣足了面子，便继续讲起了故事。

这次的赌约便是七局，宋博才说七是个吉数，古人常说七上八下，所以既然要赌，就赌个痛快。宋博才带来的赌资有宋朝的官窑、王羲之的真迹、秦朝的玉璧、鸽子蛋大的夜明珠、高僧的佛骨舍利和一个青铜尊，还有锦元的卖身契。

钱昆自然也是天财地宝，每一样也不逊色于宋博才那几样东西。这次赌局又改了规矩，七局之后谁赢的局数多便可以拿走所有的宝贝。两人签字画押，最后便开始下场。这次赌局算是精彩万分，只见那宋博才也是拿出了看家的本事，将那大海碗往那骰子盒里一扣，接着用臂一拍，那碗飞将起来，在空中带着骰子翻了几翻，却是一颗骰子也没掉，最后稳稳地落在了桌上的红色绒布上。待下了注之后，他掀开海碗，中间人上前读数，结果自是宋博才赢。

而那钱昆也不甘示弱，他把那海碗翻得噼啪作响，待他吃下一块茶点后，那碗里的骰子方才没了动静。可见他内功深厚，否则也不会让那些骰子自转了这么许久。他其实赌得明确，即便宋博才能看出骰子的个数，也绝对猜不出骰子的点数。

　　两人你来我往，看得围观的人眼花缭乱。就这样赌到第五局的时候，天已经黑了。钱昆便让人点了灯。茶园里灯火通明，一旁观战的人看得也是兴起，直把那茶楼的点心吃空了，热水也喝没了。到了第五局本是宋博才坐庄，可钱昆拿下了这局。而下一局轮到钱昆坐庄了。此时的宋博才也变得十分严肃，接下来的第六局算是将赌局进行到了白热化。第六局你追我赶，最后居然是合局，这个结局再一次出乎了所有人的意料。这样便进入了第七局。

　　第七局更是精彩异常，宋博才的手法是越来越精进，钱昆也用了十层的内功。赌到最后，便是真正的生死局。是抱得美人归还是倾家荡产，就要看这一把了。宋博才压了番、角。而钱昆则压了角、番，正与宋博才相反。所有人屏气凝神，只等揭晓最后的答案。可就在碗被打开的那一瞬间，一颗骰子居然在众人面前化成了灰烬。这开了局便是结果，那化成灰烬的骰子自然不作数。中间人一查，正好是番、角。少的那颗骰子点数应该是五。

　　钱昆眼睛瞪得比牛还大，他指着宋博才的鼻子大骂他出老千。宋博才却冷冷一笑："你技不如人，又何苦失了风度。再则这骰子也是大家伙儿勘验过的，只怕是你钱大爷的内功深厚，最后将那骰子震成了粉末，便是便宜了宋某。"围观的人纷纷点头。宋博才又凑近了一些，用只有两个人能听到的声音说道："我要是钱爷就不会纠结这些有的没的，我只会想，如今你这螺珠没了，你那舍利子倒是跟我带来的佛骨舍利凑成一套，三天后，你上哪儿能找出更好的宝贝跟宫里交差。"

钱昆青筋条条迸出，他早已起了杀心，却不能在众目睽睽之下动手。他做梦也没有想到，宋博才的内功也这么牛，居然能将一颗骰子摇成了粉末。若说他技不如人，也真算是技不如人了。可他此时已山穷水尽。其他几样宝贝没有了，他还能再去淘弄，但三天后的差是真的交不上了。

那宋博才真狠，忒坏，算准了他手里只有这七样宝贝，所以才设了七局的赌约。目的就是让他人财两空，最后还要落个欺君砍头的下场。倒是他小看了这宋博才。这姓宋的小子看着年轻，却是比他还要老谋深算。这次他算是栽了，可他不是个认输的人，他的人生信条是，他想要的东西就算是明着得不到，暗着也得到了他的手。

宋博才却看出了他的想法，又补了一句："钱爷，打今儿起，我宋博才若是有什么三长两短，那就是钱爷你与我过不去，我那舅父定不会坐视不理。"言外之意，他要是出了事儿就是钱昆干的。

钱昆思来想去，若他三天内不能抢回那螺珠和舍利，自然是无法交差。可他若是杀人越货，再将螺珠和舍利上交，也等于自投罗网，这横也是死，竖也是死，这就是个死局。

这时身后之人说了一句："钱爷，不妨求他再赌一局。我等相信，再有一局，定能看出他的破绽。"钱昆一听来了主意，突然拦住了要带着所有宝贝离去的宋博才。"宋老弟且慢，我们再赌一局，我用宋府的房契和所有的家当来赌，你看如何？我要赢了，我给你宋府的房契，你给我螺珠和舍利；我若输了，钱某所有的财产都过于你宋老弟的名下。"

宋博才回头，这买卖稳赚不赔，他反问道："你当真要赌？"钱昆叹了一口气，好汉不吃眼前亏，他再也没了之前的气势。"钱某不得不赌。"嘴上算是服了软，心里却盘算着君子报仇十年不晚，等过上几年，所有人把此事都淡忘了，他便灭了宋府满门，再伪装成抢劫的样子。到时候他改头换面去西域待上几年，一样过逍遥的日子。

宋博才微微一笑："钱爷，我劝您一句，你这是气运不济，还是早些回去算了，别到时候赌得身无分文，房无片瓦，最后闹得流浪街头的下场。"钱昆却拉着宋博才的衣袖不放，人在屋檐下，怎敢不低头？他说："宋老弟，就算钱某求你了，之前是钱某人不对，改日我登门致歉，我给那锦元磕头认错。"

见钱昆如此做小伏低，宋博才道："杀人不过头点地，也罢，今儿个我就陪你再赌一次。不过除了你说的彩头之外，我还要你另外一件东西。"钱昆见有门儿，连忙问道："宋公子想赌什么？"宋博才指了指他身边的灯："你带来的这盏灯。"那灯不过是盏普通的立灯，并无甚稀奇。可只有钱昆知道，那灯里还有一颗珠子，一颗黑色的珠子，一颗让他逢赌必赢的法宝。只是这秘密并没外人知道，这宋博才又是如何得知的？

"只不过是一盏灯而已，钱爷不会是舍不得吧？若是钱爷舍不得，那宋某便告辞了，锦元还在家中等着我用膳呢。"说罢，宋博才作势要走。钱昆立马拦住："且慢，我同意。"其实那黑珠子也没甚稀奇，不过是会发光，且能助他逢赌必赢，可自打遇到了这宋博才，他那珠子便也不灵了，用它一搏，总好过被问罪杀头。

这一局钱昆算是赌上了身家性命，那宋博才却是信心十足，坐在桌子的对面。此时钱昆终于想明白了，自己这是入了姓宋的套儿。这姓宋的只怕没有这么简单，定是千门中人。他再看向四周，周围看热闹的人中，有几个很是眼熟，想必之前在赌坊就遇到过。

他真是糊涂，居然连自己何时被人盯上的都不知道。他这不是遇到了一个老千，而是遇到了一伙老千，只怕这些人盯上他许久了。而且步步为营地将他逼入了绝境，他们最后就是为了他几年前设计弄来的黑珠子。看来这一局他要万分小心，绝不能让这些人奸计得逞。

想他搬山卸岭、憋宝半生，何时吃过此等的暗亏。只是风水轮流转，他今天不过是走了麦城。待他翻了身，定让这群老千死无葬身之地。可他低下头来又突然想到，那灯里的珠子到底是何来历，会引来了这些人，设了这么大一个套儿引他入局？

说到这里，那老头儿又停了下来。便有那按捺不住的问道："我说老哥哥，你咋又停下来了，成心的吧？"老头儿嘿嘿一笑，说道："渴了，要不咱明个儿这时候再接着说？"一听这话，一旁的几个人都不乐意了，这老头儿准是在茶馆说书时养成的臭毛病，惯会在这关键的时候要赏钱。于是一旁的人买了一瓶汽水，将瓶盖打开放到了老头儿的面前。那老头儿拿过汽水，笑嘻嘻地说："还是橘子味的，不错不错。那咱就接着讲了。"

第五章　兵不厌诈千门术

那老头儿喝了汽水，便又吐沫横飞地讲了起来，讲得是事无巨细。

故事讲到这里，就必须讲一讲千术的由来。《孙子兵法》云"兵者诈也""兵者诡道"。意思就是对外阴谋诡诈，对内亦然。其实战争就是一种特殊的赌博，在战场上运用各种诈术，便可以以少胜多，更能不战而胜。这三十六计，计计皆为千术。

行兵布阵如此，生活中亦如此。大到朝堂、深宅大院，小到市井小民、买菜穿衣，处处都离不开千术。而现在说的千术，大多指赌博等为得到钱财而使用的骗术。其实千术亦被称为"幻术"，因为赌局上的老千多以手法快而得胜。

而钱昆遇到的这些老千，俗称"骗子"，就是组团骗，是个以千术为手法骗取钱财的利益集团，其分工明确，各司其职。这样的千门有八将之说，具体可分正、提、反、脱、风、火、除、谣八种人。

正将，也就是开局的主持。一般情况下，这样的人便是千门中的话事人，也就是老大。目前看来，这正将并不明显，也许他就在钱昆的身边，也许他只坐在幕后，垂帘听政，运筹帷幄。

提将，一般情况下，就如同赌档的塘边鹤，专门负责劝人入局玩。

反将，用激将法来诱人入局的人，眼前这局设计巧妙，这提将和反将皆是宋博才。

脱将，当这个局穿帮，帮人逃脱跑路的人。此时站在他旁边的老头儿，虽然穿着普通，眼神却异常精明，应该就是脱将。

风将，专门收风或情报，也就是望风的，视察环境的人。应是钱昆家外挑着扁担卖货的货郎，近几个月来，他经常在钱家附近卖货，钱昆之前并没见过他，想必就是那风将了。

火将，东窗事发后，如果他们不能成功脱逃，那便会有人负责以武力解决。眼下看来此时站在宋博才身后，龙行虎步，怀里好像还揣着家伙的人，虽看着像看客，却应是火将。

除将，负责讲数，以及散局后善后的人。此局中的除将并不明显，但再一细想，此时外围设了不少的赌局盘口，想必那除将也是外围的小庄儿。

谣将，专门散布谣言，引诱羊牯入局的人。这羊牯就是指受骗的人，也有说肥羊、冤大头的。很多地方把骗人叫宰肥羊。而前几天那说书唱鼓的人，就是宋博才使了银钱雇用来的谣将。

钱昆心里百转千回，想着这好大的一个千局，想必从筹谋到设局，再到引他入局，最少要用去一年多的时间。这一年多的时间里，其他的吃喝拉撒不说，单说给宋博才装点门面，用来花销的银钱就不止百两，这件事处处透着古怪，那颗黑珠子真的有那么大的价值吗？

提起那黑珠子，便要从几年前说起。憨宝人四处寻访天财地宝，钱昆这一日便到了关外。关外乃是大清朝的发源地，更是有着数不尽的宝贝。钱昆这趟关外之行，为的是东北的大棒槌。棒槌就是人参，这大棒槌可不是个大的人参，而是指成百上千年的人参，那是快要成了精的。所以在东北不叫挖人参，叫抬棒槌。

这抬棒槌也是有讲究的，谷雨之后白露之前开始拉帮。由参把头张罗组建放山的队伍。这参把头是放山行业的带头老大，他得知道哪座山头有人参，懂得挖参的技术，不会迷路，挖到了人参还得平均分配。只有德高望重的人才能当参把头。

这拉帮的队伍里还有二把头，就是参把头的帮手。还有边棍，负责日常事务。还有端锅，做饭、烧水的，其余的人叫腰棍儿。进山的队伍一般分三、五、七、九个人。讲究的是去单回双，因为放山的人把人参视为人。也有一个人独自放山的，一般叫单棍撮。

进山也不是随随便便找个日子，得选个黄道吉日，再祭拜山神爷之后才能进山。一般会选择初三、初六、初九或是初八、十八、二十八。祭拜了山神爷，便可以安营扎寨，选择背风向阳的山坡搭建地炕子，就是窝棚，也叫"压仓子"。

之后便是压山，挖参人排棍儿寻找人参。这压山讲究的是望山景，也叫"观山景"。经验丰富的参把头来观察，哪座山能长出人参。望山的时候参把头自是双眼一眯，一副讳莫如深、高深莫测的神秘模样。多半都是故弄玄虚，实则也是看朝向，也有凭感觉，更有用前一天梦境来决定方向的。

压山时需要排棍儿，参把头挑杆，经验丰富的成员站两边也叫"边棍儿"，其他人为腰棍儿。那些初来乍到的叫"初棍儿"，初棍儿一般都压趟子。压山的规矩多，不准许随便喊话。只能用手里的木棍敲击树干来传递信息，这称为"叫棍儿"。

排棍儿压山时，不能随便改变方向。只有参把头喊了"打拐子"才行。压山的时候不能坐树墩，因为传说树墩是山神爷的宝座。所以一些故事里，山神爷都是从树墩子里变出来的。

压山时发现人参称为"开眼儿"，发现者要高喊棒槌，这一嗓子叫"喊山"。那参把头听到有人喊山就要接山，得气运丹田声音洪亮地回一句："什么货？"这货吧，主要看人参的叶子来区分，一年内的人参有三片小叶子，称"三花子"；两年的有五片叶子，三大两小，称为"马长子"；三年的分为两个杈，每个杈上有五片叶子，称为"二角子"；四年的分三个杈，称为"灯台子"；五年的分四个杈，称为"四品叶"；六年的分五个杈，称"五品叶"。更多年份的人参最多长六个杈，也就是"六品叶"。

之后所有的人要一起喊："快当，快当。"这是满语，就是顺利的意思。这叫"贺山"。若是压山的看花了眼，一看不是人参，是狗宝，就得给山神爷磕头，然后才能继续压山。

相传人参为百草之王，是地精，被人发现后自己能遁地。所以要锁住人参，得用两头系着骨钳的红绳绑在棒槌上，防止棒槌土遁。等再拜了山神之后就可以抬棒槌了。

抬棒槌是参把头的活儿。不能上来就用铲子挖，那准得挖坏了、挖残了、挖得不值钱了。挖参的工具也是有讲究的，叫"参起子"。有青铜的签，有象牙的签，还有鹿骨的签。分工也很明确，有拨石的，有撬石头的，还有抬参的、拨参须的。一套参起子往往都是传代的宝贝。这抬棒槌可是个技术活，你不能急，得耐得住性子。那上好的参根须茂盛，你急了，那肯定不能全须全尾地将参抬了。

抬完了棒槌就要打参包子，取一大块新鲜的苔藓，撒上参坑的土，包裹住人参，外面再包一层桦树皮，这样才能保证人参的品质。另外挖开的参坑要归拢好，得用红布盖上。这就跟挪坟之后要往里埋一个萝卜是一个道理。放山的把人参看成人，人参离开了土坑，那土坑要是不填埋好，不盖上个红布，那是要用人命来填坑的。这便是行规，多少年来放山的人都要遵循的规矩，现在很多抬棒槌的人依旧保留着这样的习惯。

抬完了棒槌，还要砍兆头，在挖出的人参附近找一棵红松树，在朝着深坑的方向剥掉一大块树皮，在树干上用刀划出横杆，左侧为参与人数，右侧为人参的品质。这砍兆头一是见证，二为留个印记，来年再到这里寻棒槌。下山的时候也不能把窝棚拆掉，更是要留下干粮、米、盐，这是留给上山迷路的人用。

瘸拐廖就是个参把头，一般参把头都是家传的手艺，可瘸拐廖不是，他是个外来户，具体是来自于哪里没人知道。有人说他是从京城逃难来的，也有人说是失手杀了人才逃到了深山，更有人说他本是个贵家子，怎奈家逢突变，被发配到了宁古塔。因为他的脸颊上有块疤，看上去像是烫的，却跟刑犯脸上的刺字位置相同。

瘸拐廖虽然脸上有疤，但腿最初可不是瘸的，那时候他只有十五六岁，像个乞丐似的来到了靠河屯。他先是搭了个窝棚，靠着下河摸鱼、挖野菜活了下来。他虽人小，也邋遢，却很机灵，见天地帮孤寡无依的老廖头干活，最后成了廖家的养子。

靠河屯本是一个部落的后裔，世代生活在大山之中，后又被朝廷招安，就是专职的放山人。那时长白山是满族龙脉所在，所以皆是禁地，外来人根本入不了山。而山里的原住民，多为官府登记造册的山民，有的负责官猎，就是按着朝廷的旨意进山狩猎，朝廷说要打鹿就只能打鹿，让打熊，也必须打熊。你多打了不行，你打不着也不行。所以除了种庄稼，许多山民都会些本事。而这靠河屯的山民每年都要奉旨采参，采来的参大的要进贡给朝廷。但东北是山高皇帝远，放山之人除朝廷所需的人参之外，还会多采一些人参，只要肯拿出来一些打点上边的官员，那些官员也就睁一只眼闭一只眼，那些多采的人参就可卖了换钱。

当时靠河屯就有这么一个世代放山的参把头，姓黄，外号黄大棒，在当地有一号，只要提是黄大棒挖出来的人参，那肯定是几十年、上百年的好参。放山的人多了，可回回都能挖到好参的不多。黄大棒靠的是祖上传下来的秘诀，以及自己多年放山的经验。

在老廖头的说和下，瘸拐廖当了腰棍儿。放了几年参，练就了好眼力，次次都能开眼，而且一开眼都是大货。就在一次放山的时候，他救下了差一点儿掉下山崖的黄大棒，结果留下了残疾，变成了跛足。他这腿瘸得也怪，平时干活走路一瘸一拐的。可一上山就看不出来了。山路坑洼泥泞，别人走路是深一脚浅一脚，唯有他健步如飞，比在平地上走路还要得心应手。大家都说他天生就是放山的料。

之后黄大棒把女儿嫁给了瘸拐廖，更是把家传的手艺都交给了他。他学成之后，并没有拉帮，而是单棍撮。第一次他自己放山，就挖回来一根百年老参。那参虽不大，却根须茂盛，参形也好，极像白发长须的老头儿。

黄大棒此时已被叫成了黄老棒，说这参好，先别着急出手，等个好年景，准保卖个大价钱。可几年后屯子里闹了雪灾，庄稼没收就被大雪压了。眼看着收不了秋粮，全屯老小都活不过冬，这时候瘸拐廖把那参拿出来换了钱，救活了全屯子的乡亲。

打那儿以后，他便有了瘸拐廖的绰号。其实这是美誉，是说他跟度人度己的八仙一样。此后很多人都主动找瘸拐廖放山，可他依旧是单棍撮，独来独往，自凭本事挣钱，可挣的钱也不过是养家糊口。结果平静的日子还是被打破了。

京城里来了一个当官的，具体是个什么官不知道，只知道他骑着高头大马，腰上横着一把宝刀，还挂着一块金灿灿的腰牌，身后还跟着几十个八旗兵。说是宫里来的官，进了屯子便进到了黄老棒的家，逼着因年老而多年不放山的黄老棒放山。不干便一把刀压在颈上，冰凉冰凉的。黄老棒不怕死，却怕一院子的老小受了他的牵连，只得硬着头皮上山。这次不用黄老棒亲自拉帮，边棍儿、腰棍儿都找好了，都是附近有经验的人。

可那哪里是官兵，简直就是兵匪。上了山后，他们便逼着黄老棒去找大棒槌窝子，说是皇帝大寿，必须有株千岁的老参，方能体现皇帝的威严，更有福寿延年的好寓意。黄老棒说那千年老参皆是山神爷的恩典。可那当官的反手就是一巴掌，道："黄家世代挖参，留有传世参谱，你能不知道哪有老参？只怕是不知天家威严，想要以身试法。这一趟你找不出那千年老参，定会株连了九族。"

黄老棒叹气，他家是有本挖参的秘籍。那是他家几代挖参总结的经验，而且每出一次大货，就会在自绘的图上做上标记。几代之后，他们便知道大概哪个地方最易出大货。可他们山里的人讲究的是细水长流，所以黄家有家训，那块宝地，每十年只能去一次，一次只能抬一株老参。这叫留后，是给黄家的子子孙孙留的财富。可这是他们黄家的秘密，怎会被外人所知？

这一趟，所有放山的人都没能活着回来。上山一个月后，只有那群兵匪下了山。当官的称所有的人都为皇帝尽了忠，他回去自会禀明圣上，下旨封赏那些人的家眷，之后便带着一个红布包着的盒子回京复命去了。

待那群人走后，瘸拐廖便上了山，他答应了媳妇一定要找回岳丈的尸首。瘸拐廖循着踪迹便找到了黄老棒放山搭的地炝子，并在隐蔽的地方找到了黄老棒留下的遗书。黄老棒自知此行定百死而无一生，便将上山的整个过程记录了下来。

那些兵匪从不讲放山的规矩，不但坐了树墩，还不用唇典。放山忌讳多，说任何话都要说拿。生火叫拿火，吃饭叫拿饭，只有这样才能拿到好人参。更是忌讳很多字眼，放山时不能说话，只能叫棍儿，可那些兵匪大声喧哗，还四处狩猎，夜里饮酒嬉闹。黄老棒劝他们要守规矩，否则山神爷是不会开眼的，可换来的就是一巴掌打掉了一颗门牙。

但这些只是个开始，排棍儿之下，他们连着两次开眼都是四品叶。放山的忌讳四，连着两次就是要出大事的征兆。此时其他人都有了退意，黄老棒不敢多说，因为当官的只会说自己上过战场，杀人如麻，从来是百无禁忌。

接下来的几天，便没有了任何收获，这又是放山人的忌讳，这是老天不开眼，不再赏饭吃了。这还不算，他们还犯了第三个忌讳，他们带来的粮食吃完了。这在放山人的眼里，就已经是山神老爷要惩罚他们的意思了。黄老棒找那当官的，可那当官的告诉他少耍花样，回头就杀了个腰棍儿，若是黄老棒再找不出千年人参来，他们就一天杀一个人。说罢当着黄老棒的面，又杀了一个人。

此时黄老棒更是谨小慎微，知道这一趟虽然抬不出大货，只能是活着的人遭罪了。就在那天夜里黄老棒做了一个梦，梦到了两个胖娃娃。一丫一小，就是一男一女，穿着红布兜兜，在树林里玩耍。这时候一个老太太出现，拎着棍子撵他走。

黄老棒醒后，知道这是山神爷给他的提示，他的前边是真的有两个老参。那一丫一小就是两株老参。而那老太太就是山神爷的化身，提示他不能动这两株老参，否则死无葬身之地。这梦算是又犯了放山人的大忌讳。可黄老棒根本无路可退，思来想去，他决定跟当官的摊牌，称自己能找到大参，但请他们放过所有的人。

那当官的爽快地答应了，还许诺给黄老棒赏钱。黄老棒半信半疑，但也知道，他一日找不出个好东西，这件事就一日不能结束。第二天他排山就发现了两株老参，一株不足千年，另外一株则不止千年，他将这事儿记在遗书里，并称自己会先抬出那株不足千年的参，而另外一株他会偷偷剪掉它的枝叶，留给黄家的后人。

看到这，瘸拐廖感叹，那些兵匪实在可恶，得了人参，却一个活口也没留下。他继续上山去找这些人的尸体，陆陆续续在一些参坑里发现了其他的人。原来那些兵匪抬出一株人参，并不回填，只杀一个人填坑，还在那人的身边焚烧祭品。

瘸拐廖看着那坑里的东西背脊生寒，这种杀人填坑的方法是种邪术，只怕那些人不只是官匪那么简单。无须多言，那黄老棒当然也被填了那老参的坑，瘸拐廖将所有人的尸体都掩埋后便偷偷下了山，连夜带着一家老小就离开了靠河屯。

钱昆是从一个老兵痞嘴里听到的这个故事，那老兵痞正是当年那些兵匪之一。天财地宝，皆为憋宝人的一生所求。为了那千年老参，钱昆来到了东北。他以为瘸拐廖不可能离开东北，一来他有着一身的放山本事，另外他肯定是个逃跑的囚犯，即便他狠心将刺字给烫成了疤，可若到了繁华之地，只怕也会被有心人所留意。

这钱昆倒是有些本事，还真让他找到了那瘸拐廖。此时的瘸拐廖改了姓，就在离靠河屯一百多公里外的山林里隐居。钱昆假装迷路的路人，却不想那瘸拐廖精得很，一眼便知钱昆不简单，而且还拿出了劈柴的刀，准备杀了钱昆。这钱昆憋宝靠的可不只是眼力，更有那一身的阴毒本事。他便使了阴招擒了瘸拐廖，用尽卑鄙手段逼迫他交出了黄大棒的遗书。那遗书上有那千年老参的地图。

钱昆得了图，便逼着瘸拐廖跟他去放山，瘸拐廖却咬舌自尽了。钱昆见人死了，好在有图在，就不怕找不到人跟他去放山。之后他本应就此离开，他却杀了瘸拐廖的妻子，还糟蹋了他家的姑娘，最后一把大火烧了房子，来了个毁尸灭迹。

次年他找了人跟他去放山，他找了很久，终于找到了那株老参的位置。可放山的参把头挖出来的却是一具干瘪的无头死尸，那死尸极为恐怖，周身满是大树的根茎，显然已跟一旁的大树融为一体。这人不是别人，正是当年被填了坑的黄老棒。就在黄老棒尸身不远处，他们又开了眼，这一挖却是挖到了一颗人头。而那人头之中便是一株千年老参，老参受了人头的供养，参须已经顺着头盖骨的缝隙不断地生长。

参把头吓坏了，磕头直说这参沾了邪气不能抬。可钱昆怎能善罢甘休，一石头将那人头敲碎，生逼着参把头抬了参。而那参的根须里就包裹着这个黑珠子。得了参后钱昆杀了所有放山的人，独自带着参下了山。也正是那株千年老参，让钱昆搭上了现在的路子，过得风生水起。

钱昆本以为千年老参盘着的珠子定是价值连城的宝贝，可不想带回去之后，横看竖看，也没看出个子午卯酉来，倒是发现这黑珠的粉末做成的骰子可以出千，于是他便留下了这黑珠子。这一隔经年，钱昆早已忘掉了当年的往事。如今竟然有人提起了这黑珠子，还真让他摸不着头脑。

钱昆低头想着对策，如何才能破了此时的困局，可无意间他看到，宋博才似笑非笑地看向了他身后站着的一个人。他恍然大悟。到现在他都没想到谁是这千局里的正将，难道这正将不是别人，正是此时站在他身后，他花重金请来的千术高手陆三爷？没错，他说他最近怎么这么背呢，原来身边一直有个大老千。定是这人换了他的骰子，又向宋博才传递消息，这才让他输得一败涂地。

钱昆回头看了一眼陆三爷，就见陆三爷在后边挤眉弄眼，越看越可疑。本来这场赌局他已生退意，不过是对付一个纨绔子弟，又不是非得在赌桌上把人赢了。可每当他想退之时，那陆三爷必定从旁劝阻，说什么丢了银钱是小，失了面子是大。吃江湖饭的人，谁不是把面子看得比命都重？有的时候甚至会反将他几句，说他不是怕了那毛头小子了吧，云云。总之，他如今被人架起来烤，都是这陆三爷的错。

开局之后，钱昆便学聪明了。之前他押宝前都会询问后边几位老千的意见，这一次，他们说押角，他就押番。说押稳，他就押正。还别说，真就押对了。

到了最后一局的时候，陆三爷直接把钱昆拉到了一旁，说："钱爷，我研究了许久终于明白了。这小子的千术其实很简单。钱爷你本身就是番摊高手，再加上有我们老哥儿几个坐镇，所以他根本不是在骰子上动了手脚，而是在手上。他手里定有特殊机关，若是你押对了，就在开碗时用细针撩拨其中的骰子，这样就可掌控全局。所以这一次你一定要押番、正。我算过了，这次他不论如何出千，都不可能开正。"

钱昆冷冷一笑："陆爷还真是千中高手，连钱昆都佩服得五体投地。"说完，钱昆甩袖而去。陆三爷蹙眉，总觉得今天的钱昆说话有些阴阳怪气的。等回到了赌桌上，钱昆直接压了番、稔。他心想着，既然陆三爷让他压正，那就肯定不是正。他相信自己的眼力。

宋博才看着钱昆落了花，便有些不自然地看了一眼陆三爷，又很没底气地问道："钱爷不改了？"钱昆冷哼了一声，看来他猜对了。这姓宋的和姓陆的，果然合起伙来欺骗他。待他赢回所有的钱财之后，一定要揪出所有设局骗他之人，然后把他们扒皮碎骨，再锉骨扬灰。

"不改了，开吧。"钱昆气定神闲地说道。宋博才拍手大笑，他向钱昆比了一个大拇指："钱爷好气度，泰山压顶依旧面不改色，宋某佩服，佩服。既然钱爷不改了，那宋某就开了。"说罢扇子"啪"地一合，然后慢慢掀开了盖碗。在场所有人都屏气凝神，这一场豪赌，可是事关了很多人的性命。

当盖碗打开的那一刻，钱昆彻底傻眼了，居然开的番、正。他输了，输掉的不只是那些宝贝，还有可能输掉自己的命。他回头看向陆三爷，陆三爷却也目光冷厉地看着他。"钱爷，您是故意跟我们老哥儿几个开玩笑吗？我让您押番、正，您却押了番、稔，您这是故意让我们老哥儿几个开的盘口血亏啊？"

　　钱昆哪里知道，这陆三爷和那几个他请来的老千早就商量好了。钱昆给他们的佣金不过每人几十两。可要是他们开了盘口，兴许一把就能赢回所有的养老钱。这样他们也好退隐江湖，过些逍遥日子了。

　　这时宋博才走到近前，将那灯提起，笑着道："钱爷，咱们后会无期。"说罢向陆三爷拱了拱手。那陆三爷没看明白为何宋博才会独独给他见礼，可下一秒，一把明晃晃的刀已经砍了过来。只见那钱昆双目赤红，嘴里念叨着："姓陆的，你不顾江湖道义，你阴我。我要是活不成，也得拉你当垫背的。"说罢便疯了一般地冲向了陆三爷。

　　陆三爷感觉血气上涌，他开的外围盘口已经输掉了他全部身家，他还想找钱昆说道说道呢，不想这钱昆居然恶人先告状，于是他拔刀迎了上去。刀剑无眼，两人血拼之下都受了重伤，几个拉架的老千不知怎的也打成了一团，最后那钱昆被乱刀砍死，而那几个老千也死的死，伤的伤。死的还罢了，伤的拉进了大牢，熬得伤口溃烂生蛆，最后被拉到了菜市口"咔嚓"一刀，身首异处。

第六章 "水心斋"南宫店主

　　再说回那黑珠子，就在钱昆砍向陆三爷的时候，正好刀锋划过了宋博才手里的那盏纸灯。纸灯摔在地上，掉出一颗黑珠子，宋博才则快速将那黑珠子捡起，揣在了怀里，后来他将那黑珠子送给了锦元。

　　宋博才要娶锦元，便租船回家禀告父母，结果遇到了暴风雨，船上无人生还。锦元苦等情郎，等来的却是情郎的死讯，也就跳了护城河，结果被一个大官所救，之后便成了这个大官的小妾。

　　有一日锦元把玩那黑珠子时，发现那黑珠子隐隐地散发着黑光。她仔细一看，之前钱昆将珠子砍出一道裂缝，那黑光便是从那裂缝中发出来的。她用力一掰，结果那黑珠子就如同脱了一层壳，瞬间黑光耀眼。可到了第二天，那珠子又变得黯淡无光了。

　　她将黑珠子放到油纸灯里，若哪天灯亮了，便是那黑珠子又开始发光了。据说那黑光十分奇特，且那光所照之物会呈现出七彩斑斓的影子。这也就是大官府里总有人说闹鬼的真正原因。此后锦元暴毙而亡，那黑珠子便流到了古彩刘的手里。

　　当然，也有说那大官要借那黑珠子谋反，在宫里头闹出了几起怪事儿。皇帝知道了自然不愿意，就命粘杆处的人把那大官给弄死了。粘杆处又叫"血滴子"，可都是杀人如麻的主儿。据说那古彩刘便是"血滴子"。之后的事儿便是皇家秘辛，也就无人知晓了。

老头儿喝完了整瓶汽水，就道再不回去家里那婆娘又要生气了，若大家再有疑问，他改天再来。等他走后，一旁的人就说，这老头儿满嘴跑火车。他可是个彻头彻尾的老光棍，何时有过老婆？只怕是今天的故事编得太过离奇，若有人提出问题，他也难自圆其说，于是便灰溜溜地跑了。

老头儿虽走了，丁繁高却震惊不已。这故事可算是替他解了惑，可也给他存了疑。这故事里处处都是险恶，处处皆是人心。且那故事里的黑珠子与他手里的黑色石头类似，只是外形略有不同。也不知那黑珠子与他手里的黑石头本就不是一物，还是那故事传来传去，传走了样儿。难道之前跟踪他的人，是为了那黑色石头而来？可这事儿并没几人知晓，那些人又是如何得知的。

丁繁高想得入神，直把那面酱沾到了鼻子上，引得婉婉掩嘴偷笑，笑得花枝乱颤。那笑容如点墨成画，让人挪不开眼，看着看着就有点心痒痒的。于是他只得找个话题："你说这故事有几分真？"

婉婉回道："半真半假吧。不过我师父说她见过古彩刘的影灯，那影灯之中用的是一种特殊工艺制作出来的红烛，可没有传说中的黑珠子。许是故事传说总有失真，你一听一过，别太当真了。"

下午婉婉还要去排练，丁繁高想着与其等着柏天行去打听南宫店主的消息，不如自己先去"水心斋"附近转转。下雨天打孩子，闲着也是闲着。也许今天出门的时候遇到了喜鹊，也许今天的炸酱面很合他的胃口，总之丁繁高觉得今天会有好事发生。

秋日正午的暖阳透过繁茂的树叶，温和又带着一丝清凉，照得人暖洋洋的。丁繁高穿过逼仄的胡同，不时躲避着嬉闹的孩童，也被逼着听了一些大妈们嘴里的趣谈，光怪陆离且暗潮汹涌。

在他的眼里，这里的一切正如他在伦敦读过的关于中国的报纸一样，却也不太一样。报纸上的照片是晦暗的，文字也不带着一丝温度，而这里的一切虽然繁乱，却带着浓浓的烟火气。总的说来就是两个字：亲切。

这是他骨子里的基因所决定的。在英国的时候，他也一直在学习中国文化，也十分关注中国的任何消息。在此之前，他已经努力将一些流失海外的文物送回了中国。其实那是他以另外一种形式的归乡，现在则是他真正意义上的归乡。

"今天的天气真好。"丁繁高再次感叹道，他终于对秋高气爽这个词有了印象化的了解。因为此时的英国已经过了黄金季节，开始变得阴雨连连，他的姨母有风湿性关节炎，一到这个季节总是十分难熬。许久之后，丁繁高住进了北京的四合院，又看到了一样神奇的东方家具——火炕，他觉得这东西应该在英国普及，火炕能成为风湿病人的福音。

丁繁高终于来到了"水心斋"古董铺子，他抬头看着那块厚重的匾额，仿佛看到了岁月的长河在涓涓流淌，而一件件物什从崭新变得陈旧，有的进入了博物馆，有的进入了普通家庭的杂物间。每一件古董都经历了许许多多的故事，经年之后，那些故事都被历史淹没，而那些古董还留存于世间，无声地诉说着关于它们的故事。

这是一种很奇妙的感觉，说不上来。丁繁高找不到一个词来形容他看到这块匾额后的感觉。来之前他也托人问过这"水心斋"的来历，只说是一间新店。可不知为何，他却在那古朴的匾额上看到了年代感。那种饱经风霜，见过盛世年华，又经历朝代更迭的沧桑感。这古董铺子有点儿意思，丁繁高被勾起了兴趣，便阔步向铺子走去。

突然，丁繁高眼前一道光一闪而过，虽然短暂，却被他完全捕捉到了。他顺着那道光看去，却见一双深幽异瞳正锁定着他。没错，这是猎手锁定猎物的目光。丁繁高嘴角轻轻勾出一个弧度。他上前一步，想要看清楚那双异瞳的主人，可那双眼睛却又消失不见了。他本以为是自己看错了，可这时又一黑影一闪而过，他一个愣神的时候，那黑影已经扑到了他的面前。他连忙后退，本能地用胳膊去拦，可诡异的是那黑影就那样在他的眼前消失不见了。不留痕迹，而且没任何的征兆。他惊惧地看着四周，四周的人一切如常，下棋的下棋，择菜的择菜，仿佛刚才的一幕只是他的幻觉。他定了定心神，这"水心斋"确实与众不同。

看来他今天确实运气不错，等了这么久，这"水心斋"今天居然开张了。这时一个穿着牛仔裤的男人从"水心斋"里跑了出来，手里还拿着一个大瓷碗。出于职业敏感度，丁繁高一眼便看出那瓷碗是乾隆年间的官窑。这样的碗，在伦敦的拍卖行能拍出不菲的价格。他本以为南宫勇拿那瓷碗是用光照法判断其真伪，却不想南宫勇三步并作两步，边走还边喊道："老李头，你给我站住，快给我捡块豆腐。"

此时此刻，说丁繁高的心里不为之震撼那是不可能的。他从事的就是这样一个行业，也见过不少珍奇古董，却从来没有这样一个人，会拿官窑青花瓷碗来装豆腐。他不由得在想，这人肯定不是"水心斋"里的人，否则他定不会不知道他手里青花瓷碗的价值。

可下一秒，南宫勇就回头向丁繁高露出一个绅士般的微笑，然后用浑厚的声音跟他说道："是丁先生吗？在下南宫勇，恭候多时，等我捡块豆腐，咱进屋慢慢聊。"

现实来得总是那么猝不及防，丁繁高一直以为南宫勇是那种特别有内涵的老者，应该有着丰富的阅历，有渊博的知识，甚至有些高深莫测。可他没有想过，真实的南宫勇年龄与他相仿，气质却如此普通。

姨母常说大隐隐于市，人不可貌相。再则南宫勇能一眼就认出他来，想必也是有些本事的。他只得把担心放在了肚子里，笑着跟南宫勇打着招呼："您好，南宫先生。"两人的见面有点儿超乎丁繁高的想象。许久后，丁繁高也曾问过南宫勇，当初在"水心斋"门口是怎么一眼就认出他来的。南宫勇的回答却是，他在英国的时候曾在报纸上见过丁繁高的照片。

不多时南宫勇回了店里，那碗里的豆腐如羊脂白玉，看着十分诱人。南宫勇是个不拘小节的人，他穿着时髦洋气，动作却随性大方。他一边招呼丁繁高随便坐，一边洗了手，再将小葱和一些调料放到豆腐碗里；一边说道："让您见笑了，这老李头的豆腐可是咱北京城的一绝。先说这豆子，都是从黑龙江弄来的，泡豆的水那得是百年老井里的甘泉，就连那拉磨的驴，皮毛都得是黝黑锃亮的，再加上他家独特的手艺，全中国都找不出第二家。咱这老北京城里，多的是手艺人。不只这豆腐，各行各业都有。再说吃豆腐，就得趁着热乎，还得拌上小葱，这葱越嫩越能提豆腐的鲜香。这要是搁开春，小葱长出来的时候最好。我就得意这一口儿。这豆腐就得趁热吃，要是凉上一点儿，那味道和口感就不一样了。不过这也看个人喜好，有爱冻着吃的，也有爱凉着吃的。有拌葱的，也有拌辣椒的。丁先生，您来一口儿？"说罢将一双象牙筷子递到了丁繁高的面前。

那象牙筷子呈淡黄色，质地细密，光泽好。一看就是上好的非洲象牙。也是个老物件儿，且那上边的花纹也漂亮，只怕价值不低于那青花瓷碗。

丁繁高笑着婉拒，这一屋琳琅满目的商品，件件都是精品，个个都是有了年头的老物件，每一件皆是时代留给他们最华丽且宝贵的礼物。这时他将目光落到一支点翠的簪子上。那抹翠色灵动鲜活，是极品翠羽，还配以碧玺宝石，想必这簪子价值不菲。

不知为何，丁繁高总觉得这簪子极配婉婉。他在婉婉的家里也见过类似的簪子，只是那簪子的点翠并非是翠鸟之羽，而是其他鸟的羽毛，虽也是蓝色，却少了这灵动和光泽。他很想将这簪子买下来送给婉婉，但又没什么理由，倒显得唐突了。

"哎哟，丁先生您好眼力，这簪子是内官监制的，上边有落款，可是皇帝赏赐给嫔妃的稀罕物。"南宫勇两三口已经将豆腐吃了大半，却不忘推销自家的东西。丁繁高倒是有心买下，他脑海里已经浮现了婉婉戴着这发簪站在舞台上的样子。

丁繁高没有注意，南宫勇虽在吃着豆腐，却一直在上下打量着他。他开口想要问问价格，南宫勇却说道："只怕这簪子与丁先生的机缘未到，您了一时半会儿还用不上。等这缘分到了，在下定与您好好地谈谈价。"

南宫勇说的谈价可不是普通菜市场里，你卖一元我出八毛这种用语言交流的讲价方式，而是将袖子一伸，两个人用抹手指来确定交易的价格，这叫"袖里乾坤"。一般说来，大拇指为尊，即是最高位，然后以此往下推。古玩界的老人，皆是用这种方法来交易。

南宫勇说完后，就似笑非笑地看着丁繁高，貌似意有所指。丁繁高却有些纳闷，这南宫店主故意加重了机缘和缘分两字，好像是知道他这簪子是买来送人的。这"水心斋"果然与众不同，人家开门做生意，都是极力促成每一桩买卖，可这南宫店主不然，倒是让他高看了几眼。他最不喜商人唯利是图，倒是南宫勇更对他的脾气。

"不知我这机缘何时能到？"丁繁高试探性地问道。南宫勇"嘿嘿"一笑，还带着几分揶揄："快了快了，您了把心放肚子里，您了鸿运当头，这簪子早晚还是她的。倒是您此次不远万里而来，所求的那件事儿更为着急些。"说罢南宫勇做了个"请"的手势，手里不知何时多了一个茶壶，此时茶香四溢，确是待客的好茶。

南宫勇说的是她，丁繁高暗想，自己表现得如此明显吗，怎连认识不足十分钟的南宫店主都看出来了。不过这也说明这南宫店主非等闲之辈，想来那老中医让来寻他，也是有一定道理的。

今天的茶是雨前龙井，用的也是山中的泉水，这茶自然是沁人心脾，让人回甘无穷。古人雅士喜品茗，更是愿意在饮茶之时谈论风雅之事。丁繁高虽长在国外，却也很喜欢中国的茶文化，以及这茶香中氤氲出来的特殊气氛。这种气氛让人十分放松，也更能讲出心中所想。

丁繁高将如何拍下这黑色石头，又如何来到中国的事情讲了一遍，只希望南宫店主能为他答疑解惑。南宫店主听后，便笑着说道："丁先生远渡重洋寻根，倒是让在下感动不已。我与那廖老在英国的时候有过几面之缘。"

"哦，先生也去过英国？"难怪丁繁高总觉得这南宫店主有洋派作风。南宫勇长叹一声："是啊，我从幼年便随师父入了国外，辗转多地，也是几年前才回的国……你我身世相似，所以才会与丁先生如此投缘。令尊的身份，在下目前还不知，但想必有一个人应该知道。不过倒是有些麻烦，你要去见他，须得备上一份礼物。"

见事情有转机，丁繁高连忙问道："不知那是何人，我又应备下什么礼物？"南宫勇答道："这人姓洪，长住洛阳，舞得一手好狮。说起这礼物来，倒也简单，便是一件螺珠胸针。想必这东西丁先生也见过，若是你能把这胸针找来，那这人定会跟你知无不言。你放心，这礼物不是白送。洪师傅找了那螺珠胸针许多年了，你只需给他一个公道的价格即可。"

螺珠胸针，难道是钱学明拍的那枚？这世上还真有如此巧合之事，那胸针钱学明此次回国也带在身上，说是要送回老家收藏，现在看来，倒是要借来一用了。丁繁高喜出望外："若是这样，那便是现成。只是我此来人生地不熟，能否请南宫先生随我前去，并给我引见一二。也请南宫先生放心，我愿出一万元，以补偿南宫店主和'水心斋'这几天的损失。"

当时一个职工每月的工资也就二三十块钱，这一万块钱，也算是一笔不小的数目了。南宫勇考虑了片刻，便答应了丁繁高的请求。正巧"水心斋"里就安了电话，丁繁高打了钱学明留下来的座机电话。说来他今天真的是一顺百顺，钱学明正巧也在宾馆，他说那胸针就放在银行的保险柜里，他现在就联系银行的人，让他明天带着护照去取即可。

因着丁繁高要去听婉婉的戏，就定了两天后出发去洛阳。第二天丁繁高顺利地拿到了螺珠胸针，在拿到胸针的那一刻，丁繁高突然意识到了什么。自从那封匿名的邮件出现之后，整个事情就仿佛有一只幕后黑手在推动，逼着他不断前行。从黑色石头，再到螺珠胸针。那么，南宫店主是不是那个写匿名信的人呢？他貌似对丁繁高的事情了如指掌，可丁繁高并没有什么值得他注意的，至少在没拍下那黑色石头之前并没有。这也是他极力邀请南宫勇陪他去洛阳的原因，中国有个成语很好，知己知彼。

这也不怨丁繁高心生疑窦，实在有些事情太过巧合，而他永远相信，太多的巧合就一定是早有预谋，可那幕后黑手到底所求何物。他长居国外，并没有什么好值得图谋的，如果真有那么一个人的话，那么此人一定与他的父亲有关。他很不喜欢这种被人窥探的感觉，所以他定要想办法尽快将整个事情彻底解决。

丁繁高在看戏的时候遇到了木头，今天并没有木头的戏，他只是来给丁繁高送车票的。票是柏天行帮忙给订的，他还带着一个饭盒，里边是李原山做的东坡肘子，还有熘肥肠。此前丁繁高一直以为自己一定不会接受诸如肥肠这样的动物内脏，可他没想到，这东西就跟臭豆腐一样，初尝一口实难下咽，可越吃越香。

"丁哥，听说你要去洛阳看洪师傅，洪师傅的狮头舞那叫一绝，我也想见识见识，正好我这几天没事儿，就带着我去呗？"木头笑着问道。丁繁高有些犹豫，他倒是不介意多一个人同行，这样一路上也能热闹些。但就怕木头是受了柏天行之托，不得不跟着他折腾这一趟。他正掂量这话要怎么说，木头又拿出一张票，继续笑着说："丁哥你就带上我呗，我票都买好了，退票可是要扣钱的。"

丁繁高无奈地摇了摇头："好，只是别耽误了你的正事儿就好。"木头连忙回道："不耽误，不耽误。"说罢咧嘴露出了一口小白牙，活脱脱一个大活宝。丁繁高就有些纳闷了，木头最初给他的印象不是这样的，那是个闷闷的、有些木讷的孩子，敢情之前都是装出来的。

不过话又说过来了，还是活泼点好，他从小体弱，最羡慕的便是健康活泼的孩子能在草地上尽情地奔跑。他虽喜欢热闹，可是已经习惯了孤单，即便身处闹市，也显得有些格格不入。所以那晚他会去帮助婉婉，因为婉婉的背影不只美丽，也很孤单。他总是觉得，他和婉婉是一类人。

想到了婉婉，他不由得嘴角一咧。婉婉却是要比同龄人安静许多，若她也能如木头这般，偶尔调皮一些也会不错。就如那句话，静如处子，动如脱兔。

"丁哥，你想什么呢，这么入神？"木头在丁繁高的眼前不断地晃着手。"没什么，谢谢你啊，既帮我送来这么好吃的东西，又陪我去洛阳。"木头更正道："丁哥你这是外道了，我还巴不得天天帮你送吃的呢，我正好也在柏叔家蹭个饭吃。再说了，我这趟得谢你，洛阳可是个好地方，以前那叫神都。"这时梨园里敲起了锣，木头收起了车票："戏要开场了，丁哥你还是快点儿进去吧，我也先走了。"

因为没有木头的戏，所以前边的几出戏丁繁高听得有些索然无味。好不容易等到了婉婉的压轴好戏，这婉婉刚一亮相，便有人站起来拍手叫好。那是个五大三粗的中年男人，双眼直勾勾地盯着婉婉看，看得丁繁高生起了无明业火。

不过很快丁繁高就释然了，这北京城的人打老早年就喜欢听戏、捧角儿。婉婉有这么多的戏迷，那说明她唱得好，是个人才。待戏散场了，丁繁高拿着一束花去了后台找婉婉，却见刚才那五大三粗的男人先他一步到了后台，而他的手里，也拿着一束娇艳欲滴的玫瑰，正跟婉婉吐沫横飞地说着什么话。而婉婉则一脸的厌恶，却还礼貌地保持着微笑。

见丁繁高走了过来，婉婉如同见到了救星，一手接过丁繁高手里的花，巧笑嫣然地说道："你怎么才来？"边说边挽上了他的胳膊，虽隔着衣服，可丁繁高依旧感觉如触电般。活到他这个年纪，自然知道婉婉这是拿他当挡箭牌呢。他直接将手里的饭盒放到了婉婉的化妆台上。"婉婉，你还没吃吧？"语气亲昵，让人一听就知道他俩的关系非比寻常。

那五大三粗的男人立起了眉毛，却不死心，继续说道："婉婉这花儿可是我特意让人从广州送来的，这是最好的玫瑰，你闻闻，可香了。"毕竟是戏迷，婉婉也不好太不给人家面子，只得伸手去接花，丁繁高却快她一步接过了花，然后笑着说道："这月季长得不错，只是月季不必特地托人从广州买，我记得城南就有得卖。"一句话倒是让那人有些下不来台。

那五大三粗的男人依旧嘴硬："你哪只眼睛看我买的是月季了，你懂不懂啊？这花儿我花了好几十呢。"婉婉倒是给了那人一个台阶："小盆月季过时红，通借春颜做媚工。我家小院里也种了月季，倒是我最喜欢的花，谢谢了。"

那个时候玫瑰确实少有，其实北京也能买到，那人却故意托大，非说这花是从广州买来的，就有些猪鼻子插大葱——愣装长鼻子大象了。而且这人也不懂花，只怕是被卖花的给忽悠了。

那男人见婉婉如此说了，眼睛又立起了三分，嘴里直道："原来还真是月季，只怕是被人忽悠了，这就找那人算账去。"说罢转身就走了。

丁繁高看着这人风风火火的背影，觉得这人倒也没什么，就是有些好面子。其实也不是他不懂得人情世故，刚才看戏的时候，这男人就吆五喝六的，一双眼睛直勾勾地盯着婉婉看。若让他下不来台，只怕又要干耗上十几分钟。现在好多了，只这桌上的月季花看着尤为碍眼。

婉婉将那束月季花放到了一旁，这时丁繁高才发现，原来一旁已有不少花束，都是戏迷送的。这样那束月季花倒是不碍眼了，就这一堆的花，看着有些闹心。这感觉也有点儿说不出来，更说不太好。总之就是让他心头发闷、嘴里发苦。

婉婉语气温柔地问道："听木头说你要去洛阳了？"丁繁高"嗯"了一声，这会儿他又感觉有些失落了，于是他补了一句："估计三五天便回来了。"可说完就又觉得这话有点儿多余，婉婉没有挽留他的意思，更没有问他的归期，他自己就巴巴地急着回来，是不是有点儿太没深沉。

"哦，不过洛阳可是个好地方，老街的肉汤好喝。你要有空想着去试试。"婉婉这话回得没什么温度，既不开心，也不伤心，就像是普通朋友的一句闲话。这让丁繁高听了胸口更加憋闷了，感觉自己像个小丑。可又一想，他又期待婉婉说些什么呢，嘱咐的话，还是一句温柔的叮咛？他有些淡淡的失落。他怎么变成这个样子，都三十好几了，还因为一个只见了几面的女人患得患失的。

不过临别的时候，婉婉还是说了句叮嘱的话："洛阳神都，繁花似锦，你可小心迷了眼。"只这么一句话，便让丁繁高郁结的心情瞬间拨云见日，看来他的洛阳之行，定会收获颇丰。

第七章 为寻真相抵洛阳

那几年还是绿皮火车，车上没有啤酒、饮料、矿泉水，更没有方便面和火腿肠卖。柏天行给丁繁高准备了不少吃食，什么稻香村的糕点、驴打滚，还备了蜂蜜水。婉婉托木头带来了一个保温饭盒，里边装着满满的羊肉馅饺子，喷香。这让丁繁高上车时笑得合不拢嘴，搞得南宫勇直问木头："我说这外宾是咋了，怎么这么开心？"木头干笑着摇头。南宫勇最后只说了一句："物以类聚，我可得离你们远远的，别把我拐带歪了。"

其实真正把人拐带歪了的不是别人，正是南宫勇，他上了车便开始吃。当然他也带了不少的好东西，内蒙古的牛肉干、天津十八街的大麻花，还有一大盒蜜饯和蚕豆，外带一大包瓜子。这一路上嘎嘣嘎嘣的，嘴就没闲着。丁繁高实在弄不懂，一个人的胃究竟会有多大。木头一路上不怎么吃东西，只默默地看着外边的风景，又恢复了之前木讷的感觉。

这一路上倒是不缺吃也不缺喝，就是火车里太过拥挤，每停一站南宫勇便下去抽烟透气，后来直接硬拉着丁繁高下车，还交代木头一定看好行李。下了车南宫勇一边吞云吐雾，一边小声地说："丁兄，我们被人盯上了。"

　　丁繁高顺着南宫勇的目光向车里看了一眼，便见几个人貌似看着车外穿梭的人群，实则一直在关注着他的动向。打上了车，他就注意到这伙人了。他们本来在另外一个车厢，后来不知何时就挪到了他们不远处的座位。

　　而且丁繁高确定，那些人就是之前跟踪他的那伙人。虽然这些人都做了伪装，可动作和习惯改变不了。一般人很难发现，他却能一眼看出。他小声地对南宫勇说："这些人之前就跟踪过我，我也不知道他们为什么要跟着我，这在火车上，甩都甩不掉，我们现在怎么办？"

　　南宫勇用力地抽了一口烟，然后双指用力，将烟头掐灭，轻轻一弹，那烟头落到了不远处的大熊猫垃圾桶里。整个过程如行云流水，动作还极其优美，一看就是练过很久。丁繁高知道，这南宫勇是个深藏不露之人。

　　南宫勇"呵呵"一声，倒是很有底气地说道："能怎么办，凉拌呗。丁兄，告诉你一个武林秘籍，应对跟踪者最好的办法不是甩掉他们，而是他们盯着你看，你也盯着他们看。让他们知道你已经发现他们了，甚至已经知道了他们的目的。记住了，千万别戾，目光一定要坚定，得拿出你的气场来，就一动不动，别挪眼窝子。你就看谁要是先别过脸儿去了，那就是谁输。等他挪开眼了，你也别着急收眼，继续瞅着，瞅得他心里发虚、发毛，你就赢了一半儿。"

　　丁繁高觉得这话有几分道理，你越是躲着藏着，对方便会变本加厉，你硬气点儿，反而会让对方忌惮三分。于是两人便瞪着双牛眼，一动不动地盯着那车上的几人。还真别说，直把那几人瞅得挪了窝，不知道跑去哪个车厢了。

等要开车的时候，丁繁高和南宫勇上了车，见刚才那群人的座位上都已换了人，而其中一个人他还认得，正是前夜缠着婉婉的"月季大哥"。"月季大哥"此时也认出了丁繁高，他倒是不觉尴尬，主动跟丁繁高打起了招呼。"哎哟，你说说这座儿换的，还遇到熟人了。咱有些时候没见了，您姓什么来着？"一句开场白听得旁边抱孩子的大姐直笑，连人家姓什么都不知道，还说是老熟人。

其实这"月季大哥"就是有些自来熟，车开之后竟然带着一瓶西凤酒换到了丁繁高的对面。那时候坐车可是件遭罪的事儿，一些人都习惯带点儿酒来缓解路途的劳顿，还能打发时间。一包花生米，半瓶二锅头算是当年常见的配置。

"月季大哥"算是坐火车经验比较丰富的，他还带了酒杯，一看就是经常在火车上找人喝酒吹牛侃大山的主儿，说起话来一套一套的："咱一回生，两回熟。就像这杯子，酒也有，情也有，吃完喝完咱就是朋友！"说罢先是自饮了一杯："我干了，几位随意。其实这酒杯也是多余，一会儿喝好了，咱就你一口，我一口，不说苦也不说愁，就说兄弟感情有没有。"

自来熟的见过，像"月季大哥"这么自来熟的，别说丁繁高，就连南宫勇都第一次见。丁繁高看向南宫勇。南宫勇倒是先闻了闻杯中的酒，一饮而尽："不错啊，兄弟，还真是西凤酒。"

"月季大哥"连忙给他满上："识货，这酒我藏了好几年，你看这上边的蜡封。这叫老酒配新友，酒浓情更浓。丁先生，我干了，您了随意。"说罢又是一饮而尽，喝完咂吧一下嘴，又就上一颗油炸花生米，那叫一个香。

丁繁高不怎么喝白酒，但家里年节的时候都是喝白酒的，也皆是好酒，茅台、西凤、汾酒，再就是老坛子的女儿红。他倒是天生有酒量。他将酒杯放到鼻子下边闻了一下，酒香甘醇，浓而不烈，倒是好酒。他仰头饮下，这时"月季大哥"又开了口："还是外宾给我面子，俗话说酒逢知己千杯少，这位小兄弟，我给你也满上。"

木头憨笑地看了看"月季大哥"，又看了看丁繁高。丁繁高看出来了，这木头定是不胜酒力，正要开口替木头挡酒，就见木头站了起来，说："不好意思，我尿急。"说完一手扶着车座椅背，轻轻一跃，动作极快，也没看清人是怎么落的地，总之人已经向着卫生间跑去了。

"月季大哥"只怕也没想到木头能借尿遁溜了，待缓过了神，便继续笑着给丁繁高和南宫勇倒酒。几杯下肚之后，南宫勇便问"月季大哥"是做什么工作的，这是要去哪儿，月季大哥神秘一笑："我是做文化产业的。"

丁繁高觉得，他怕不是做的酒桌文化产业吧，要不这敬酒的词怎么一套一套的。后来聊了半天才弄明白，这大哥就是联系演出的。那个年代娱乐文化少之又少，也算刚刚起步的阶段，还没有商演的概念。但各地方年底都要办表彰大会或联欢会，不太讲究的地方也就自家职工出个节目，但有点儿钱的单位，或是各地方电视台就会请文工团的人去演出。这大哥跑的就是这个业务，说白了就是最早的皮包公司，也有点儿像现在的娱乐文化公司。

"丁先生，你是婉婉的男朋友吧，我想请你帮个小忙。就是我想请婉婉去广东参加一个晚会，那边有几个香港的大老板，之前在北京看过婉婉的戏，也是婉婉的铁杆戏迷。放心，这忙兄弟不让你白帮，到时候我给你包一百元的红包怎么样？""月季大哥"支出了一个手指。

南宫勇却一脸调笑地问道："丁兄，你这动作够快的，就这么几天，就把咱京城的名角儿给追到手了？"丁繁高一脸的无奈，此时若是解释，只怕是越描越黑；若不解释，又怕影响了婉婉的声誉，只得闷头喝了一口酒。

"月季大哥"见丁繁高不为所动，便继续游说道："丁兄，你放心，那都是正规的文化宫，演出之后大老板都会包红包，一个不少于五百块。"他一个巴掌在丁繁高的面前晃了晃。丁繁高心里一百个不高兴，广东那么远，婉婉一个姑娘在那边不安全。再则那几个香港老板若是铁杆的戏迷，为何不去北京看戏？只不定憋着什么坏。婉婉若是缺钱，他可以帮她，用不着别的男人给包红包。于是他不冷不热地回道："这事儿你得问婉婉他们单位的领导。"

顿时，气氛有些尴尬。南宫勇立马岔开话头："对对对，这事儿还得问婉婉的领导，不过段兄你也别急，我认识他们单位的领导，等哪天我给你引荐引荐。不过说实在的，婉婉估计是不能放，但是别的姑娘倒是可以，我觉得素素和晴媛也不错。刀马旦的戏看着更热闹不是……"

"月季大哥"也看出丁繁高不待见他，于是之后便也不再自找没趣，只和南宫勇天南海北地胡扯了半天，也都是些有的没的，倒是引得周围的旅客都竖起了耳朵。那"月季大哥"也是越说越起劲，什么小剧场里唱的《十八摸》《西厢记》《红楼梦》小传里如何扒灰，说得是声情并茂、吐沫横飞，说到兴头上他还要哼唱几句，南腔北调的，引得大家不断地哄笑。

丁繁高早已做了决定，回去就告诉婉婉离这人远点儿，只怕他联系的演出也不是什么正经的演出。不知不觉一瓶酒就这么见了底，天黑了，几个人歪在座位上便睡起了觉。"月季大哥"还打起了呼噜，一声接一声的，此起彼伏，十分有节奏。搞得木头昏昏欲睡的，最后也跟着睡着了。

这时几个人慢慢地靠近丁繁高，其中两人假装聊天，而另外一个人则将手伸到了丁繁高的衣服兜里，摸了半天，却绕过了他的皮夹子，明显不是为了求财。丁繁高换了一个姿势，继续睡着。这时南宫勇也跟着换了一个姿势，胳膊用力一甩，就听"嘎巴"一声，那人闷哼一声，豆大的汗珠便掉了下来，然后抬着胳膊向着后车厢跑去。

整个过程周围的人都没察觉，可刚刚溜走的几个人明白，南宫勇这一下子碎筋断骨，不练个十几二十年，绝没有这么大的爆发力。

这几个人刚走，便又来了一拨人。这拨都是小孩子，搭边坐在了丁繁高的身边。那时的人朴实，见着小孩子没有座位，几个人挪一挪就让小孩子搭个边的事儿常有。那小孩最初也算老实，可没等十分钟便倒在丁繁高的身上睡着了。

接下来丁繁高便感觉一只小手在他的身上游走，动作极其轻柔，似有似无，那小孩子自然也是无功而返。不一会儿再过来的，便是一个拎着鸟笼的老头，那老头倒是老实，只那小鸟钻进了丁繁高的衣服里，片刻之后，那鸟叼着一颗花生豆回到了鸟笼里。短短一个小时的时间里，是你方唱罢我登场，但皆黯然收场。

此时丁繁高已经明白了，那些人就是冲着他拍下的黑色石头来的。这倒印证了他之前的猜想，这幕后一直有一只手，推动着整个事情的发展。也许从几个月前京城里有了古彩刘的传说开始，那些人就等着他来北京了。

那群人在丁繁高的身上没有找到任何东西，于是就对他们的行李下手了。方法也是花样百出，有偷梁换柱的，也有欲盖弥彰的。啥叫偷梁换柱，就是放一个差不多的箱子，然后趁人不备调换位置。啥叫欲盖弥彰，就是用一个活底儿的大箱子，压在丁繁高的行李箱上，趁人不注意的时候，用力一压，那大箱便把小箱一套，再将大箱拎走，神不知鬼不觉。好在木头还算警觉，那些人也皆未得逞。最有技术含量的要数暗度陈仓了，一大婶将一编织袋放到了丁繁高的行李旁，等夜深之后，车里的人也都迷迷糊糊的，那编织袋里就伸出一只小手，开始解丁繁高行李上的密码锁。

这一路丁繁高算是见识到了，这些人鱼龙混杂，一直跟踪他们的定不止一伙人，应有七八伙之多。好不容易熬到了下车，可真正的较量才刚刚开始。

下车前，一位妇女便开始哭诉自己的车票丢了，问丁繁高有没有看到。丁繁高当然说没看到，可那女人拉着丁繁高让他帮忙找车票。此时车已经进站，大家都挤到门口等着下车，见一个女同志哭得声泪俱下，大家也跟着问她，车票放哪儿了。大家都围着，可这时便有一个人，一把抢过了丁繁高的行李箱。丁繁高立马回头找行李，却什么也没看到。周围人的目光都被那女人所吸引，而他的行李箱，并没有在任何人的手上。

不多时就听"哎哟"一声，一分钟后，木头拎着丁繁高的行李箱走了回来。他小声地说："刚才那人是想从车窗把这箱子扔给外边的同伙，我本想把他抓起来送到治安室的，可一不小心让那人溜了。"

南宫勇也压低了声音说道："没事儿，东西没丢就行，至于人，即便抓不到，我也知道是谁了。一会儿下车的时候我们晚一点儿下，等出站口的人少了些我们再出站。这天也黑，若是人多的时候他们动手，只怕我们有心想追也得被人群挤得寸步难行。"

等人都走得差不多了，三个人才拎着行李出站。可刚一出站，便有人骑着摩托车与丁繁高擦肩而过，而坐在摩托车后座的人，伸出手来就要抢行李。丁繁高回身一躲，那人扑了个空。结果后边又钻出来好几辆摩托车。几人一看，来者不善。

木头从兜里掏出了一个系着长绳的口袋。就是正方形、里边放上杂粮、小孩子拿来踢着玩的口袋。木头将口袋抡起，"啪啪"几声，就将那几个摩托车司机打得鼻青脸肿。还有几个漏网之鱼，倒也被南宫勇挡了回去。

几人边走边跑，到了大马路上那些骑摩托车的人倒是没再追着，可远远地就见前边有人影攒动。丁繁高拎着箱子的手已经出了汗。当初柏天行也劝过他，让他等一等，尽量买卧铺，时间也最好是白天到洛阳。他想着钱学明帮忙联系的宾馆就在火车站附近，且他等了这么多年，确实也有些心急了。现在看来，还是柏天行更有经验些。

"丁大哥，南宫大哥，怎么办？前边好像有埋伏。"木头表情凝重，他也没想到会遇到这种情况。但他小小年纪，处事不惊倒是难能可贵。丁繁高小声地嘱咐道："我这箱子里没什么值钱的东西，护照和现金都在我身上，他们要就给他们，人没事儿就行。"

南宫勇点了根烟，还是一副气定神闲的样子，仿佛在他面前，眼前的困境都是小场面。"放心，有我在准保你们安然无恙，身上的物件，有一样算一样，他们一样也甭想弄走。"说完就迈着四方步向前走去。

丁繁高见了，知他定有通天本事，否则在车上时那些人也不会无功而返，便紧随其后。木头见两人跟没事儿人似的，才紧跟了上来。就听得不远处有几声猫叫狗吠，声音有些与众不同，有点像人在呵斥驱赶着对方。当然这只是丁繁高的一种感觉。

几人在前边岔路口看到了几只流浪猫和两只土狗站在那里，齐刷刷地看向丁繁高他们，像是在行注目礼，那目光中带着些敬畏之色。丁繁高松了一口气，原来那黑影不是埋伏的人，而是这几个小东西，倒是他草木皆兵了。

一路上有惊无险，总算是到了预订的宾馆。几个人上楼的时候，一个服务员推着小车过来，很礼貌地说道："先生，请将行李放到车上，我帮您送到房间去。"

丁繁高是个注意细节的人，他发现这个服务员虽然穿着宾馆的制服，可并没有别胸牌。他拿出一块钱，交到了那服务员的手里。"不用了，行李也不沉，我们自己拿着就行，这是给你的小费，你可以去服务其他的客人。"

那服务员立马皱起了眉头，用几近哀求的口吻说道："这么晚了，已经没有别的客人了，拜托几位了，要是主任看到我没有帮您推行李，会指责我偷懒的。我还没过试用期，若是被批评可就丢了饭碗了。"南宫勇却说："滚，要不我去问问你说的主任，看看他到底认不认识你。"

丁繁高明白南宫勇也发现了这服务员的异常。可就在这个时候，一个穿着笔挺西服的中年男人走了过来。他用流利的陕西普通话说道："几位先生，是不是我们的服务不周啊？"那服务员见了那中年男人，就如同老鼠见了猫一般，连忙解释道："没，没有，主任，我是想为这位客人服务，帮他们推行李，可这几位先生执意要自己拿。"

那男人很礼貌地说道："帮忙搬运每位客人的行李，是我们这里的基本服务，几位先生不要客气，这就是他的本职工作，他会以为人民服务而感到光荣。"说罢就要夺丁繁高手里的行李。丁繁高依旧保持着警惕的状态，因为这人之前就站在不远处的柱子后边，是见他们揭穿了服务员，才出来救场，想必也是个托儿。

南宫勇一把拍掉了那人的手，那人吃痛，却没敢声张。南宫勇冷着脸说道："不必了，如果你们不想把事情闹大，那就该干吗干吗去。别当我们是愣头青，就你们俩这点儿道行，在我这儿，你们都不算小碟菜。"这小碟菜是暗语，是内行看门道，外行看热闹。外行觉得是在说这两人是开胃菜，不值一提。内行却明白，啥叫小碟菜，这是土匪山贼的行话。有钱人家开席前就先上些小碟菜，里边放着花生米和拌菜，也有放点心的，这南北各有不同。但土匪山贼可没有那么阔绰，更没有那么多的讲究，上的小碟菜里多为青方、红方，这小碟菜上完后的正席规格，就得看今天是绑了肉票，还是劫了大户了。言外之意就是说，爷我给你点儿颜色你就开染坊了，小心爷对你下黑手，赶紧滚，别不识好歹。是一句威胁人的暗语。

两人一看南宫勇也不是个善茬，二话没说，转头就走。可丁繁高看得分明，那个所谓的主任，走的时候胳膊是扭曲的，可见南宫勇刚才是下了狠手。既然下了狠手，那便是宣战。看来这次洛阳之行，他们要万分小心。

丁繁高订了三间房，他想着他们三个挤一间睡，以免有什么突发事件，人多力量大，也好应对。南宫勇却说他有事儿要单独与他说，就让木头单独睡一间，他们两人睡一间。三间房是挨着的，木头进了中间那间，丁繁高和南宫勇则进了最里边的房间。

"南宫兄，你可知今天在火车上的都是什么人？"丁繁高放下行李便问道。南宫勇则回道："你不问我，我也正要说这事儿呢⋯⋯"

原来刚才在火车上的人不止七八伙，足有十几伙。想必那些人也知其他人的存在，有的熟一点儿便联起了手。在车上盯着他们看的是"活铲子"董四的后人。活铲子顾名思义，就是盗墓的。董家有门绝学，双手倒斗。这双手倒斗可不是干凭着双手挖盗洞，那再厉害的手也得挖得十指冒血。董家人都会打铁，能做出一双带钩的铁爪，既能挖土，又能当武器。所以江湖上称为"活铲子"。盗墓的不比其他匪盗，最能耐得住性子，当他们知道自己被发现了之后，便选择蛰伏起来。其实他们并没离开，只是伺机而动。

第一伙动手的是大贼罗九冲的人，以偷盗为主，都有功夫，是群胆大心细的家伙。这大贼罗九冲，姓罗，在家里排行老九，从小就不学好，进局子更是家常便饭，在狱中跟人打架，拉拢了一群臭味相投的人。走江湖的人最喜欢关二爷和梁山好汉，这罗九觉得自己就是豹子头林冲那样的人物，愣是给自己改了名叫罗九冲，在川陕道上很有名气。跟这些人用不着讲道理，也讲不通。所以南宫勇上来便打碎了那人的手骨，这叫"敲山震虎"。

那小孩便是丐帮陈起子养的小鬼。这陈起子本也是个苦命的人，从小被父母丢弃了，被老乞丐收养，学会了一门独特的手艺，徒手拔瓶盖。以前人管开瓶器叫瓶起子。陈起子练徒手拔瓶盖可不是为了喝啤酒，那是为了练手劲，他能一手拧断一个孩子的胳膊、腿，吓唬了一群小乞丐跟着他混。那小鬼意思就是死孩子，陈起子遇到小乞丐，先是拧断他们的胳膊、腿，问他们以后听不听他的，要听就留他们一条小命，那也算死里逃生，不听直接拧断脖子。于是活下来的孩子，就成了他身边跟着的小鬼。

后边那个养鸟的是侃遛爷，遛可不是一二三四五六的六，是遛鸟的遛，侃则是侃大山的侃。这是四九城里一个小的偷盗门类，多以单打独斗为主。他们手里的鸟都是经过特殊训练的，会按照命令入室偷盗。侃遛爷白天就拎着鸟笼子，在集市或公园转悠，找那人多的地儿将鸟儿放出来，让那鸟儿听着命令飞来飞去。有那喜欢看热闹又爱搭腔的人，便会主动跟他攀谈几句，问问这是什么鸟儿，怎么能训练得这么听话。侃遛爷则拿出侃大山的技能，明里跟人家唠闲嗑，一顿有的没的，实则是为了套话。聊几句闲话，便将这人的家庭住址、家里情况，甚至钱藏在哪儿都摸个门儿清。问清了也不急，就等个十天半个月，找准了让鸟儿飞进屋里行窃。

后来那抱着丁繁高、说丢了车票的女人是跳门寡妇。这跳门有点像仙人跳，又与传统的仙人跳不太一样。仙人跳是低级的老千，但也有行规。可跳门是跳出了千门，他们不只坑、蒙、拐、骗，还偷、抢、盗、挖，只要挣钱的就没有他们不干的，更是不讲行规，算是仙人跳里的搅屎棍，为正统千门所不耻。跳门里的女人称为"寡妇"，就是用来勾引男人或吸引其他人注意力的。寡妇也有门槛，那得长得好，还得会演戏的。寡妇入行后想要下场，就得先跑到大街上练手，骗一次门槛钱。

门槛钱高低不等，也是随着社会的发展、经济的发达而不断上升，现在基本的行情是五十块钱。这中间不能偷、不能抢，单靠演技和眼泪，不管是把自己说成被负心男人骗了，还是被恶婆婆打了，抑或是死了男人又丢了孩子博同情的，总之得一次性骗够五十块钱的门槛钱。只要过了这门槛，就说明这人可以下场出师了。这单凭哭就能挣出门槛钱的人，演技都堪比影后。

第八章　洛城十几路人马

再后边的都是散帮儿，也都各有名号，不过名气不大。杂七杂八，十多伙有余。估摸着这些人，有图财的，也有想出名的。能把这些个歪瓜裂枣都引来的，想必是件大事儿。

"我觉得，他们就是冲着你手里那黑色石头来的。火车上动手那些人不足为患，但刚才在宾馆里那两个人，却是正统千门里的人，具体哪个门派的我还没搞清。他们今天只是投石问路，只怕后边还憋着大招呢。再有就是'活铲子'董家的人，也不得不防。这行有行规，这些人五花八门，正常情况下是不会搅和到一起的，只怕这事儿不简单。"南宫勇分析道。

丁繁高也蹙起了眉头，说："我也没想过，情况会变得如此复杂。只是南宫兄你怎么可能肯定他们是冲着我那黑色石头来的，而不是钱兄的那枚螺珠胸针？"

南宫勇知道丁繁高这是要试探他，人与人之间的信任，岂是一两天就能建立起来的？丁繁高远渡重洋，行事低调，却引来了这么多的江湖中人，他自然会万分小心。"因为那螺珠虽珍贵，却是有行有价，最多能引来一两伙的盗贼或老千，却不至于把整个江湖的水搅浑了。"

南宫勇的回答合情合理，丁繁高却觉得万分迷茫："哎，若是他们真是冲着我那黑色石头来的，只怕要扑空了，我本以为那石头毫无用途，所以并没有带在身上。"丁繁高这话是说给南宫勇听的，也是说给那些隔墙之耳听的。毕竟他们现在的处境不容乐观。

"丁兄不要这么想，只怕这些人拿不到东西便会对你不利，毕竟这些人多半都是不讲道义的家伙。我们还是小心为妙。"丁繁高拱手道："谢谢南宫兄能陪我走这一趟。"

刚才两人在车上只是假眠，实则时刻戒备着，此时已疲惫得紧。说完话两人倒头便睡，这一觉就睡到了第二天的十点多。起来后南宫勇说肉汤是喝不成了，那得起早喝闷了一宿刚出锅的，现在这个点去，有名的那几家店早就关了，没关的也都是兑了不知几茬水的。他这儿还有些点心，垫吧一口去老街吃水席。

洗漱之后，两人喊上木头，几个人溜达着去老街。一路上木头少言寡语，一直跟在后边。丁繁高倒是打趣他："我还是喜欢你那开心傻笑的样子。"木头一听，抬起小脸，倒是咧着嘴露出了几颗小白牙。丁繁高知道他这是心里有事儿。

若说这趟出来他最后悔的就是带上了木头，他此时处境堪忧，只怕会连累了木头。"木头，等见过了洪师傅你就先回北京吧，我和你南宫大哥再过几天就回去。"他是不想木头跟着涉险。木头却瞪着大眼睛，说："丁大哥，你这是嫌弃我咋的。我不走，你啥时候回北京，我跟你一块儿回去。你只管办你要办的事儿，我能照顾好自己。我木头这一身本事可不是吃干饭的。"

丁繁高知道木头并不傻，他倒是要承木头这份情了。只是叮嘱他万事小心，先保护好自己。有事儿先跑，不为别的，至少有个搬救兵的。南宫勇也觉得这么安排极好，只是木头有些不情愿，直说两人是轻看了他。

洛阳因地处洛水之阳而得名，简称"洛"，别称"洛邑""洛京"。洛阳市有着五千多年的历史，是中华文明的发祥地之一、丝绸之路的东方起点、隋唐大运河的中心，更是先后有十三个王朝在洛阳建都。洛阳盛产牡丹，只可惜现在是秋天，这百花齐放的盛景如今是看不见了。这五颜六色的牡丹不得见，可洛阳的不翻汤和水席倒是随时能吃得到。

这不翻汤是洛阳最有名的小吃，酸辣咸香，当地称为"九府门不翻汤"。不翻其实指的是一张绿豆小饼。相传康熙帝独自暗访民情，途经孟津县小浪底镇时饥肠辘辘，忽闻得一阵奇香，原是一家的老太太正在烙饼，便前去讨要，那老太太说饼还没翻，不熟。康熙皇帝饿得紧，拿起一个便吃。这一吃不要紧，美味异常，就给这小饼赐了字，名为"不翻"。吃了小饼，自然要配上一碗汤。这汤就叫"不翻汤"。

对于这个故事丁繁高有着自己的想法，他说："皇帝出行怎么可能一个护卫都不带，还至于饿得讨饼吃？"可见传说只是传说，故事也只是故事，只当趣味罢了。

而水席与洛阳的地理环境和气候有关。洛阳三面环山，地处盆地，降雨量少，气候干燥，冬季寒冷。所以洛阳人的饮食多以汤类为主，特别是能抵御严寒的酸辣汤。食材也多为当地出产的，酸辣味殊，清爽利口。

这水席有两个含义，一是全部的热菜都有汤，多为淀粉勾芡。二是热菜要吃完一道再上另外一道，有点儿像流水席。正宗的水席共有二十四道菜。其中八个凉菜、四个大件、八个中件，另外还有四个压桌的硬菜。是冷热荤素、酸甜咸辣兼而有之，所以十分美味。

这水席里的每一道菜，也皆有讲究，是极考验刀工和烹饪技巧的。做得好的，汤汁鲜美，口感丰富。做得不好则寡然无味。不似川菜，辣得让人分辨不出口感，却是一口就能吃得出好坏。要这每一道菜都细说一遍，只怕要说上一个小时。

只说这吃饭的时候，就一直有人跟在他们身边。南宫勇说这是"活铲子"和大贼罗九冲的人。虽说今天跟着他们的只有两伙人，但并不等于其他的人已经知难而退，他们只是各自站队拉帮结伙了。有大盘子的时候，一些小帮派和一些单打独斗的人，胜算不大，就会拉帮结伙，等得手后再坐地分赃。

丁繁高暗想他拍下黑色石头的事儿，并没有几个人知道，这些人又是如何蜂拥而至的？想来这些人定与那让他拍下黑色石头的人脱不了干系，希望那洪师傅能为他答疑解惑。

一天除了逛逛老街，几人并没有再做别的。丁繁高觉得南宫勇这么安排，是为了确定到底有多少人在盯着他们。一路上木头只默默地跟着，让吃就吃，让喝就喝。只他不太喜欢汤里的蒜苗，可水席里好几道菜里都有蒜苗沫，因此他吃得并不多。

丁繁高问他："水席怎么样？"木头憨憨地回了一句："还行。"可一脸的兴趣缺缺。丁繁高却说："我觉得一般，我更喜欢吃你婉婉姐包的羊肉馅饺子，薄皮大馅，鲜香却不腻人。"木头连忙点头："你要喜欢，回去我还让她包。"南宫勇挤到两人中间："说啥呢，羊肉馅的饺子，有没有我的份儿，没有的话我可不干，我非找到梨园去。"木头却说："那成，到时候我让婉婉姐多包点儿。"几人虽在说闲话，目光却落在了不远处的人身上。这一路上，虽有人不远不近地跟着，却也没发生什么事儿。

汤水的东西喝多了，丁繁高便有些尿急，他让南宫勇和木头继续逛，他则去找厕所。老街繁华，此时正是热闹的时候，丁繁高虽落了单，却也没太在意。他七拐八拐便拐进了一个小巷子，随后有个小伙子也拐进了那巷子。

那小伙子右拐左拐，却不见了丁繁高的身影，再往前便是个死胡同，他转身正要离开，却见丁繁高已站在了他的身后："同志，你找啥呢？"丁繁高入乡随俗，开始称呼他人为同志了。那小伙子尴尬一笑："我找厕所呢。""公厕就在巷子口，我要是你就找一个更靠谱点儿的说辞。"说话的是南宫勇，他和木头也走了过来。

那小伙子见来者不善，也知道自己暴露了，所以也不多言，掏出一只带着铁钩的手套戴在手上，便要冲出去。可那巷子本就窄，想跑岂是那么容易的？三个人一起动手，那小伙子的招式并无章法，只凭借着手上的特殊工具才勉强支撑。那手套上的铁钩锋利无比，要是被这东西招呼上，轻则连皮带肉掉它四五道，重则伤及要害，一命呜呼。

木头善用腿，这一个扫堂腿过去，直接踢到了那小伙子的膝盖上。小伙子"哎哟"一声，身体不稳。丁繁高找准了机会，又是一个勾拳。小伙子被打得一个趔趄，还没等站稳，南宫勇一步上前，一手掐住了他的咽喉，另外一只手则掐住了他带着铁钩的手。"'活铲子'董家居然还有你这么菜的小子？倒是我高看董辉了。"南宫勇冷哼着说道。

木头上前脱掉了小伙子的手套："这东西做得倒是精巧。"那小伙子想要反抗，手腕却被南宫勇捏得死死的。"老实点儿，再动我就废了你。"南宫勇呵斥道。那小伙子倒是嘴硬得很。"孙子，爷爷我技不如人，关我董家何事儿？爷爷我今天落在你们手里了，你们要杀就杀，要剐就剐，悉听尊便。爷爷我要是哆嗦一下，我就管你叫爹。"

"小兔崽子，你跟谁装大头蒜呢，信不信，你爷爷我挖了你这对招子？"南宫勇手上用力，眼中有一闪而过的凶光，那凶光吓得那小伙子闭了嘴。都说软的怕硬的，硬的怕不要命的。这小伙子虽嘴硬，可还没到不要命的地步。南宫勇刚才那眼神像要把他生吞活剥了，直吓得那小伙子肝颤。

木头瞪着双眼，凶巴巴地说道："南宫大哥，依着我看就先卸了他两个膀子，看他嘴上还留不留德。"木头这动作在丁繁高的眼里，又有几分可爱了。"这主意不错，不过我觉得掰断他十指更有效果些，毕竟十指连心。火车上，想必你也见识过他的厉害了。"丁繁高补充道。

那小伙子想到当时南宫勇胳膊一甩，便打折了罗九冲的人的一只胳膊。不由得看了看自己的手，想想就哪哪儿都痛。这好汉不吃眼前亏，他只得服了软。"几位大哥，咱们往日无怨，近日无仇，要不你们还是把我放了吧。"

"给你点儿颜色你就开染房，放了你，凭啥？"南宫勇手上继续用力，这一下那小伙子顿感手腕痛得钻心，只怕下一秒便要粉碎性骨折。"我给钱，我有钱。别伤了我的手，我还指着这手吃饭呢。"

"这话说的，谁还不是用手吃饭的。让我放了你也行，你得告诉我们你为啥一直跟着我们。"南宫勇冷笑着说道，说罢手上又用了些力，但他心里有数，他这力道最多让这小伙子吃点儿苦头，却是没有伤了他的筋骨。江湖上的事儿就是做人留一线，日后好相见。

小伙子已经痛得冒出了白毛汗，他嘴也不硬了，身子也吓软了，就连腿都有点儿哆嗦了，因为南宫勇掐住的不只他的手腕，还有他的咽喉。"是我老大让我跟着你们的，他说打英国过来的人，身上有块黑色石头。据说那石头里边藏着一个惊天的宝藏和修炼长生不老的秘密。"

南宫勇蹙眉看向丁繁高，丁繁高摇了摇头，表示自己也是第一次听到这样的说法。可那黑色石头那么小，怎么可能会藏着什么宝藏或是修炼长生不老的秘密？想来这些都是无稽之谈。他问道："这话是谁告诉你们老大的？"

那小伙子摇了摇头："不知道，老大只说是个德高望重的老前辈，而且说这消息特别靠谱。不承想这消息不只我们老大知道，道上不少的人也都知道了。所以老大才派我跟着你们，是怕其他人捷足先登了。"之后南宫勇又问了几句，也没问出个子午卯酉来，也就把邪小伙子给放了。

回了宾馆后，木头回了自己的房间。南宫勇则对丁繁高说："其实，我觉得这事儿我父亲或许知道些。"丁繁高像是看到了曙光，可紧接着南宫勇又说道："不过，我父亲现在养老院里，几年前他出了一场意外，以前的记忆已经模糊不清了。所以我才会让你来这里找洪师傅，希望洪师傅能给我们一个想要的答案。"丁繁高何尝不是这么想。

几人前一天四处闲逛，也算是摸清了眼下的情况，第二天他们拎着水果礼品便去了洪师傅的家。

洪师傅的家在城东一栋普通的居民楼里，那个年代能住上这样的楼算是条件不错的。洪师傅是舞狮出身，虽上了年纪，却神采奕奕。只他有些严肃，想必是天天训练弟子，严肃惯了。南宫勇只说洪师傅与南宫家有些交情，但具体是什么交情却是不知。

南宫勇对洪师傅说话很随意，像是多年未见的老友，可洪师傅对南宫勇十分客气，甚至有些敬重。没错，就是敬重。按理说洪师傅是长辈，应该是南宫勇敬重洪师傅才对，这两人的关系却两拧了。

洪师傅的家里一切井井有条，想来也是个一丝不苟之人。家里的摆件多为狮子，有五彩的，有石刻的，有象牙的，也有紫檀木和陶瓷的。有公有母，有威严的，也有憨态可掬的。大大小小，比那卢沟桥上的狮子还要形态各异。

狮子形象始于汉朝，《穆天子传》："名兽使足走千里，狻猊、野马走五百里。"晋郭璞注："狻猊，狮子。亦食虎豹。"相传东汉汉章帝时，西域大月氏国曾进贡了一头金毛狮子。后来受印度佛教的影响，狮子又成了具有神力的灵兽。所以在中国的文化中，狮子和麒麟皆是神话中的灵兽。

之后狮子又成为看守门户的吉祥物，其造型也随着朝代变化而具有不同的时代特征。汉唐时，狮子多为强悍威猛的形象。而元朝时，狮子又变得身躯瘦长而有力。到了明清时，狮子就变得较为温顺，也就是现在经常看到的样子了。

在我们现实生活中，狮子除了在动物园里能见到，其他的时候见到的多为大门口的石狮子。石狮子一般是一对儿，一公一母，公的脚下踩球，那球代表着权力和统一。母的脚下踩着一头小狮子，表示母仪天下。

而舞狮则是中国优秀的民间艺术，古时叫"太平乐"。有南北之分，南狮又叫醒狮，是由彩布条制作而成的。北狮造型则酷似真狮。每头狮子一般由两个人合作表演，一人舞头，一人舞尾。表演者在锣鼓音乐下做出各种形态动作。

舞狮的由来又要说回西域大月氏国进贡的那头金毛狮子。当时大月氏使者走后，汉章帝先后选了三个人驯化这头金毛狮子。想必当初大月氏国进贡这狮子时，多少有些不太情愿，还带着点儿想给汉章帝下马威的想法。所以送来的金毛狮子十分狂躁，一言不合便发起了狂，最后被宫人乱棒打死。

话说当时的宫人也委实了得，能用棍棒就将一头发狂的狮子给打死了。宫人看着倒地不起，口吐鲜血的大金毛，当时就慌了。要是汉章帝怪罪下来，那定是吃不了兜着走。于是便心生一计，将那大金毛的皮扒下，由宫人兄弟俩装成大金毛，一人逗引起舞，此举还骗过了汉章帝。之后便有了舞狮的习俗。

这传说多少有点儿匪夷所思。但凡传说多会有人添油加醋，所以当不得真。总之舞狮被认为是驱邪避害的吉祥瑞物，每逢节庆或有重大活动必有舞狮助兴，长盛不衰，历代相传。舞狮活动也广泛流传于海外，但凡有华人的地方，必有舞狮，丁繁高每年过年时也都会去看舞狮。

洪师傅本学南狮，后又学了北狮。他将北狮的扑、跌、翻、滚、跳跃、擦痒等基本动作，和南狮的"刘备狮""关公狮""张飞狮"的造型，以及北狮的写实、南狮的写意融合在一起，独创了一门用南狮的狮头、北狮的步伐组成的"南狮北舞"绝技。

一般舞狮都以红黄狮头为主，红的是"关公狮"。关公是武财神，是财；黄的是"刘备狮"，是皇权和富贵。而洪师傅最喜欢用的是黑色的"张飞狮"头。"梅花桩""跳桩""360度拧弯""隔桩跳""前后空翻下桩"这些高难动作都不在话下。

这洪师傅成名就在新中国成立前。那时洪师傅还在广州一带讨生活，他的亲舅舅是个道士。也许是洪师傅小时经常去看舅舅的原因，他也知道一些道术。而他的父亲是一位木匠，旧时候正统的木匠是要拜鲁班的。据说他父亲就是正经的鲁班门人，而他的家里就有一本《鲁班经》，里边记录了各种厌胜术。就是因为有着这样特殊的家庭背景，在洪师傅少年时便出了一桩"梦中舞狮镇百鬼"的传奇故事。

那还是战乱年代，民不聊生。日本人炸坏了河头村上的旱桥。这旱桥也有些年头了，具体是哪年建的没有人能说得清楚，只是这河头村却是没有河，这桥下更是没有水。事情就发生在河头村的旱桥被炸了之后。

那旱桥本是建在村头，正是村里人出村进村的必经之路。自从那旱桥被炸了之后，夜归的人便会在村头遇到鬼打墙。更有一天村里的老光棍儿称在那村头遇到一个穿着红袄的漂亮姑娘，还说要他娶她回来当媳妇。那村里的老光棍儿脑子本就有些问题，当时村里人也没把他说的话当回事儿。可隔了几天后，那老光棍儿便穿着红衣说要娶亲，还在天黑之后放了迎亲的炮仗。

夜里那老光棍儿家里亮了一夜的灯，也闹腾了一宿。接下来的几天，老光棍儿并没有出门。那老光棍儿之前就好吃懒做，所以邻居并没当回事。直到有恶臭味传来，邻居才发现不对。待冲进院子一看，那老光棍儿已然双眼圆瞪死在床上。而老光棍儿的身边还躺着一个纸扎的红衣女人。

有人说那老光棍儿是想媳妇儿想得发疯，所以才弄了一个纸扎人当成自己的媳妇儿，娶进了家门，却因为太过兴奋暴毙而亡。也有人说，那老光棍儿娶的是一个女鬼，而他死的那夜里，有人听到他家里传出过女人的说话声。

那年头兵荒马乱的，人人自顾不暇，所以没有人把老光棍儿的死放在心上。老百姓天一黑就会躲在家里，村头夜里是不是真的闹鬼就不得而知了。

日本投降后，算是过了几天消停的日子。洪师傅那时候刚学了几年的艺，也不算正式出徒。一日他跟着师父和师兄弟们给一财主的老娘贺寿，那财主颇有些声望，要是表演得好了兴许能得不少的赏钱，于是洪师傅和几个师兄弟把那狮子舞得十分卖力。

那几年兵荒马乱的，老百姓都缺少娱乐。既请了人来舞狮，那小少爷小小姐们也穿着漂亮的花衣裳站在廊檐下看舞狮，时不时还扔几个糖块算是打赏。那时候穷，能吃上一个糖块，都足以让人开心一天。洪师傅倒不喜吃糖块，但捡上几块可以哄弟弟妹妹，捡多了还能拿去换钱。于是他一边舞狮，一边捡着地上的糖块。这耍着耍着，就看到了一张清秀可人的脸。那正是主家的小小姐。

那小小姐念过私塾，一看就是知书达理的。穿的也是当时最流行的学生装，就那么站在一群人中，却成了洪师傅挪不开眼的白月光。霎时间，洪师傅的眼里擦出了爱情的火花。怎奈他本将心对明月，奈何明月照沟渠。他那一双充满爱意的眼睛，却被狮头掩盖，小小姐非但没看见，就连洪师傅的长相都是不知道的。

走了鬼子，又闹起了内战。洪师傅和师兄跑去大街上发传单，却受到了镇压。洪师傅跑得快，躲到了巷子里。就见几个警察抓到了一个女教师。那几个警察也不是什么好东西，平时生拿卡要也就算了，居然想玷污了那女教师，这洪师傅哪里能看得下去，想都没想就冲了出去。

洪师傅功夫好，可也抵不住子弹，他腿上中了一枪，好不容易才放跑了那女教师，自己则准备跟那几个警察拼了，就算是死也要拉几个垫背的。眼见着那几个警察又追上来了，洪师傅已经做了最坏的打算，可天无绝人之路，他身边传来汽车的声音。他再一回头，就看到了小小姐那张急切的脸。

小小姐救了洪师傅，还找人给他治了枪伤。小小姐心善，时常去看洪师傅。少年的初恋总是朦胧又苦涩的，打那儿以后，洪师傅便是满眼的小小姐，他吃饭脑子里想的是小小姐的笑，睡觉梦里都是小小姐纤瘦的身影。但他知自己出身贫寒。虽说民国后主张新思想，可又有几个有钱人会把娇生惯养的小姐，嫁给一个大子儿都没有的穷小子？洪师傅已经看到了他爱情的墓碑，那是他与小小姐永远都无法跨越的鸿沟。

为了小小姐，洪师傅拒绝了家里人给说的亲。他情愿打一辈子光棍儿，也不愿娶他人为妻。家里人不知道他的心事，只当他是担心家里太穷，出不起聘礼。直到一年后，小小姐的家里出了一桩大事儿。

连年的战乱，使得不少的人没了生计，更是土匪横行。那主家出门收租，却被一伙土匪给劫持了。当时要了二十根金条当赎金，还指名要让小小姐去送。明眼人一下就能明白，那些土匪定是早就觊觎了小小姐的美貌，想着人财兼收。

那小小姐毕竟是念过书的，知道几分道理，还有着一股子的拧劲儿，还真的单枪匹马地来送赎金了。好在当时家里请了一个好护院，那护院在暗中保护了小小姐，方才在救了主家后成功脱身，可那护院和带去的几个壮汉，却都折在了土匪的手里，那主家也受了重伤。

小小姐赶着车带着主家逃命，却因为天黑误打误撞到了下河村头。结果就看到一个白胡子的老头站在村口，挡着路不让他们进村。这后有来兵，小小姐自是急得不行，便给那白胡子老头下跪，求他放她和爹爹一条生路，等他们回家了，定会送来黄金当谢礼。

那白胡子老头却说："你这丫头长得倒俊俏，我念你一片孝心，那你留下吧。前边便是湍急的河水，你只管打那桥上过，过了桥，见到烛火，你再往前就安全了。"小小姐道了谢，就赶着马车往前走。前边果然是湍急的河水，好在河上有一座石拱桥，她赶车而上，就见桥头有烛火闪动。

第九章　鬼船通幽魂望乡

只这是夏天，夜里闷热，这桥上却阴风阵阵，还总似有人在身后说话。可此时逃命要紧，她哪里顾得了这么多，一鞭子下去，马车很快就过了小桥。这时，她的身后传来一声马的嘶吼，她回头，看见远处有一辆马车。那马是棕色大马，那车是大板车，车上还躺着一个受了伤的人，车板上还斜靠着一个姑娘。那姑娘梳着学生头，不是别人，正是她自己。

小小姐顿感毛骨悚然，眼前一黑，身子就掉进了那湍急的河里。那河水冰凉刺骨，还伸出了无数只手，势要扯出她的三魂七魄。她拼命挣扎，好在她的脖子上戴着一个开了光的玉佛，她才没被那些手给抓住。

待五六天后，那主家方才苏醒，管家说那老棕马识途，几天前清早自个儿拉着他和小小姐一同回了家。家里人请来郎中，主家受了伤，失血过多，上了药再将养几天定会痊愈。可小小姐不知为何一直昏迷不醒，那大夫说他也瞧不出个子午卯酉来，只怕是小小姐犯了癔症。

这时主家方才想起，那天迷迷糊糊中见到女儿在下河村的村头前自言自语，又是下跪又是磕头的，后来女儿上了车后便倒在了车上。

管家扶着主家去看了小小姐，这一见直接背过了气去。那主家进了小院，就见一口刚打好的棺材放在小院中央，已经上了头遍漆，正等着晒干了上二遍漆呢。主家心中一阵悲凉，心中已了然三分。

管家撩开那珠帘，主家往内屋一瞧，就见他那可怜的女儿，已穿上紫色的寿衣寿帽。旧时的规矩，人要趁活着还有一口气的时候换上寿衣，否则那寿衣带不到阴间去。老管家见主家多日未醒，而小小姐周身冰凉，脸色惨白，三魂七魄只怕也散了多半，只比那死人还多了半口出着的气。他只能先备好棺材，以免有个万一。

主家瘫软在地上，管家、下人们又是顺气，又是灌参汤，主家这才缓了过来。醒转之后就拍着大腿嚎哭道："我可怜的儿啊！"想他被歹人所擒，长子在外，次子留洋，却是让个女儿家家去闯了那龙潭虎穴，方才救回了他，倒是比那男儿都强。可他这苦命的闺女，如今只怕是凶多吉少了。

为救爱女，主家贴出悬赏令，说谁要是医治好小小姐，便出一百块银元。于是中医西医、牛鼻子老道、算命先生，就连跳大神的巫医都来了不止一拨，可小小姐就是不见好转。倒是龙王庙里的老和尚听说了此事，前来化缘。

那主家问和尚可是来医治他女儿的，那和尚则说："出家人不打诳语，老衲一不会看病，二不会治人。老衲只想化缘，兵荒马乱，庙中早已没火没柴。"那主家本也心善，再则女儿生了怪病，也要积些善缘，便给了和尚两块银元。那个时候两块银元足够一个人一年的吃喝用度。

可那和尚说："老爷您心有几分善，咱们就有几分缘。"主家听得明白，这是嫌少了，又想着那一院子的大小和尚，两块银元也支应不了多久，便又添了八块银元。他本想着十块银元也够那院子的人吃用一年的，却不想那和尚依旧说："老爷您有一百分的善，所以我们有一百分的缘。"

这下连管家都听明白了，敢情这和尚化的不是缘，而是元。一分善就是一块银元，还真是天下之大无奇不有，没听说过还有这么化缘的。便道："你这和尚不要脸面，张嘴就要一百块银元。"那和尚却说："这缘不白化，老衲可以给大家讲一个故事。"

话说几百年前，那正是海运最发达的年头，总有货船从泉州去往南洋。那一条航线，后来被称为"海上丝绸之路"。那些船上皆运载着金银器和瓷器，海运虽价格低廉，却风险极大。海上行船皆是看天吃饭，总有那狂风暴雨之时，一些商船会淹没于海水之中。

故事讲的就是这么一艘船。但这船上可不只是金银器和瓷器，还有一百对童男童女。若问这商船为何要载上一百对童男童女，只为拉到南洋换钱，也就是贩卖人口。那一百童男到了南洋可做劳工，那一百童女则可做娼妓。这船一出海，便是几个月，孩子吃得少，又方便管理，所以贩卖人口皆以小孩为主。

那时候穷苦人家吃不上饭，卖儿卖女的事儿常有，若是这百名童男童女都是买来的孩子也说得过去，可里边还有被拐抢来的孩子，这便有些缺德到家了。

船刚一出发，就有一个孩子染上了瘟疫，惨死在阴暗的船舱里。船员发现后，报告了船长，那船长怕瘟疫横行，便直接将孩子的尸体扔到了海里。可他不知道，那个被扔到海里的孩子是阴年阴月阴日出生的，还是被拐来的。如今横死海上，最后还葬身鱼腹，因此死后阴气留在船舱里不散。

很快瘟疫便蔓延开来，许多孩子的身上已经溃烂流脓。船长发了狠，将那些得了病的孩子，不论死活，直接扔到了海里。但瘟疫依旧在扩散，有的船员也开始发起了烧。

其实这时船才出发不久，只要及时靠岸，便也没事儿了。可那船长却急于将货物送到南洋，非但不靠岸，还令人把发烧的船员和那些孩子都封在了船舱之下，并撒上石灰，再用隔板将门封死，任凭这些人自生自灭，简直丧心病狂，令人发指。

正所谓，人在做，天在看。船长的恶行终于惹怒了龙王，降下天雷、天雨，十八道海柱将那船困于海中。那船长冥顽不灵，为自保居然将船员推下海祭龙王，结果彻底激怒了龙王，那十八道海柱汇聚成一道海旋风，直接将那船卷到了海底，那船长自然葬身于漆黑的海中。

几百年后，天降异相。阴阳交替之时，那一船的怨灵哭诉横死于海上，怨气久久不散，无法转世投胎，想要回家望乡。人死后会到鬼门关，出了鬼门关便上了黄泉路。黄泉路的尽头有一条河叫忘川河，河上有座桥叫奈何桥，走过奈何桥就能看到一土台子。那土台子就是望乡台。望乡台边有个亭子，名曰"孟婆亭"。这人死后，只有望了乡才能去喝上一碗孟婆汤，投胎转世。

鬼差念这一船的怨灵可怜，可人死成鬼，那鬼困于海底，只能让那艘载过他们的沉船载着他们靠岸，完成这些怨灵望乡的夙愿。于是在一个月黑风高的夜里，便见一艘破败不堪的古船，行驶在茫茫夜海之上。过往船只见那鬼船，皆视而不见，并烧上些纸钱，以免那船上的怨灵找替死鬼。可人心难测，却有那贪财之人，起了妄念。

这贪财之人本是个道士，姓吴，常帮人批殃榜，讨些银钱过活。旧时人死了要批殃榜，才能报官府下葬。那殃榜之上必要写上死者姓名、生卒年月和死因。吴道士本就贪财，因为写殃榜，知道死者是否有丰厚的陪葬，若有钱人陪葬丰厚，在下葬后他便去盗墓。若是没钱的，就卖了尸首配阴婚，算是个坏事做尽的小人。

吴老道那时正在海边替人收魂，就见远处鬼火忽明忽暗。借着月光，就见一鬼船在海上飘飘忽忽。那船上突然发出五彩霞光，虽是夜晚，却也能看到珠光宝气。吴老道掐指一算，方才知这船是借着怨气才浮出海面，载一船的怨灵回家望乡。这船如此之大，必定满载宝物，于是他动了歪心思，连忙回了家，买来朱砂，又杀了一只大黑狗，用阵旗蘸着混着朱砂的黑狗血，做了一个困鬼阵。他将那鬼船困在原地，无法继续行驶。

第二天，吴老道跑去下河乡的地痞陈赖子家里，只说有一艘沉船，借着台风刮到了岸上，让他多叫上几个人，好到那沉船之上寻宝。不论拿到多少，只要给他一成的分红即可。

这事儿古而有之，那些遭遇海难的无主商船，自是谁发现了就是谁的。那陈赖子也是个好吃懒做的主儿，一听便也想着发一笔横财。可转念一想，那无主的船上定有蹊跷，可有财不发岂不难受？且白天阳气重，人多力量大，他多找些人白天上船，不就万无一失了。于是便鼓动上河村和下河村的村民，到船上去寻找宝物。只说不论拿到什么，只要分三成给他即可。于是几百号的村民划着小船便上了那艘鬼船。

海上风大，那些村民并没发现船上阴风阵阵。一群人打开船舱门，就见船舱内满是瓷器珠宝，熠熠生辉。只味道恶臭，像是陈年腐尸的味道。但眼前的瓷器珍贵，珠宝奢华，谁还顾得上这些？一股脑儿地往带来的筐里装，装着装着就打了起来。

虽然这船舱里的东西多，但东西总有好坏之分，你争我抢，急红了眼，人性的贪婪暴露无遗。抢来抢去，不知是谁大喊了一声："这里还有一个船舱。"一群人蜂拥而至，七手八脚将那封着的舱门打开了，却见几具白骨堆积在舱门口，村民们将白骨推倒后，里边的场景触目惊心。

满满一船舱的孩子，横七竖八地躺在舱板上，一个个双眼圆睁，瞳孔放大。青紫色的小脸上写满了惊恐和不甘，还有大大小小的脓疮和抓挠的痕迹，可见他们死的时候是有多绝望。一群人吓得连连后退，不多时都退出了舱外。可这时又有人喊，你们看，这船板是金子做的。这时众人才发现，那些小小的尸体之下，居然闪着金光。

陈赖子见财眼开，便喊了一声："不过是些死孩子，有甚可怕的。前几年连年灾荒，谁家没死过孩子？要是胆小就滚回去，胆大的跟我来，先把那些死孩子的尸体扔到海里去，再把那金子带走换钱。"说完，便大着胆子冲进了船舱。

大家一见陈赖子扔出了一个死孩子，胆子也跟着大了起来。那可是金子，黄澄澄的金子。满满一地的金子，不用多，只要弄回家一块，下半辈子便可衣食无忧，于是也都冲了进去。有那胆子大的，直接拎着死孩子就扔到了海里。而那胆小的，将孩子的衣服往上一推，盖住孩子的小脸，再说上一句你莫要怪我，待我将金子换了钱，定会花钱给你做法事，超度你的亡魂。眼见着天色见黑，可谁也不愿离开，将船舱清理得差不多了，一群人便开始挖金子。

吴老道并没有上船，他也不傻，他知道那鬼船不是好上的，若一个弄不好，只怕连命都没有了。他就在岸上等，准备好了纸笔，只等那些人带着船上的财宝下船，他再一一登记，等东西卖出去了，他也好找陈赖子去要分红。可眼见着天色已黑，却不见小船回来，远远望去只见那大船摇摇晃晃，吴老道心道不好，只怕这些人都着了道。

其实他若是等在岸上也就罢了，可贪心不足蛇吞象，他想了半天，还是决定划着小船向大船而去。等他到了大船之上，却发现一个活人都没有。甲板上满是表情狰狞的尸体，他踩着那些尸体进了船舱，就见那船舱底下被挖出了一个大洞，此时正有海水喷涌而出。原来那些人把船板当成了金子，挖下了一块块船板，人也掉到海里，葬身鱼腹。

吴老道想要逃命，结果看到他们划来的小船全部向岸上漂去，而那船上坐着一对对童男童女。他忙喊着救命，却见那船上的孩子猛地回头，露出青紫色的小脸，双眼漆黑无瞳，嘴上还挂着诡异的微笑。吴老道感觉眼前一黑，人便掉到了万丈深渊。他终于想起，前夜他设下的阵旗，结果却被反噬吐血而亡，这时一个青面獠牙的童灵上了他的身。原来这些小怨灵不是回来望乡，而是借着望乡的机会来找替死鬼的。

这个故事讲得稀奇中还带着些古怪，那和尚又说道："老衲讲这个故事，便是告诉人不能生贪念。其实当初龙王放那一百对童男童女回去望乡，却也约法三章。一是若心不生贪念之人，那船必只能远见。也就是说，若不是有人主动靠近，那船就无法靠近活人。二是船上的财宝，若心生贪念之人能见好就收，就会免于一死，最多掉入海中，得个教训。三是那些孩子的尸身，若有人动了善心，将那些孩子的尸体好好下葬，便也能得些银钱，还能助这些怨灵早日投胎。

若三道关依旧阻止不了这些人的贪欲，那必是活该被拉去当替死鬼。而那吴道士也是如此，他见了鬼船设下旗阵，虽然已经灵魂出窍，但龙王还是给了他两次生的机会。一是让他等在岸上，他若止了贪念不再上船，那倒是可以逃过一劫。二是他登船之后见了那些可怜的尸体，本应批上殃榜，将其好好安葬，他却踩尸而过。身为道士，既不修道，也不修心，必是自取灭亡。"

那和尚讲完了这故事之后，便问主家："听了这故事，老爷你觉得我们这缘可有百分？"那主家恍然大悟，直道："这故事算是及时雨，老夫感激不尽，就想求大和尚能指点迷津。老夫愿捐助大洋一百块。"

那和尚却摇了摇头，笑着说道："老衲的故事已讲完，至于老爷您能听出什么，那便是老爷您和您家小姐的造化了。"说罢转身就走。等和尚走后，就见地上躺着十块银元，正是主家刚才给他的。

一阵轻风袭来，主家一个激灵，方才想起，这附近哪里有龙王庙，只有妈祖庙。再则即便有龙王庙，里边住的应是道士，又怎会是和尚？可刚才那和尚进来，他便感觉一派祥和之气，却是和尚说什么他便信什么，根本没想过质疑。现在看来，那并非和尚，许是地仙幻化成和尚，来此点拨他们的。

想到这里，主家一拍大腿对管家说道："快去打听一下，那下河村里可是出过什么离奇的事件。"那管家连忙去打听，总算是打听到了。百余年前，上河村和下河村突然死了两百余人。人是半夜失踪的，第二天的晚上被水冲上了岸，皆是淹死的。死者无一不双眼圆睁，表情扭曲，死状十分凄惨。

横死之人不能入祖坟，这些人便被埋在了乱坟岗。可每到夜里，那些人的鬼魂便出来作祟，于是村里人请道士作法、和尚念经，可不论怎么做，那些鬼魂依旧不散。想来就凭一两个和尚、道士，怎能对付得了这么多的鬼魂？那道士和和尚也都说，这些人是枉死的，若不能化解他们的怨气，定无法将他们降伏。就在这时，来了一个木匠。那木匠是鲁班门人，会些方术和厌胜之法，便出了一招，画地为牢，将这些鬼魂困在其中。

那道士却说，只怕不好办，这些鬼怨气极大，一般地牢怕是困不住他们。那和尚也说，此法是治标不治本，若不能真正化解他们的怨气，恐怕会为祸一方。那木匠却答，若铺了黄泉路，画个忘川河，建个望川台，再弄个奈何桥，让他们能看到希望，你们再设法超度他们一二，令其怨气化解，是否能成？

道士和和尚想了想，这办法倒是大胆，却也不是不可行。于是那道士说道："只要能建出这样的场景，我便能设下法阵，困上他们两百年。"那和尚也说："我可念经超度，两百年后化解他们的怨气。"木匠也说："那如你们所言，这铺路建桥的事儿交给我。"

于是那道士选址，和尚帮忙，木匠在村头的路上铺上了写满经文的黄纸，又在上边铺上了熟土夯实。再在村口挖一个坑，填入流沙，再用朱砂笔画上彼岸花，这便是忘川河。最后河边建上土包，用千年阴木做成亭子。那亭子是斗拱结构，与那正常的亭子一般无二，只是小上许多。这路、河、亭算是基本弄完，但这桥可不能是写意的，只能是实景，否则无实则为虚，其中变数太多。于是木匠又打了地桩，用厌胜的法子做地基，建了一座旱桥。

一切准备就绪，道士开始开坛设阵，和尚念经超度。一般的法阵怎能同时困住二百人的冤魂？那道士是以血为引，强压魂魄，最后吐血而亡。那和尚也发下宏愿，他不入地狱谁入地狱，他愿入地狱念经二百余载，以超度这二百个怨灵早日投胎转世，于是那和尚也盘膝而终。而那木匠，回去后便生了一场大病，虽捡回了一条命，却也变成了瞎眼的废人。怎想未到两百年，那旱桥却被炸了，所以那些冤魂便出来作祟，勾走了小小姐的魂魄。

主家听后，方才明白其中缘由，再花重金请来能人。那人想了前因后果便道，那和尚只怕是那道士的魂魄和和尚的意念所化，所以是以和尚的身形视人，却称自己是龙王庙来的。想来小小姐命不该绝，便来指点迷津，让主家花钱再建那旱桥。这桥不能随便找人建，还得找那木匠的后人来建。

主家又四处打听，终于打听到了那木匠的后人，正是洪师傅的父亲。洪师傅的父亲知道那桥的重要性，自然不敢马虎，便让洪师傅一同去帮忙。洪师傅这才听说了小小姐的事儿，顿时就感觉五雷轰顶。

那石桥很快就建好了，主家又依那能人所言，烧了一百对童男童女当替身。又做了法事，一切妥当，正好花了一百块大洋，这才明白了那和尚说的几分善心就是几分缘是何意。他富甲一方，本也应该为乡亲做些善事儿。

待法事做完之后，却不见那小小姐醒转，主家自是急得不行，又找来那能人，那能人喝了酒过了阴，醒后说那法阵已重起，只是小小姐魂魄被锁在里边出不来。他没有那本事将人带出，只得全凭小小姐的造化。主家一听心中一急，便又晕死了过去。

真道是有病乱投医，无奈之下，那管家出了一个主意，给小小姐冲喜。可主家两个儿子皆已成亲，娶妾也不算是冲喜，只有主家丧妻多年未有续弦。主家面露难色，他已经年过半百，力不从心，即便娶了妻子，也是让人家守活寡，倒是祸害了好好一个大姑娘。管家却说，主人你糊涂，冲喜何用别人，给小小姐找个夫君就成。主家一想是这么个道理，于是便开始着手给小小姐找夫婿。

主家有钱，远近闻名，即便那小小姐成了活死人，娶了她也不吃亏。很快便找了一个长相英俊的后生，那后生还有些学问，颇得主家中意。可刚过了庚帖，夜里那后生就梦到了好几百个怨灵追着他索命。第二天那后生顶着两个黑眼圈，跑来索要庚帖。主家问其缘由，他自是说了。主家也不好为难他，就退了庚帖。不想一个如此，又找了四五个人还是如此。眼见着小小姐日见消瘦，人也快熬不住了，却没有人敢娶。

就在这个时候，洪师傅带着聘礼来了，说要迎娶小小姐。他站在院中，说他会敬小小姐为妻，生时宠她，死后念她，一生绝不再娶。主家一看，洪师傅长得倒也周正，主要是时间不等人，这次也不过庚帖了，直接把人拉去换了衣裳，省略了所有的繁文缛节，就将人送进了洞房。

洞房之内洪师傅看着小小姐清瘦的面容，哭得一塌糊涂，一哭他得偿所愿，二哭小小姐即将香消玉殒。他念红颜思断肠，今日红烛泪喜帐。可怜他一片真心，她却从来不知。哭着哭着便睡着了，在梦里洪师傅来到一个奇异的地方，黄泉路旁彼岸花，忘川河上奈何桥。他立马就明白，这是那下河村的村头法阵，也正是锁住他心上人的地方。

他立马向前跑去，却见一老头站在桥头。之前说过洪师傅的舅舅就是道士，他知道那老头就是勾魂的鬼，所以他说什么，只能当听不到，一不能应，二不能答，更不能按他的话去做。他绕过老头，继续向前跑去，那奈何桥却跟他作对一般，他越是跑，就离他越远。

这时一个柔弱的声音响起："你怎么在这里，快快离去。"洪师傅抬头一看，原来是小小姐站在桥的那端，急急地让他快些离开。而那小小姐的脚上，却是无数只手连成的枷锁，将她牢牢地锁在桥头，根本无法离开。洪师傅心急，还要往里跑，可这时桥上一道红光，将他打了回来。那桥是他曾祖父所建，又是他与父亲所修，自然会庇护于他。

洪师傅一个激灵便醒了过来，却见小小姐的脸上满是泪痕。洪师傅心中纠痛，直道你且等等，为夫这就想办法将你的魂魄带回。于是洪师傅回了家，问父亲如何能救回他的新婚妻子。他父亲也是鲁班门人，当然知道些破解之术。只是这术法需要以活人的魂魄做诱饵，还得心坚意定，方能将人带回。方法很是简单，只要带着一个小人做替身换回小小姐即可。

洪师傅拿了小人，又去找了舅舅。舅舅听后也劝他不要去，那是九死一生的法子。洪师傅却是王八吃了秤砣——铁了心。舅舅拧他不过，便告诉他张飞狮可辟邪。洪师傅如醍醐灌顶，回家后做了新狮头，又咬破了食指，用血混着朱砂给张飞狮点了睛。

这南狮要在舞狮前才能点睛，点了睛之后狮子眨一眨眼，就如同活了一般。洪师傅抱着那狮头便进入了梦乡，直等着在梦里将那小小姐的魂魄带回来，与她做长长久久的夫妻。

第十章　洪师傅舞狮镇百鬼

　　洪师傅梦里再次走到了那奇异的地方，眼前有拱桥一座，桥上有盈盈鬼火。洪师傅正要向前，却发现自己那张飞狮并没有带来。他心中一慌，却是他思虑不周，怎就忘了，他本是活人，怎能将阳间之物带到这里来？此时没有那张飞狮，他又如何驱鬼救回心上人。

　　洪师傅正在踌躇之际，就见不远处一个道士打着阴阳幡走了过来。一看那道士不是别人，正是自己的亲舅舅。这黄泉路、忘川河虽是人造，但毕竟隔着阴阳，活人一般无法来到这里。阴是阴阳是阳，阴阳有界。洪师傅的舅舅是自灭了一盏阳火，方才强行来到这里。他点上七只蜡烛，这便是七星法阵，并对洪师傅说道："我设下这七星法阵，护住你的七魄，你只管放心去救你那心上人，若有什么事儿，还有贫道我来助你。"

　　洪师傅问舅舅，他那张飞狮并没有带来，如今怎生是好？舅舅却道："傻孩子，这乃阴间路，你是生魂，那张飞狮若被做成纸扎，焚烧之后你也未必收得到。若想要那张飞狮，就要看你的意念如何。所谓心生念，念生万象，若你一心想求，自然会有求必应。"

　　洪师傅听得明白。心里却想自己非修道之人，那意念只怕不灵。好在有舅舅相助，此番救人也有几分胜算。再一回头，就见那奈何桥下升起了三杆红旗，那便是厌胜之术，想必是父亲也来助他一臂之力。

此时他耳边传来一个声音："吾儿，这阴阳本相隔，你乃生魂，无论遇到什么人切勿听、切勿信。鬼虽可怕，却也是活人死后所变，所以你要比他凶，比他狠，方能成事儿。为父只能帮你到这里，其余的就看你的造化了。但不论成败，鸡叫天明之时，你必须回来。为父等着喝新妇的茶。"

洪师傅心中感动万分，自己娶了小小姐，并没有与家里人商量。如今他夜闯黄泉路，父亲和舅舅却肯来帮忙，他若不能将心上人带回，只怕是辜负了所有人的一片心。有人相助，洪师傅心里便有了三分的底气，昂首阔步向那奈何桥走去。

此时一老头出现在了奈何桥上，问洪师傅："小伙子，你可是来找你那新婚妻子的？"洪师傅知道这鬼是在讨他的口彩。啥叫讨口彩，人有人规，鬼有鬼律。做鬼的要找替死鬼，须征得那活人的同意。所以找替死鬼多有三个方法，一是用美色勾引，二是用金银利诱，三就是讨口彩。

当年比干被挖去心脏，他便要去讨个口彩，于是他问人，菜无心能吃，人无心可活？结果讨来的却是菜无心能吃，人无心不可活，于是比干倒地身亡。眼下洪师傅若应了是，那便是同意了自己给那鬼当替身。

洪师傅自然不会上当，想着父亲说过，你要比那鬼还要凶，于是一拳打倒那鬼，继续向桥上走去。过了桥便见烛火盈动，他的心上人却被锁在了桥头。小小姐见洪师傅只身前来，不由得泪如雨下。她虽二魂六魄在此，可还有一魂一魄被她身上的玉佛所护，留在了肉身之中。她不能醒，却知道发生了什么。眼前这少年郎对她有情有意，她此生又有何求。

"你不该来此，快快离开。如今我是活不成了，只求你替我尽孝。至于你，可再娶。你心善，定能觅得良人。"小小姐字字肺腑，却听得洪师傅红了眼眶，只道："你且在桥下等我，我这就带你归家。"

可就在这时，一群鬼从忘川河里爬了出来，一个个佝偻着身子，伸出枯槁的手向洪师傅索命。洪师傅与之搏斗，可双拳不敌众手，眼看洪师傅就要被那群恶鬼拖下忘川河，这时小小姐终是不忍，将手伸向了胸口的玉佛。只道："我何德何能，能让你甘愿为我赴忘川，你若再不知难而退，我宁愿灰飞烟灭，也不要误你终身。"

洪师傅眼见了心上人要自毁，更是心急如焚，他心念所动，若那张飞狮在就好了。也许是情之深，感动天地。又或许他此时念力飞升，还真就将那张飞狮召唤了过来。只见一黑狮横空出世，飞过黄泉路，踩过忘川河，直到了洪师傅的头上。

洪师傅顿感有神力相助，飞身一跃，跳上了拱桥的护栏，拿出了他单脚跳花桩的本事，又一个纵身，跳上了旗杆，将那张飞狮舞得栩栩如生。他龙行虎步间，那狮子也自带威压，如王者归来，势要一声狮吼，震慑四方。那些鬼被张飞狮吓得瑟瑟发抖。

洪师傅借机跳到了小小姐的身前。一个狮吼又震得小小姐脚上的锁链碎成几截，接着他一把将小小姐护在身后，又快速将那替身的小人放到了桥头。这时桥下传来道士念诀之声，那小纸人瞬间幻化成了小小姐的模样，立于桥头。

洪师傅说："你只需要躲在我身后，屏住呼吸，与我一同离开这里。"

小小姐立马屏住呼吸，死死地抱住洪师傅，两人快步离去。那些鬼虽被障眼法所迷惑，却能感觉到有活气要离开桥头，于是便追了过去，可却被黄泉路上的经文弹了回来。接着忘川河下传来和尚的念经之声，那两百号鬼皆慢慢没入了忘川河中。

洪师傅醒后，那小小姐虽没有醒，气色却好过从前。又找来大夫，只说小小姐是身体虚弱，不日便可转醒。洪师傅的舅舅登门，为小小姐收了魂魄。几日后，小小姐醒来，之后便是夫妻琴瑟和鸣，羡煞旁人。

这洪师傅梦里舞狮镇百鬼的故事皆是传说，也有人说当时小小姐是受了惊吓，痰卡在喉咙里，所以才一口气提不上来。洪师傅娶了小小姐后，细心照顾，小小姐方才好转，根本没有梦里舞狮这一说。当然，这里还有另外一个版本，就是洪师傅心系小小姐，茶饭不思。小小姐家中出事之后，主家便找来道士为小小姐相看。道士正是洪师傅的舅舅，他略施小计，就让洪师傅如愿以偿了。

后来有人问洪师傅，可有梦里舞狮镇百鬼之事，他却笑而不答。洪师傅却总在无人之时制作张飞狮，却没人见其舞过。也有人说，洪师傅是世外高人，他的张飞狮从来只在梦里舞，为的是镇鬼驱邪。当然，不管故事是哪个版本，总之洪师傅声名远播。且后人总道，若你行路时见一旱地拱桥，且那拱桥又无甚用途，千万莫要好奇，非要上去走上一走。要知并非所有的桥都是供活人踏行的。

丁繁高和木头在宾馆里就听南宫勇讲了洪师傅这往事，虽不知道真假，却总是用探究的目光看向洪师傅，却见其眉宇之间，似有一股英气如剑。

洪师傅听了丁繁高的来意，却是长叹了一口气，说："你说的那黑色石头我没见过，却见过有些类似的黑色珠子，就在我一故友的身上。我那故友姓丁，早在几十年前坐着轮船去了海外，如今不知是生是死，只知他临走之前，行为十分古怪。"

丁繁高还是第一次在别人的嘴里听到父亲的情况，他不由得喜出望外："洪师傅，能否请您讲讲那故人的往事？"洪师傅说道："那是几十年前的事儿了，当时我还在广州讨生活，与我那故友丁兄皆是医馆的常客。"

洪师傅习武练功，身上经常有伤，他的师兄弟也是如此。他不只自己要去医馆，有时还要陪同师父和师兄弟们去医馆。一来二去，便认识了同样是医馆常客的丁卯。洪师傅只知他叫丁卯，可也有人说，丁卯是他在赌坊赌钱时用的名字，他的真名不叫丁卯，更不姓丁。但这事儿未经丁卯认可，洪师傅自然也不知真假。

丁卯是医馆的常客，不为别的，只因好赌，又时常出老千，总会被人打得鼻青脸肿，然后去医馆上药。可丁卯为人善良，有一次一个乞丐在街上被巡警欺负，过路之人虽可怜那乞丐，却无人敢吱声。这时丁卯路过，仗义执言，方才救下那乞丐，当时那巡警还要动手，是洪师傅出手帮了丁卯。

事后丁卯请洪师傅吃饭，洪师傅发现丁卯出手阔绰，且身上衣着不凡，就连怀表都是法兰西的。他并不缺钱，应该是个富家子弟，根本不像是要为了钱出老千的主儿。而丁卯也说，他一生并无其他爱好，唯有好赌。他喜欢研究赌技和赌具，出老千不为赢钱，只为寻找刺激和成就感。

丁卯嗜赌成性，一日不赌，便是感觉浑身难受，只要有空闲，便要去赌坊赌上几把。时间长了，洪师傅就发现这丁卯上赌场好像不只是为了赌，更像是在寻找什么人或是什么东西。

有一段时间丁卯十分开心，那段时间他也不赌了，只是经常去茶楼喝茶。他告诉洪师傅，他很快就要离开广州了，而且他也准备金盆洗手，再也不赌了。虽然他没说原因，但洪师傅在他的眼里，看到了得偿所愿的笑容。洪师傅也为丁卯开心，他觉得像丁卯这样的人，应该早日振作起来，过回正常人的生活。

之后丁卯便失踪了一段时间，洪师傅那段时间正好去修旱桥，所以也没顾得上丁卯。直到几天后，洪师傅去买做张飞狮的材料，却看到丁卯被赌坊打了出来。此时的丁卯与之前判若两人，不但衣着邋遢，就连胡子都好久没有刮过，整个人看上去十分颓废。

洪师傅将丁卯送回了家，就见丁卯原来干净整洁的家里满是垃圾和酒瓶。丁卯到了家便开始喝酒，一边喝一边笑，笑着笑着就流下两行清泪。都说男儿有泪不轻弹，只是未到伤心处。洪师傅从丁卯含糊的醉语中，只听出：为何会如此？这就是我苦寻了这么久的真相？我就是个傻瓜！云云。

说到动情之时，丁卯又从怀里掏出了一块黑色石头，并用力地扔到了地上。只说："一切都是因为你，待我找个地方把你扔掉，看你以后还怎么祸害人。"洪师傅知丁卯是喝多了，他将黑色石头捡回，却感觉那石头突然发出了黑色的光亮。这一切有些匪夷所思，这世上怎会有东西能发出黑色的光亮？但洪师傅确确实实看到了，只那光亮转瞬即逝，洪师傅以为是自己眼花了。

第二天，便有一群债主上门，讨要赌债。洪师傅这才知道，丁卯之前曾豪赌千金，输了他几乎所有的家财，只剩下一幅油画和一个胸针，另有几十块大洋。得知洪师傅成了亲，丁卯便将那胸针给了洪师傅，作为新婚的贺礼。那胸针做工精美，上镶有天然螺珠，一看便知价格不菲。洪师傅自是不敢收，毕竟此时的丁卯已经落魄了。丁卯却说，若他不肯收，他也是要把这胸针扔到海里去的。说这话的时候丁卯的表情异常认真，洪师傅知丁卯的性格从来都是说一不二的，便想着他先收了这胸针，等他日丁卯有急用之时，再将那胸针还给他。

之后丁卯买了去南洋的船票，带着行李与洪师傅道别，说今日一别，不知何时才能相见。洪师傅问丁卯要去哪里，丁卯只说不知道，过了这片海，他见哪里好便留在哪儿。洪师傅又问他，即便想换个地方生活，为何要漂洋过海那么远。丁卯便掏出那块黑色石头，说要将这东西扔得远远的。此时的丁卯意志消沉，给人感觉饱经沧桑，眼睛里也满是迷茫。洪师傅劝他到了南洋若是过得习惯便留下，若是住不惯，便再回来。若他有什么困难，只要他捎信回来，即使相隔万里也要去找他。就这样，丁卯带着那幅油画上了船。这一走就再也没回来。

之后洪师傅将胸针送给了妻子，妻子十分喜爱，却在动荡的年代被人收缴了去。浩劫过后，洪师傅的妻子却染上了重病，她觉得此生很圆满，生在富贵之家，从小便拥有了很多。成年后又遇到了此生挚爱，相伴一生。只有一个遗憾，他们新婚的定情信物不知所终，若他日她入了黄泉，又要凭什么与洪师傅再续三世情缘。洪师傅就想要找回那胸针，却听说那胸针被卖给了外国人。于是他去了"水心斋"，希望"水心斋"能帮他找回那胸针，不论付出多大的代价。

丁繁高将胸针拿了出来，洪师傅一见泪如雨下，只道天意使然。当初这胸针便是他的故友所赠，如今又由故友之子找回。丁繁高大惊，问洪师傅："为何你如此确定，那丁卯就是我的父亲？"洪师傅擦了一把老泪，看向丁繁高的目光变得柔和："傻孩子，自打你一进门我就看出来了，因为你与我那故友长得十分相像。最初我以为时光轮转，又回到了几十年前我与你父亲相知相交的岁月。"说罢抱着丁繁高便又哽咽了起来。

洪师傅留几人再住几日，他也好多讲讲当年丁卯之事。丁繁高恭敬不如从命，他也想多了解一些关于父亲的消息。洪师傅言语里父亲离开广州前的样子，与他记忆中的父亲十分相近。他记忆里，父亲就有着一双忧郁的眼睛，目光中总似有化不开的忧愁。他不知道父亲的悲伤来自哪里，却知父亲对他是极好的。原来父亲年轻的时候，也曾如此率性开朗过。

吃过了晚饭后，丁繁高方才想起："洪叔，当年我父亲带走的油画，画得可是戴着螺珠胸针的少女？"洪师傅摇了摇头："不知道，那画一直是蒙着的。那画似对丁兄十分重要。我只知是一幅油画，却是不知画的什么。"丁繁高显得有些失望，不过他猜想，那画兴许就是那戴着螺珠胸针的少女。看来事情果然不简单，历经了几十年后，他父亲带上船的东西又先后回到了他的手里。所以那个在幕后推动一切的人到底是谁？他又有何目的？

"对了，"这时洪师傅又说道，"后来我在《力报》上看到了一则报道，好像说的就是你父亲的事儿……据年逾知命之某翁谈：凡精于不正当之赌术，恃局赌诈财为常业者，晚年多病盲；并历举其所识者十余人为证，岂冥冥中果有恶报耶？按：不正当之赌局，在昔称'念殃'，查今如'翻戏'，如'牌九司务''麻将司务'，亦称'郎中先生'，能以敏锐之目力辨认赌具，如见其覆底，更佐以特制之骰子（个中人隐语称'接桶'），呼雉得雉，吆卢得卢，得心应手，胜券必操。

至于摇滩，则用灌铅骰子，藏吸铁磁石于特制之赌桌下，骰随石转，左之右之，上之下之，无不如意。俗统称此种赌博曰'横落'（横读如黄，横落二字，不知究应如何写）。意者，赌徒卜昼卜夜，废寝失眠，实损目力；加以赌'横落'者必集全神于目以辨认赌具，损目尤甚。

"尝闻海上之所谓郎中先生，亦授徒，其法即先练目，然后练指，由是以观，赌徒善用其目数十年，又不谋所以养目之道，则晚岁失明，亦生理上必然之现象。此乃人事，未可断谓冥中恶报也。

"笔者昔年尝随友人入宝裕里一赌窟，所赌为'同宝'，时在深夜，室内除参加之赌徒外，另有瞽者二十余人，袖手旁坐，若有所待者。或曰：此辈均老资格之赌徒，盲于目未盲于心，日必来此坐分余润云。久博成盲，征于是而益信。

"当年你父亲离开的时候，眼睛就已经不好了。他本双眼清澈，离开之时却已双目浑浊，他也曾寻访名医，可那从北京来的中医，还是老御医的嫡传弟子，却说他的眼睛无药可医，并问他为何会如此，他却闭口不答。他离开时我还在说，西洋的大夫能治眼疾，你去了正好可以医治一二。而且在他失踪的那一段时间里，有人就说他去了北京。后来上门来讨债的债主，也皆是北京来的。虽然我不确定这报纸上写的是否就是丁兄一掷千金的那场赌博，但似乎就是此事。"

当夜几人小酌，洪师傅毕竟上了年纪，喝得有些多了，便由儿女扶去睡觉。丁繁高几人便回了宾馆。到了宾馆，丁繁高一副有心事的样子，木头想要说些什么，南宫勇却拦着他，说让丁繁高一个人安静一会儿。木头也觉得想不出什么安慰丁繁高的话，只说让他好好休息，等明天再去看洪师傅，兴许还能从洪师傅那里得到一些线索。

丁繁高最近没把那黑色石头带在身上，总感觉有些疲惫。他似乎感觉到，他之前的精神是透支了以后的身体，因为没有黑色石头的日子，他的疲惫感是翻倍的，所以他越来越离不开那石头了。现在想想洪师傅说的话，当年的父亲也许也有着同样的苦恼，而自己的眼睛确实也越来越模糊了，这倒是与老中医所言相近。

借着酒劲，丁繁高生出几分困意，房间里之前好像点过熏香，这香之前也点过，服务员说是为了驱虫的。他躺在床上，感觉被香气熏得有些昏昏欲睡，不一会儿就进入了梦乡。梦里，他感觉自己坐着马车，奔波在群山峻岭之中，一路颠簸，好像还有陌生人在他的身边说话。待他醒来时，已经是几天后了。此时他正被人捆着，躺在铺了干草的地上，四周一片漆黑。

"丁兄，你可算醒了。"是南宫勇的声音。丁繁高循声望去，却没看到任何东西，只知手脚被捆得十分难受。他便问南宫勇："南宫兄，这是哪里？"南宫勇长叹一声："这还用问吗，这是山里啊，你顺着帐篷的窗户往外瞧瞧便知。"丁繁高心里"咯噔"一下，自己眼前漆黑如墨，哪里有什么帐篷和窗户。

这时南宫勇似也发现了他的异常："丁兄，你的眼中怎会灰白一片，难道说这群孙子对你动了什么手脚？"木头也急切地问道："丁大哥，你眼睛怎么了，你能不能看到我？"丁繁高转动着脑袋，终于感觉到了一丝光亮，接着眼前的事物也变得清晰了起来。他这才看得分明，他们应该是在山上的绿色帐篷里，窗外则是平缓的山峦。

再看南宫勇和木头也都被捆得严实，于是问道："南宫兄，是谁捆了我们？"南宫勇冷哼了一声："还能有谁，'活铲子'董四那伙人呗，对，还有罗九冲那孙子。等老子回去的，定找人来与这帮孙子算账，否则难出这口恶气。"

原来那夜的熏香里下了迷药，几人同时中了招，被人带到了北邙山中，此时已不知过了多久。南宫勇确实有些本事，他只通过看外边的山脉走势和身边的干草，就已经判断出他们身处北邙山深处，此时算是叫天天不应，叫地地不灵。

北邙山在洛阳以北、黄河以南，是秦岭的余脉。而他们所处的位置，属黄土丘陵地带，山岭连绵陡峭，沟壑纵横。北邙山之所以如此有名，不是因为山高水清，更非峰峦叠嶂，而是因为这里埋葬了六代二十多位帝王。

从东周到后蜀，有名的大墓就有不少。奇货可居的吕不韦、汉光武帝刘秀、问君能有几多愁的李煜，就连大诗人杜甫和书法家颜真卿都长眠于此。唐诗有云："北邙山头少闲土，尽是洛阳人旧墓。""何事不随东洛水，谁家又葬北邙山。"

来洛阳前，丁繁高倒是找了些资料，却也不知董四的后人和那罗九冲为何要把他们绑来这里。他们此时也只能寄希望于洪师傅找他们不见，便报警，再寻着蛛丝马迹找来这里。否则以现在的情况，他们定是凶多吉少。

可又一想，事情有些蹊跷，那夜他心情复杂，再加上身体疲惫不堪，所以没有察觉到中了迷香。可南宫勇不应该啊，上次他去"水心斋"的时候，就看到了不少的熏香，南宫勇也为他介绍了一二，并称南宫家自有制香的秘籍。一个会制香的人，怎会中了迷香？难道说南宫勇是故意被俘？不是没有这个可能。

看来眼下事情变得愈加纷乱，身边的人是敌是友无法分辨，而他又该何去何从？只能兵来将挡，水来土掩，走一步算一步了。

几人研究着该如何逃走，身上却感觉有气无力，只怕就算是解开了绳索，也无力逃出这深山之中，倒不如看看对方是何用意。待知晓了他们的意图，也好做出应对之策。

大约过了一个小时，几人听到了繁乱的脚步声，接着便有声音传来。只听得一个人说道："那几个人也该醒了，今天晚上你就少下些药，别等到下地的时候，他们腿软走不了路，还得让兄弟们抬着。那甬道可不比这山路宽敞。"另一个回道："放心，我下药的手法可是得了师父的真传，准保能让他们双腿走路，却没力气逃跑。"

两人推门而入，带头的人四十多岁，手上戴着有铁钩的手套，应该是"活铲子"的后人。他身体瘦削却很健硕，入至深秋，却还穿着背心。许是常年在地下行走，所以皮肤黄里透白。而他身边那人，身形魁梧，长得尖嘴猴腮，一脸凶相，胳膊上文有盘龙刺青，那盘龙之中还有一个九字，应该是罗九冲的人。

两人见几人都睁着眼睛，便也不磨叨，直接说道："对不住了几位，兄弟我手里有个大买卖，想请兄弟几个帮个小忙，可怕几位太忙，不肯前来，于是用了点儿小手段，实在是形势所逼。兄弟几个要是乖乖的不起什么幺蛾子，等办成了事儿了，我自然会放了各位，到时再给各位赔罪。"

第十一章　奇货可居吕不韦

　　丁繁高冷哼一声，他本是内敛之人，并不愿与这些贼人多言。倒是南宫勇不免讥讽几句："董辉，你这请人来帮忙的方式，倒是有些别具一格了，你就不怕坏了江湖上的规矩？你是不知我南宫家在江湖上的地位，还是打算做完一锤子买卖之后，便不再出现在江湖之上了？"

　　那人却哈哈一笑："我当然知道南宫家在江湖上的地位，所以才给南宫老弟留下了几分薄面，还善待了你这两位朋友，若是换成别人，只怕要吃些苦头了。再则，动手绑了你们的可是罗九冲的手下。"董辉说完后，他身边那人则说道："董老大，你这么说就有些不地道了，人是我师父带人绑的，我们之间可是有协定的，所以这锅可不能我师父背，得咱两家一起背。"董辉却冷哼了一声，根本没把这人放在眼里："你个小赖疤，只管做你的事儿，你以为南宫家的人是傻子？他自然知道是谁绑了他。"

　　丁繁高蹙眉看向南宫勇，他知南宫勇不是个意气用事之人，他如此说话，只怕是想探听个虚实。这董辉根本没打算放了他们，所以才不顾及这些。南宫勇却是不怕，直笑着回道："董辉，只怕就算董四活着，也没那个本事动我们南宫家的人。所以你还是识相点儿，早点儿把我们送回去，否则后果自负。你可不要忘了，我来洛阳时家里人可是知道的。"南宫勇的意思明确，他们绑人必会留下线索，就算是董辉事后要杀人灭口，只怕南宫家也会找上他。

董辉却也不怕："哦？那可不好说。这就要看你这兄弟是否能真的帮上我们了。不过我们既然敢合着伙来绑了你们，就不怕你们南宫家找上门来。我劝你还是省些力气，否则别怪我对你也不客气。"说罢对身边的人说道："我乏了，其余的事儿就交给你了。"说完打了个哈欠，便出了帐篷。

留下这人外号叫赖疤，只因他脑后一个被火烧过的疤痕。他是罗九冲的弟子。罗九冲喜欢女人，惯会下迷药，赖疤跟着罗九冲学得这本事，说来也是个贪财好色之人，且为人心狠手辣。"各位兄弟，你们也算是最近江湖上的名人了。你们要知道，我们这次进北邙山可是汇聚了各路英雄。除了董家和我们罗九道的人之外，就连那陈起子和'活寡妇'都亲自来了。此时那陈起子只怕还在教育他们的小鬼，而我师父应该也在帐篷里与那'活寡妇'打得火热。现在董老大回去休息了，那么就由我来讲一讲把几位请来的原因吧。

"这北邙山上埋了不少帝王将相，其中最有名的便是奇货可居的吕不韦。此次我们来这北邙山上，要找的就是吕不韦的墓。据说他的墓里藏着秦国能统一六国成为霸主的秘密。你们不知，据说这秦国之所以强大，那不是因为出了几代明君，而是得到了制胜法宝。我们想要找出这法宝，就需要丁先生的帮忙了。特别是丁先生珍藏的那块黑色宝石。"

丁繁高却不冷不热地回道："只怕让你们失望了，那石头并不在我身上，想必你们也搜过我的身了。"那赖疤却笑着回道："这是当然，搜身我们可是专业的。不只搜身，就连你们的行李我们也搜过了，确实没有。不过你大概不知，自从你入了境就被我们盯上了，我们可以确定，那黑宝石你是带回国了。既然现在那东西没在你的身上，就一定在你朋友的身上。我们已经通知钱先生，让他带着宝石来赎人。估计再过几天，你就会看到钱先生了。事情我也讲明了，你们就好好休息吧，一会儿我会让人送来晚饭。放心，荤素搭配，营养丰富，肯定既保证你们能好好地活着，也不让你们有足够的力气想着逃跑。哈哈哈，不好意思，在下就去吃饭了。"

丁繁高一听，这些人要让钱学明来赎他，气得七窍生烟。他回国之行多亏了钱学明一路照顾，不想却连累了他。不只是钱学明，还有木头，至于南宫勇，他还是有些猜不透。

"倒是我连累了钱兄和大家。"丁繁高有些自责地说道。木头一个人躺在角落里，脸上并没有多少慌张之色，他听了丁繁高的话说道："什么连累不连累的，不过是各有各的命，是福不是祸，是祸躲不过，这就叫该着。"南宫勇也道："丁兄，这非是你的错，只怪那些人太过可恶，倒是我大意了。"

赖疤所说的荤素搭配、营养丰富的晚饭竟然是鸡蛋汤，虽然里边还放了些蔬菜叶和黄豆，外加一点肉沫，但是干货太少，全靠水勾芡，看似黏稠，却吃不饱，只能混水饱。确实能做到"既让你们保证营养，却没力气逃跑"。且这汤里还是加了料的，喝了之后就会让人感觉浑身乏力。

几人昏迷了几天，早已饿得不行，此时吃与不吃都无力逃脱。几人也不磨叽，直接将那汤喝得一干二净。既然跑也跑不掉，倒不如让胃舒服一些。再则这里虽是山中，植被却不茂盛，地势十分开阔，想要逃跑也非易事儿。

远处传来不少人的嬉闹之声，应是在饮酒作乐，时不时还有烤肉的香味。丁繁高倒是没什么，只苦了南宫勇。他馋得直吞口水，直说宾馆里还有刚买的牛肉干，若是带在身上，吃上几块，就有力气逃走了。

"南宫兄，你听外边这是有多少人？"丁繁高问道。南宫勇在心里盘算了一下："得有二三十号人。这还只是我们附近的。这里地势开阔，他们这么多人上山，只怕不远处还设了哨卡望风。"木头则补充道："二三十号人，还都是有些功夫的。"丁繁高心中了然："看来我们逃跑的胜算不大。"

南宫勇叹了口气："何止不大，丁兄你有所不知，刚才那赖疤的话只说了一小半，还有大半并没有说。你可知那吕不韦的墓并没有在这片北邙山中，当年吕不韦服毒自杀后，由他的宾客舍人数千人一起窃葬于吕母之墓中，也就是秘密的安葬。后参与窃葬的宾客舍人，皆被逐出秦国……"

但还有另外一段传说，相传上古大战，炎、黄二帝联手打败了蚩尤，而蚩尤留下坐骑，独自放逐于山海之外。蚩尤平生所学，被辅佐黄帝的异人风后所得。这蚩尤残卷便被世人视为诡异奇书，并被藏于几件青铜器之中，后被称为"蚩尤神卷"。岁月轮转，那蚩尤神卷也多次易主。据说集齐这些蚩尤神卷，便能拥有通天的本领，可驭兽，可改天命。

历史上很多人都因得了这蚩尤神卷而流芳百世，其中不乏一代明君。有人推测，秦始皇能统一六国，就是因为得了蚩尤神卷。而那神卷，正是由辅佐他登基的吕不韦寻得。大家都知道奇货可居的故事，却不知这四个字的真正含义。

之后秦始皇大权独揽，便对吕不韦起了杀意。吕不韦见大势已去，也知他若不自行了断，定会牵连吕氏一族，于是便在发配途中自杀而亡。秦始皇统一六国后，野性日益膨胀，他想要做永久的帝王，于是遍寻长生不老之药。

其实那长生不老之药，并不是仙丹，而是蚩尤神卷。可他万万没想到，他手中的蚩尤神卷却独少一部分，那就是蛊皿神珠。而那蛊皿神珠正是在吕不韦的手里。吕不韦死后，那神珠便被他身边的舍人带走，本想与吕不韦一同下葬，可此时秦始皇已知晓此事，那舍人受过吕不韦的恩惠，只怕将神珠做了陪葬会引来麻烦，使得吕不韦死后也不得安宁。情急之下，他将那神珠藏匿于北邙山上的一老冢之中，然后便逃出了秦国。

之后秦始皇一直在寻找那神珠，甚至不惜派船远去蓬莱，可他最终也没能将那神珠找到，而他手里已得的蚩尤神卷，也在秦国灭亡后散落四地。这就是为何秦始皇会焚书坑儒，就是不想世人知晓这蚩尤神卷的秘密。自古以来，很多秘密都掌握在少数人的手里，所以那些人才能一统天下。

丁繁高问道："依照南宫兄所言，我那黑色石头，便是那神珠？"南宫勇却蹙眉说道："据说那神珠是窥探天机的法宝、法门，得此珠者方才能使用蚩尤神力。可这珠子谁也没见过，但你手里的黑色石头，却是一直在世间流传着的。想必你手里那黑色石头与那神珠有着千丝万缕的关系，否则这些人也不会千方百计要得到它。不过你那石头确有神奇之处，其中奥妙，没准这次就能弄清楚。"

"难道董家的人、罗九道的人都是冲着那蚩尤神卷而来的？这样的话，那我们岂不是很危险？"木头有些担心地说道。丁繁高望着窗外若有所思地回道："未必。"南宫勇也笑着说："看来丁兄已有了张良计。"丁繁高看向南宫勇，南宫勇还是那一副无所谓的样子，于是丁繁高也说道："这么说，南宫兄也有了过桥梯。"接着两人对视而笑。

第二天，丁繁高是被外面的声音吵醒的，许是昨夜的汤里下了不少的料，他现在感觉身体疲惫不堪，仿佛在沙漠里走了三天三夜，根本提不起精神来。南宫勇却不然，他除了胡须长了些，整个人看上去还是很精神的。

木头的小脸依旧很干净，只是他吃得很少，此时脸色有些苍白。丁繁高问他是不是生病了，木头却摇头道："没事儿，我就是有点认床。"知他没事儿，丁繁高也就不再多言。外边的人不知道在忙些什么，进进出出，只留一个人在帐篷外看着他们。

就这样又过了两天，南宫勇说："估计他们的盗洞快要打通了。"丁繁高问他如何知晓，南宫勇道，因为董辉不再进进出出了。之前董辉进进出出，是因为他只需要指点手下干活，可到了最关键的时候，董辉就要亲自上手，所以他才会一直待在地下。

说起这董辉，便要说说"活铲子"董四。想当初那董四也并非盗墓贼，只是个游手好闲之人，却长了个好皮囊。他人生中的前二十年只做了两件事：一是拉良家妇女下水，二是劝窑姐从良。可见其见天的没正经事儿。但吃喝嫖赌都是极耗费银钱的事儿，董家本就没有什么家底，怎能扛得住他如此败家？

要说这董四不要脸，那简直不要脸到家了。他没钱出去嫖，就把脏手伸到了自家的院子里。这一来二去，自家的亲哥便发现了他龌龊的勾当，就将他打出了家门。此后董四便成了无家可归、人见人厌的丧家犬。这也不怨别人，都是他自个儿作的。

又逢连年灾荒，董四无路可走，就跑去扒老坟。皇帝的墓叫陵，老百姓的墓叫坟。老坟是指长了杂草、无人理会的坟。扒了这样的坟，也不会有人报官，却扒不出什么好东西来。一来二去，他便总结出了一套经验。看是什么样的土，又应该如何去扒。他那活铲子的技术，也是一点点靠经验积累出来的。

技术是靠积累，可"活铲子"的名号是因为一件大事儿而闯出来的。要说这人不着调，做的事儿也不着调。不着调的董四，就连盗墓盗的都不是什么正经人的墓。要说他盗了谁的墓，想破了脑袋，你也想不出来。他盗了那夏姬的墓。

夏姬是谁，北方有佳人，绝世而独立，一顾倾人城，再顾倾人国。夏姬是春秋四大美人之一，也是古代五大艳后之一。也有人称她为"一代妖后"。这董四喝些小酒之后，总是吹嘘，他踩过寡妇门，上过寡妇炕，刨过寡妇墓。可见其无耻的程度。

再说回夏姬，夏姬是郑国人，闺名素娥，嫁给了陈国的一个叫御叔的男人，还生了一个儿子，叫夏征舒。据说这夏姬可是人间尤物，可是御叔英年早逝，只留下风韵犹存的夏姬。

女人如花，寡居的夏姬，便是盛开的牡丹，正是姹紫嫣红的好时节。寡妇门前是非多，夏姬也不是个安分守己的人，于是其美貌就传到了陈国君主陈灵公的耳朵里。那陈国君主也是个不着调的人，一个君王，不思朝政，却见天地想着一个小寡妇，自然不是什么好事儿。跟陈灵公同样不着调的还有仪行父和孔宁两个公卿。

主君大臣都不干正事，专找寡妇夏姬聊人生。那夏姬更是来者不拒。据说当时陈灵公、仪行父和孔宁这三人居然还在朝堂之上攀比手中夏姬私赠的内衣。其公卿宣淫尺度令人发指。当时也有忠臣看不下去，结果却被这三人联手除掉了。

之后这三人更是变本加厉。一次这三人凑到一起，坐在夏家喝酒。喝多了酒便开始耍酒疯，说些有的没的。陈灵公便指着夏征舒，对另外两人说道："征舒之长相，甚像两位公卿。"那仪行父和孔宁也喝高了，指着夏征舒说他长得更像陈灵公。这君不像君，臣不像臣，自然没得好下场。

一旁的夏征舒年纪也不小了，用现在的话说正是在叛逆期，一听几人拿长相打趣他，气得七窍生烟。他本就不喜母亲与外男来往，此时新仇旧恨一并爆发。兔子急了还咬人，更何况贵族出身，本就一身傲骨，却一直为母亲卑劣行径而感到耻辱的夏征舒。于是他拿出弓箭，一箭就射死了陈灵公。而那仪行父和孔宁跑得快，方才留下小命。

其实仪行父和孔宁要感谢当时夏征舒没有弓弩，只有羽箭，上箭拉弓耗费时间，若是有弓弩，只怕他们两人一个也跑不掉。杀了陈灵公后，夏征舒想着横竖都是死，不如反了，正好仪行父和孔宁说他长得像陈灵公。当然，也不止一个人说他是陈灵公的私生子。私生子的重点，是子，不管是从谁的肚子爬出来的，是不是有名分，见不见得光，都是子。他就自己做了君主。而那仪行父和孔宁自是不敢多说什么。

但楚庄王得了信，打去了陈国，陈国就此灭国。楚庄王也好奇是怎样一个女人亡了陈国，结果楚庄王见了夏姬，也被迷得神魂颠倒。他并没有杀了夏姬，而是把她赏赐给了楚国的将军，后来那将军也战死沙场。夏姬一生嫁了七次，克死了九人，堪称"克夫界的鼻祖"。可就是这样一个人，老年却十分幸福，与最后一任丈夫安享晚年。其实这夏姬的一世风流，也跟当时的社会环境有关。那个时候中国传统礼教对女人的束缚还未形成，男女之事十分开放。

而夏姬之所以会迷倒了那么多人，据说不是因为她天生丽质，而是因为她十五岁时做了一个梦，梦里一个神仙传授了她一些采补的方法，才使得她容颜不老，且长出一身的媚骨。而夏姬将梦到的神方记在了绢帛之中，待她死后，与她一同下葬。这些皆为野史所记，亦有说书人添油加醋的杜撰。

董四就是冲着那绢帛而去，他满脑子的荒淫想法，只想着有了那绢帛，自个儿调教出一个尤物来，供他玩乐岂不是赛过活神仙？于是董四才发明了那"活铲子"。

书中自有记载："夏姬墓，在（拓城）县东北二百步。""即陈株野之地，皆传闻之讹，未曾深考故耳。"也就是说，夏姬的墓很可能在商丘拓城县，但当时并没有人知其真伪。而董四则寻着书中记载，找到了夏姬之墓。

当时跟他一同去的还有几个很有名气的盗墓贼，几人打了盗洞，结果却挖到了防盗层。古代人也不是吃素的，有盗墓的，自然就会有防盗墓的措施，其中最有效的就是挖一个流沙的防盗层。就在封土上填入一定厚度的流沙，若有人去盗墓，挖到流沙层，便会被流沙掩埋。

董四几人被埋在流沙中，其他人都被活活憋死了，董四却没有死，而是利用他手上的"活铲子"跑到了墓里。那墓不是夏姬的墓，却也不知是何人之墓。董四进了主墓室，便见一大棺椁立在正中央。他一看便知不是春秋时的，而是明代的。虽不是夏姬的墓，可只要他不说，也没人知晓。而这墓中放的是棺椁。老百姓死了用的是棺材，而棺椁是套棺。棺指的是装殓尸体的器具，椁是套在棺外的外棺，就是棺材外面套的大棺材。所以这墓也定是富贵人家之墓。

董四点上蜡烛，口中念念有词，无非都是他如何迫不得已，方才进来借几样宝物，等他富贵之后，必加倍奉还之类的。盗墓的多了，没听说哪个还会把盗出来的宝物加倍奉还的。那董四念叨完之后，便起开了外边椁盖，接着便听到外边一声闷雷，一黑影蹿了过来，就立在了那棺材的头上。

董四被吓得一个激灵，额头上全是冷汗，定睛一看，竟然是只黑色玄猫。那玄猫还戴着一个金制的项圈，看上去十分威武。董四与那玄猫大眼对小眼，一看两生厌。趁那猫不备，董四一铁爪飞了出去，却没有打到那猫。

他再一看，那猫又落回到棺材之上。董四再次出爪，那玄猫却又不见了。董四这铁爪套可不是一般的铁所制，而是寒铁所制，本就可以驱邪。董四一想，这猫好生奇怪，为何来无影去无踪，且那猫虽飘忽不定，却是没有叫过一声。于是他扔出黑驴蹄子，那猫却真的消失不见了。

之后董四在角落里发现了一个小的棺材，那棺材里正躺着一只做了防腐的猫奴。古人管猫叫猫奴，而这只玄猫奴正是为主人守墓的。所以当董四进来之后，那玄猫便出来震慑于他，却不想被一只黑驴蹄子给震慑住了。

这要是放到普通的盗墓贼身上，自然知道这墓中有蹊跷，也就折返了，可董四是个半吊子的盗墓贼，根本没有那么多的忌讳，只知道能盗多少是多少。他撬开木棺，却被里边的场景吓了一跳。那木棺里先是一层绣着经文的袈裟。懂行的都知道，那绣着经文的袈裟定是用来镇压邪祟之物的，这棺里的尸体，只怕不是横死，就是有些问题。

那袈裟上的经文是金线所绣，若是能拿出去，定能换个好价钱。董四将那袈裟掀开，只见里边是几个陶罐，还有一些女人的饰品。董四不明所以，只想着这没准是个衣冠冢。以前人要死在外边，没找回尸体，便会建个衣冠冢，也就是没有尸体，只有生前衣物和随葬品。

他打开其中一个陶罐，发现里边是红色的液体，隐隐还带着些酒香。董四一想，只怕这陶罐中装的是美酒。这陈年的美酒自是难得，于是抱着罐子就尝了一口，这一尝不要紧，就有个圆溜溜的东西倒进了他的嘴里。他将那东西吐出来了，竟是一只带血的眼珠子。董四吓得妈呀一声，扔下了那陶罐，只见那地上还有一只眼珠子。董四喉头一紧，吐了个昏天黑地。而那其他几个陶罐子里，装着的则是人的各种器官。

想来这墓主人死得十分之惨，是被人挖出双眼，又挖心挖肺而亡的。而杀了她的人，又怕她变成厉鬼作祟，便用那袈裟镇压住她。这在古代也是常有之事儿。

董四收了袈裟，拿了饰品，便要寻找出路。就在这时一只耗子蹿了进来，两三下就将那眼珠子给吃了个干净。那年头人都饿死了不少，那耗子自然是什么都吃。董四也不去理睬这个，只想如何跑路，就在这时，墓中烛光熄灭，接着阴风四起，就在墓中刮起了旋风，墓室也跟着摇摇欲坠。

董四立马跪地磕头，只道他是无心之举。可那阴风不断，刮得董四撞到了棺材板上，直接晕死了过去。董四再一睁眼，就到了一个世外桃源，一长发女子手抱玄猫，向董四抛媚眼。董四哪里受得了，不抛媚眼还要调戏一二，这一抛媚眼，自是一拍即合。两人颠鸾倒凤，这时董四感觉脚被什么东西咬了，他猛地惊醒，发现自己已经躺在棺材里，而那棺材盖不知何时已经盖上了一半。

董四心中一惊，咬他的原来是刚才的那只大耗子。那大耗子吃了那对眼珠子不够，还把董四当成了死尸，想要啃食他的双脚，却意外救了董四一命。董四若不被耗子咬醒，在梦里继续与那女鬼厮混，只怕小命就交待于此了。董四虽然混账，却也知道他不应动那袈裟，他将袈裟盖到陶罐之上，又将棺盖盖好。

这董四别的能耐没有，倒是有些歪才，他找不到出去的路，就跟着那大耗子，用铁钩扩大了耗子洞方才逃了出来。之后他将那大耗子养了起来，与之称兄道弟，"活铲子"之所以如此有名，也与那大耗子有几分关系。

不过善有善报，恶有恶报。董四自从挖了这寡妇坟之后，下身便开始变黑，他四处寻访名医，可皆说他阴邪入体，无药可医。没几年董四便全身漆黑溃烂而死。也有人说，他死前面目大变，变得鼻尖眼狭，倒是越来越像他养的那只大耗子了。也不知道是不是被那耗子咬过的原因，总之这人死的时候十分凄惨，浑身溃烂，是活活痛死的。

董四扒寡妇坟的事儿，都是董四喝了酒自个儿说的，自然也有吹嘘的成分。也有人说，他与其他几个人一起盗墓，出了事儿后，他推了那两个人当了垫背的，或是分赃不均他杀人灭口。回来后董四不好与那些人的家人交代，才编出了这么一个故事。而董四的死，也不是因为什么阴邪入体，而是嫖得多了才得了花柳病。但不论事情的真相如何，"活铲子"董四的名号算是传到了江湖上。

董辉说来，也未必是董四的后人。当年董四死的时候并未娶妻。但他死后，衣钵却被他亲哥哥的儿子所继承。所以这董辉是否真是董四之后，还真只有董四的嫂子知道，其他人便无从知晓了。而江湖上皆知董家人人品极差，龙生龙凤生凤，老鼠的孩子会打洞，董家盗墓的技术却十分精湛。

第十二章　北邙山中寻合作

　　听完了"活铲子"董四的经历，丁繁高觉得自己的想法是正确的。他从不是个一条道跑到黑的人，他更喜欢隐忍和蛰伏，有的时候必要的蛰伏，也是一种自保的手段，更何况他现在的决定，还牵扯到许多人的安危。

　　到了第二天，丁繁高便说想找董辉谈一谈。董辉前夜一直在地下，此时上来，自然带着几分疲惫之色。他问丁繁高为何要找他。丁繁高说道："我与南宫兄商量好了，不如我们合作。"董辉却哈哈大笑了起来："你如今在我手上，还有什么资格跟我谈合作？"

　　丁繁高见董辉气焰嚣张，却也不恼，只道："若你们真有把握能挟持住我们，又何必让我们有时间交谈，直接下了药，让我们一直睡着就好。你们不过是想让我们自己想清楚，主动找你们合作，这样你们才不至于太过被动。再则下去之后，我们若不是真心服从，保不齐就在关键的时候给你们一些颜色看。我们横竖都是死，为何还要便宜你们呢？而且你们也并非真的想杀了我们。想必你们也不想得罪南宫家。要是我们能合作，就是一举数得的最好结果。"

　　董辉点头，算是认同丁繁高的说法。丁繁高又继续说道："那么我们就坐下来商量一下合作的问题。"董辉见丁繁高说得坦诚，也就不再掖着藏着了："既然你们已经想通了，那是最好。至于合作方法很简单，进去之后所有的东西我们都平分，也包括蚩尤神卷。"

丁繁高点头。一旁的南宫勇也跟着点头。而董辉又补充道："不过实在对不住，为了能确保我们的合作一切顺利，我们还需要押下一个人。"说罢他对外边喊道："把人带进来。"外边有人应了一声，不多时赖疤拎着一个人走了进来，进来后就将那人扔到了丁繁高的身边。丁繁高仔细一看，这人不是别人，正是钱学明。

钱学明也被下了迷药，此时意识有些模糊，身上狼狈不堪，只怕被带到这里有些时日了。丁繁高手握成拳，恨得牙痒痒，这些人不讲道义，他早晚会讨回这个公道。但此时不是讲这些的时候，他必须想个权宜之计，既能保护他的朋友，又能让他安然脱险。

"明天你们可以跟我们一起下去，而这位钱先生，路途劳顿，就留在上边好好休息吧。等我们合作之后，你们自然可以带走钱先生。哦，对了，钱先生已将丁先生的宝石带来了，现在正由罗九冲保管着，只等下到地下之后派上用场。"董辉句句不提威胁，可句句都带着威胁。说是合作，却还要留下钱学明当人质。

丁繁高叹了口气，也罢，那下边还不知是何情形，不让钱学明下去，也是对他最好的保护。只这样，他与南宫勇想着半路脱逃的计划却是不行了。唉！还是那句话，若不是他，钱学明又何来此一劫难。

第二天，丁繁高几个人被松开手脚带到了一个土坡前。他们身上还有残余的药力，倒也不怕他们逃跑。而钱学明则被捆着扔到了帐篷里，由董辉的手下看着。本来丁繁高也想让木头留下的，木头却执意不肯，只说自己也想跟下去看看，没准还能发一笔横财。丁繁高知道木头根本不是想发什么横财，而是想跟去保护他，自是感动不已。他此次回国，收获不少，最大的收获便是认识了不少的朋友。

眼下不用人说丁繁高也知道，这土坡下定是个古墓。而董辉一群人鼓捣了这么多天，就是想进到这古墓之下，寻找所谓的蚩尤神卷。

此时在土坡前聚集的便是赖疤嘴里说的各路人马。站在董辉身边，一脸凶神恶煞的应该就是罗九冲。罗九冲的手下众多，自称九道。江湖上七门八道，而他罗九冲的人算是第九道，也是个极其自负之人。

长得水蛇腰、跟没骨头似的贴在罗九冲身上的女人，应该就是那"活寡妇"。当初在火车之上，她是化了装的，此时则打扮得妖艳，一双媚眼倒是招魂得很。她毫不掩饰地看向丁繁高，直看得丁繁高别过了脸去。"活寡妇"说道："哟呵，这留过洋的还这么害羞啊，等出来了姐姐我给你上上课，准保你对姐姐爱不释手。"

其余有拎着鸟笼的，还有别着柴刀的，都是些牛鬼蛇神、歪瓜裂枣，个个在江湖上皆是臭名昭彰。丁繁高有些哭笑不得，能把这些人凑齐了还真不容易，他也不知是应该高兴，还是应该难过。总之这些人皆摩拳擦掌，只等下到墓中捞上一笔好处。正所谓人为财死，鸟为食亡。这些人岂会不知都是在与虎谋皮？在利益面前，他们却甘愿冒险。

赖疤押着丁繁高几人绕过了土坡，便见一个一米多高的洞口出现在眼前。这便是董辉和他的徒弟这些天挖出来的盗洞。此地无人，这些人动手自是不需要忌讳，再则人多力量大，可这盗洞还是挖了好几天，可见这土坡下的地宫定是十分复杂。

赖疤指着那洞说道："等一会儿我师父先下去，你们就跟在后边，别耍花招。哦，对了，忘了告诉你们，这下边道窄，我们也不好时时跟着你们，所以这几天的汤里，我都加了料。那料可是我师父新研究出的好药，人吃了之后啥样我是不知道，反正拿去做实验的大黑狗临死前用爪子把肚子都挠了个稀巴烂。当然我这话可不是吓唬你们，这里没有野狗，我前几天打了个野兔，你们就凑合着看看效果吧。"

这时一人拎来一通体雪白的兔子，赖疤将药强灌到兔子的嘴里。没多一会儿的工夫，那兔子便浑身抽搐，鼻孔冒血。翻来覆去地在地上打滚，还真是用爪子将肚腹挠得稀巴烂，血水和着肉泥，弄了一地，场面十分恐怖。丁繁高几人都白着脸，是连吓带气，这些人素来残忍，说是合作，也不过是因为到了下边他们若不顺从会坏了大事。此时打一巴掌再给一甜枣，恩威并施，就是要将他们拿捏在手里，任他们摆布。

"畜生。"木头咬着牙挤出了两个字。赖疤却笑着答道："谢谢夸奖，不过你个小唱戏的，嘴上还是留点儿把门的。你长得细皮嫩肉的，也不是什么好东西。别以为我们不知道，唱戏的以前就是下九流。"说着，还用淫邪的目光打量着木头。

丁繁高更是冷下了脸，带着怒气说道："你再说一遍试试。你可别忘了，你们老大为什么捆我过来。实话告诉你，那是因为我有一双与众不同的眼睛。你以为我在国外，'一眼辨真伪，双眸锁乾坤'的名号是怎么来的。可不是我眼力好，能看得出古董的真假。那是我的眼睛在黑暗的时候，能看到那些老东西上散发的光亮。越老的东西，上边的光越明亮多彩。这光全世界只有我一个人能看得到，这才是你们老大既拉拢我，又防着我的原因。真要是把我惹急了，咱就一起埋在这下边。别再弄什么死狗死兔子的吓唬我，根本没用。"

南宫勇打了一个哈欠，也说道："就是，别总拿你们绑肉票那几下子来吓唬我们。你们要诚心合作，咱就好好的，到了下边东西对半分。你们要是再这样，小心大爷我也不跟你扯了，咱现在一拍两散。你们有种就看着我们几个肠穿肚烂，看到时候谁能下去帮你找东西。我这丁兄，可是吃洋麦子长大的，根本不吃你们这一套。"说罢看向丁繁高，丁繁高用力地点了点头。

那赖疤见没吓唬住两人，便又拿起匕首，想要来点儿狠的。这时就是东风压不倒西风，西风就会反制东风。出来混的，玩的就是好勇斗狠。平时他们绑了人，为吓唬肉票交出所有家当，用的就是这一套，也算是百试百灵，可眼下对付这几个人，却是不管用了。看来还真是软的怕硬的，硬的怕不要命的。

一边的罗九冲一把将赖疤扒拉到了一旁。他恫吓道："混蛋东西，我平时都怎么教育你们的。对朋友要真心诚意，丁先生他们是我罗九冲的朋友，你就是这么对待我的朋友的？快把那死兔子扔一边去。你南宫大爷是练家子，他肚子里是不是有料，他自然能感觉得到，用不着拿这死兔子吓唬人。"说罢又在赖疤的腚上补了一脚。那赖疤被踢了个狗啃屎，却也不敢多言，连忙爬过来，将那死兔子扔到了一旁的沟里。

丁繁高看向南宫勇，南宫勇点了点头，意思是说他们确实中了毒药，这一点罗九冲并没有吓唬他们。丁繁高一听一屁股就坐到了地上："既然你们没有诚意合作，那我也不下去了。"南宫勇也跟着坐了下来："对，我也不下去了。"

这时董辉和罗九冲急着下去，倒是丁繁高和南宫勇根本不着急，这对峙下去，丁繁高和南宫勇倒是不吃亏。董辉见两人不肯就范，便冷冷地说道："怎么，两位是不想管钱先生的死活了？"说罢目露凶光地看向钱学明待的帐篷。

丁繁高却回撑道："哈哈，你们这几招对付普通人还行，对付我们就差了点儿意思。我又不傻，说好了合作，可你们处处防着我们，还给我们下了药。到时候我们帮你们取了宝贝，一样还是一个死字。我们要死了，你们自然也不会放过钱兄。横竖都是个死，我们干吗还要成全了你们。"

董辉一拍大腿，指着罗九冲说道："我就说不要强把人捆来，你就不信。你说说现在怎么办。"罗九冲一听，董辉这是要让他背锅，自然也不乐意，还嘴道："你倒是会装好人，人是我让捆来的，这药可是你让赖疤下的。不是你说，这人捆来了必对我们起了戒心，所以不得不防。"

两人还没下去，便先起了内讧，只一旁的"活寡妇"和侃溜爷笑得合不拢嘴。他们是搭帮结伙的，本就是利益关系，哪里有真情意，自然是乐得看热闹不嫌事儿大。

董辉也知此时不宜跟罗九冲的人闹得太僵，便拉回了话头，对丁繁高说道："都说了是合作，但你们也得给我们一个保证不是。要不这样，为了公平起见，你们也可以留个保证。现在有什么要求，都可以提出来，以示我们对合作的诚意。"

南宫勇自是不客气："这就对了嘛，合作就要拿出些诚意来。首先，你们不能再在我们的饭里下东西，不但不能下东西，还得让我们吃饱了。我们这腿软脚软的，到了下边遇到什么情况，你们还得负责保护我们的安全。另外你们也得给我们点儿家伙，我看你腰上别着的家伙就挺好。既然是合作，总得让我们有自保的东西吧。对了，你们还得给我们发装备，还有水和干粮。还有就是，你们需得给我一件东西，当成信物。若你们真背信弃义、过河拆桥，我和我这丁兄到了地下，也好有东西向阎王爷去告状。"

丁繁高自然知道南宫勇要信物不是为了找阎王爷告状，却不知他真正的用意。不过现在的情况下，对方需要他们的帮忙，却不会放任他们逃走。所以只要他们不超过底线，对方一定会有求必应。用南宫勇的话说，这叫二分钱的水萝卜——拿一把，此时不拿一把，等水萝卜干了，那就不值钱了。

他们即便跑不了，也要制衡着对方，这才方便他们施行下一步的计划。所以他们三人这几天才十分顺从，就是等着他们箭在弦上，不得不发的时候才发难。这也是他们目前唯一能做的。

董辉一挥手，让人拿来肉饼和肉干，让丁繁高和南宫勇三人吃了个饱，又给三人发了装备。董辉又从一个徒弟的手里拿来一副"活铲子"，只道："我腰上别着的东西是我的命，也是下去后所有人的保障，那个就不能给你了。我徒弟这副'活铲子'与我那副是一样的，且先交给几位保管。"

见董辉拿出了"活铲子"，罗九冲也只得将一把刻九字的短刀交给了南宫勇。"这刀是我九道门内的信物，劳烦南宫先生保管了。"

南宫勇收了短刀，对着其他人说道："都别杵着了，都是江湖上有名有号的人物，怀里都揣着什么宝贝就不用我一一说了吧。是不是溜爷，你那鸟哨呢？"侃溜爷叹了口气，他行走江湖，鸟哨就是他唯一的制胜法宝，可此时为了能得到蚩尤神卷，他也不差这一只鸟哨了。这鸟哨不过是个破竹片，小指指甲盖大小，吹时无声，却能驭鸟。

其他人也交上了信物，这些人都这么痛快地交上东西，也是知道丁繁高几人不可能活着走出这片大山，所以只求他们能快点儿下去干活。轮到"活寡妇"的时候，她一步三拧地来到了丁繁高的面前，抓起丁繁高的手就要往她胸前塞，一边塞，还一边说道："我行走江湖这么多年，全凭胸前这一对灯笼挂，你要不嫌弃就摸上几把当信物了。"

丁繁高立马抽回了手，气得脸色发红。倒是南宫勇笑嘻嘻地说："我这丁兄不喜欢你这套，你这套拿来对付我正好。"那"活寡妇"还真的凑到了南宫勇的身前。丁繁高本以为南宫勇是胡扯，却不想他还真的把手伸了进去，顿时看得傻了眼。南宫勇不只摸了几把，还说道："你这是垫了几个垫啊？根本没有二两肉，你这是猪鼻子里插大葱——硬装大象啊。不行爷我吃亏了。你这信物不算，你得拿出点儿别的来。"

那"活寡妇"被说得红了脸，直骂道："要别的没有，别给脸不要脸。"惹得众人一顿嬉笑，只有木头低下了头，他并不喜这样的场面。丁繁高看在眼里，对董辉说道："还有，叫你们的人不能再为难我这木头兄弟。刚才那赖疤欺负了我这兄弟，你们是不是也得替我这兄弟好好出出气？"

南宫勇也说道："没错，我正想说呢。既然你们要下地，自然是带着炮仗的，不如给这赖疤兄弟来个杠上开花，也算给他点儿教训。"

杠上开花也是句行话。打麻将的人在过杠的时候摸到了一个花，就叫"杠上开花"。这花就是麻将里的四季和花中四君子，春夏秋冬，梅兰竹菊。像这样的玩法已经很少见了。后来人快和牌的时候叫听牌，听牌的时候过了杠，又正好在过杠的时候自摸了叫"听上开花"。这听跟腚有些谐音。所以这杠上开花说的就是腚上开花，指的是让人坐在一铁盆上，再在铁盆下点上一个炮仗。那炮仗一响，就如同腚下开了花，那感觉不言而喻。若是那铁盆的质量差一点儿，那炮仗里的火药再多些，到时候炮仗一响，铁盆被崩得四分五裂，那可真是腚上开花了。

赖疤一听，立马求饶。他一个大老爷们儿，真让炮仗崩了，只怕再难在江湖中立足。南宫勇这一招算是狠透了，杀人不过头点地，这比要了他的命还邪乎。可董辉不管那个，罗九冲倒是要拦着，可他若拦下了赖疤，那南宫勇和丁繁高再双双撂了挑子，这责任他可担不起。只是可惜了赖疤如此听话的手下，毕竟失了威信的人在他们九道门里无法再服众，只道："两位不要太过分。"言外之意，他罗九冲是要记仇的。但丁繁高和南宫勇岂会怕他？这梁子早已结下，又何怕再多上一笔。

董辉也乐得折了罗九冲的一员大将，他亲自给赖疤点了炮仗，要说董辉也是个心狠手辣的人，这几天赖疤没少给他打下手，他却一点儿情面不留。这炮仗的威力却是十足的，这一声闷响之后，红双喜的铁脸盆顿时被炸开了花，直崩得赖疤夹着腿跑出了老远，地上则留下了不少的血迹，真真的杠上开了花。要说赖疤也算是条汉子，腚上开了大花，依旧一声没吭。出来混的就是这样，即使是丢脸的事儿也得咬住牙扛住，别往后传出去，既丢了脸，又失了血性。等以后若有人提及此事，至少还会说上一句，赖爷愣是一声没吭！

闹了这一出之后，大家以为事情就此了结，也该下地寻宝了，却不想此时传来狗吠之声。这里虽有树林，可不比秦岭那边和东北的老林子，并没有什么大的猛兽。可这狗声犀利，一听便知个头不小。众人正面面相觑之时，就见一黑黄色的大狗疾奔而来，那狗双眼赤红，眼皮外翻，向着人群就冲了过来。

明眼人一看，这狗是得了病的疯狗。若是被这疯狗咬上一口，只怕小命也就没了。说时迟，那时快，罗九冲从腰里掏出一把土枪，向着那疯狗就开了一枪，这一枪惊得树上的鸟儿四窜，却没有打到那疯狗，反而把那疯狗吓得更加拼了命地跑。侃溜爷直嚷道："这不是狗，只怕是汉中狼。"

董辉已带上了"活铲子"："赖疤你个王八蛋，这疯狗只怕是你弄那死兔子招来的。"边说边让手下人去拦那疯狗。可疯狗是见了人就咬，哪个不怕，谁还敢往前冲。一群所谓的江湖豪杰，被一只疯狗搞得溃不成军，真真是个大笑话。可见这些人都是些贪生怕死的人，平日里只会耀武扬威，欺负老实人。

丁繁高将木头护在了身后，他们身上的药力没过，还有些腿软，虽能行走，逃跑却是不行的。丁繁高双眸紧锁，对木头说道："你别怕，有我在呢，要是那疯狗来了，你不要乱动，它咬了我就不会再咬你的。"木头憨憨一笑，却说："放心，这狗既不会咬你，也不会咬我，疯狗只咬疯了的人。这叫物以类聚，狗以群分。"

一旁的南宫勇也往丁繁高的身后钻，一边钻还一边说："我说丁兄，这可就是你的不对了，你也护护我，我这腿也软着呢。"丁繁高却没在他的脸上看到畏惧之色，想来他也并不怕那疯狗。

说话间那疯狗已经咬上了一个人，只听那个人惨叫一声倒在了地上，而那疯狗继续扑向其他人。侃溜爷虽然上了年纪，跑得却不慢，跑着跑着，还把前边的人拽倒，那疯狗一口便咬上了那人的脖子，侃溜爷则拎着鸟笼子跑出了老远。

山林里哀嚎之声此起彼伏，这一会儿的工夫，那疯狗便咬了七八个人。接着那疯狗追着赖疤不放。赖疤一手捂着腚，也顾不得痛，使出吃奶的劲儿往前跑。还别说，虽然腚上开了花，却没影响他逃跑的速度，最后他急中生智，爬上了一旁的小树。虽然那树摇摇欲坠，可好歹保住了小命。可不管那狗如何绕圈，如何追着其他的人跑，也真的看都不看丁繁高几人一眼，这倒让丁繁高纳闷不已。

董辉对罗九冲喊道："杀了那疯狗，咱们下去还需要人手。"他的意思明确，你平时可以见死不救，可此时正是缺人手的时候，断不能让这疯狗搅了局。于是董辉和罗九冲联手，才将那疯狗制服。罗九冲掏出枪，对着那疯狗的脑门儿就是一枪，可那狗就在枪响的时候一个飞跃，跳下了扔着死兔子的阴沟，然后便不知了去向。

一阵骚乱之后，治伤的治伤，拍胸口的拍胸口，皆是惊魂未定。侃溜爷喘着粗气，掀开鸟笼上的布罩，安抚着他那受了惊、多了毛的鸟。赖疤则趴在地上，痛得牙齿打战。他们这也算是出师未捷，先损兵折将。

董辉冷脸看着四周："这里咋会跑出来个疯狗，只怕是有人故意为之。刚才罗老冲的手戾让那疯狗给跑了，大家伙都小心着点儿，别让那疯狗跑到下边去。"罗九冲一听不干了，心说董辉你居然当着众人的面埋汰我："姓董的，就像你刚才没用你那铁爪子招呼过那疯狗似的，你伤了那疯狗一根狗毛了吗？那根本就不是疯狗，是汉中狼。狼你懂得不，那玩意儿是那么好对付的？"

"活寡妇"也开了口："都别吵吵了，那也不是疯狗，更不是汉中狼，这都什么年月了，哪里来的汉中狼。那是獒，我奶奶说，九狗一犬，百犬一獒。西藏就有这獒，叫藏獒，那可是比普通的狗厉害百倍千倍的东西。看看你们几个，还没怎么着呢，自个儿就先掐上了。"

董辉和罗九冲对视了一眼，觉得"活寡妇"说的话很有道理，于是冷哼了一声不再多言，只是安排手下去探洞。丁繁高看向"活寡妇"，心想这女不简单，只一句话就能让一盘散沙般的几伙人都干起了活儿。

可就这一会儿的工夫，便有好几个被狗咬了的人发起了烧。眼见着那些人脸色由红转白，再由白转紫。最先被人发现不对的是罗九冲的小徒弟，他的眼睛变得赤红，行为也变得有些异常。他开始恐水，甚至张着嘴想要咬人。好在他身边的人反应够快，一巴掌将人打倒在地。一群人蜂拥而上，将那小徒弟按倒在地上。

侃溜爷说道："这怕不是得了疯狗病吧？"有人就说，疯狗病发病没这么快，这才多一会儿的工夫，人就犯了病。董辉便说："刚才那疯狗，只怕是钻到地下咬了什么不该咬的东西，所以它身上的病毒要比平常的疯狗严重。"说罢看向罗九冲，罗九冲看都不愿看他那小徒弟一眼，只道："这疯狗病无药可医，这可怎么办好？"

接着又有几个人也有了明显的异常，董辉便和罗九冲嘀咕了几句。木头小声问道："他们俩想要干什么？"南宫勇叹了口气道："只怕没想好道，这些人从来都只讲利益，什么江湖道义，不过是做做样子。"丁繁高并没有搭话，但他心里也清楚，估计那些被狗咬了的人都不会有好下场。不过他们平时也都是坏事做尽，能怪得了谁。

果不其然，很快董辉和罗九冲便让手下给被狗咬了的人送了药，说这药能治疯狗病。那些人虽半信半疑，可还是吃了药。吃了药后，一个两个便都倒在了地上。董辉只笑着说："他们受了伤，吃了药还得休息，估计等我们从下边回来了他们的伤病也好了。"说罢叫人将这些人抬到了帐篷里。

第十三章　古墓突遇食人鼠

丁繁高才不相信董辉会如此好心，想必董辉见此时人多，也不好明着处理了那些人，就先将人迷晕，等大家都进了古墓再将人处理掉，以免落人口实。待他们回来后若有人问起，那董辉再编造个理由，称将人送到山下医治了，只怕也没有人会有疑义。

董辉说这句谎话，也是给所有人一个台阶，其他人的心里也都跟明镜似的，但没有人在意这些人的死活。得了疯狗病的人无药可医，即便送到了大医院结果也还是一样。但面子工程还是要做的，毕竟有些事儿好做，但不好说。说白了，这就是一群自私自利的人。还真是应了那句话，物以类聚，人以群分。其余的人更关心的还是下边的东西，下去的人越少，分东西的人也越少。谁不愿意自己的利益能最大化？

处理完这些人，又延误了不少的时间。"我说侃爷，你那破鸟也该拿出来遛遛了。"说话的是陈起子。陈起子三十多岁，短胳膊短腿，脾气不太好，总是阴着个脸。他算是这里最低调的存在，不太爱说话，但目光很犀利。他身边也带了几个人，年纪都不大，十分机灵，却很惧怕他的样子。之前陈起子就站在远处，也不干别的，只一动不动地看着丁繁高和南宫勇，似乎要用目光将两人穿透。想来他虽比董辉和罗九冲小

164

上许多，却一点也不比那两个人好对付。

侃溜爷一听，放下了鸟笼罩，直道："不成了不成了，我这小祖宗被那汉中獒给吓着了，可不敢放出去了，还得让它缓一缓，等一会儿下到地下，一准能派上大用场。"

罗九冲不敢跟董辉叫板，一来董辉手下人多，二来下墓是董辉的强项，可侃溜爷这人想不干活干拿好处，就有点儿痴心妄想了。"哼，我说侃老爷子，你这破鸟还一直搂着，那就别怪我们不客气了。我们这队伍里可不养闲人。正所谓无功不受禄，你要是一分力也不出，别说到时候你一分钱的东西也分不到。"

侃溜爷可是个老油条，他能拿得出的底牌也就只有这一只鸟了。好钢要用在刀刃上，等下去后，总有那人不便去做的事儿，到时候他再出头，也好与他们讲讲价拿个大头儿。他连忙笑着回道："哪儿能呢，这鸟惊了，让它缓缓，等下去了定让它好好地出力，咱到时候见真章。"丁繁高已看得明白，这些人果然是貌合神离，各怀鬼胎。这样最好，只要他们的心不齐，那便有机可乘。

此时阴云密布，眼看着天就要下雨了。董辉和罗九冲也不多言，安排着人分批进盗洞。丁繁高怎么也没想到，他们顺着绳子下去后，发现原来下边还守着十多个人。这些人多半是董辉的人，他们个个带着"活铲子"。看到董辉皆毕恭毕敬地喊他师父。难怪就连罗九冲对董辉都敬着三分，人家确实有底气有实力。

探洞的事儿交给了陈起子带来的小鬼。那小孩子长得机灵，跑得比兔子还快，陈起子见没人愿意去探洞，就让他先去。这时罗九冲却叫了一个手下跟着。想来那陈起子虽小却诡计多端，罗九冲是防着他在背地里使坏。

盗洞通往大山之中，里面非常之深，四周阴暗，好在每隔几个人手里就拿着火把或是手电，还算勉强可以视物。董辉站在队伍的中间，手里拿着一根蜡烛。他下墓算是行家里手，拿这根蜡是为了看墓里是不是有空气。而其他的人手里有拿火把的，也有拿手电的，这是因为大墓被尘封几百上千年，虽刚打了盗洞，但难免里边空气稀薄，火把多了会消耗掉墓里的氧气。但火把用途很多，点上一两根，还是有必要的。

一行人浩浩荡荡地向墓室里走去，一路上丁繁高更加理解董辉的底气在哪儿了。那盗洞是在山体中开石而成，山体坚硬，又不能一味地用炸药，用多了炸药，只怕是炸开了山石，也炸塌了里边的墓。看着四周烟熏的痕迹，料想董辉是用了最原始的开山方法，火烧法。就是架起木柴，烧岩壁，使得岩壁变得疏松，这样便能轻易挖开。

盗洞时宽时窄，都是根据地形开凿出来的，这么多人同时在里边行走，速度自然提不上去。南宫勇时不时跟那"活寡妇"扯几句闲话，但说的都是一些无关紧要的东西，丁繁高则小声地问木头："刚才那獒犬咬人的时候，你为何如此肯定它不会袭击我们？"火把的亮光照在木头的脸上，照得他的眼睛晶亮晶亮的，这么看有几分可爱。"不知道，我就是这么觉得的。因为我们是好人。"

丁繁高又问："那你说，这山里怎么出来一个獒犬？"木头答道："不知道，兴许这獒就是生活在这北邙山里的吧？他们不也说了吗，那是汉中獒。"若不是刚才那獒犬出来的时候，木头表情特别轻松，只怕丁繁高就信了他说的话。看来是他小看这木头了，真是人不可貌相，木头若没些本事，柏天行也不会让他一直跟在丁繁高的身边。

两人一前一后地走着，也是各怀心事。走了十几分钟，才到了一个开阔地。只见这里青砖铺地，想必就是正墓了。陈起子养的小鬼跑了回来，只道前边有个大墓室，里边一切正常。陈起子看了一眼董辉："董爷，咱们这是分批进去，还是一起进去？到底是怎么个章法，董爷你说说看？"

　　董辉看了一眼罗九冲，说道："其实这前边是什么情况我也不知，正常是我先带着人走在前边，最后是分批进入，以免墓里空气少，喘气的人太多，容易出问题。但只怕罗九爷信不过我，所以这第一批，就由我的两个徒弟，罗九爷也派两个人，再加上这小鬼去探探路。"说罢又拿出四根蜡烛，说道："一会儿进去了，在东、南、西、北四个角上点上蜡烛，若是这蜡烛燃上三分钟都没熄灭，那我们这些人就可以顺利进去了。"

　　罗九冲点了点头，觉得这办法可行。这时"活寡妇"又开了口："董爷这活儿派得不错，可我想着，既然大家是一起来的，其他的散帮也应该派个人去探探路，这脏活儿和累活儿不能总指着你们三家的人干。你们说对不对？"

　　先进去的当然是占了先机，若是先进去的人找到了宝贝，又将那宝贝藏了起来，那其他的人岂不是白忙活了？毕竟挖盗洞的时候在场的人也都帮忙出力了。"活寡妇"的话算是一呼百应，她这话说得漂亮，把不信任说成了分担劳务，既给了董辉的面子，又帮大家争取了利益。

　　董辉斜睨了"活寡妇"一眼，冷哼了一声，说道："好啊，那你们上，我们在这儿等着。"言外之意，你们要是信不过我，那你们上，出了事儿我可不给你兜着。这时侃溜爷出来打圆场："那可不行，董爷的人要是不去，那咱们可没有了主心骨。要不这样，就让他们派个代表。"董辉点了点头："那这样，我就派一个徒弟去，一批最多六七个人，多了我那徒弟照看不过来。"这话得到了大家的认可。

大家商量了一下，第一批的人便出发了。董辉并没有急于让丁繁高几人跟去，可第一批的人进去十分钟之后，依旧没有人回来报信。罗九冲有些急了，只道："就算是要点蜡烛，也用不上这么长的时间啊。要不再派人去找找？"董辉冷着脸看向罗九冲："刚才去的人里，有两个是你的，现在你说要派人去找，派谁去，你的人，还是我的人？"

罗九冲听出董辉这话里有话，就有些不乐意了。他反问道："董耙子你这话什么意思？"董辉却说："我没什么意思，当初说好了，我出技术，你负责弄来那宝珠和人手。结果你拉帮了这么多的人，只怕你是想取我而代之。"罗九冲一听这话，立马拍了大腿，指天发誓道："都是道上的朋友，有钱大家挣，我何时有了独吞的想法？我若是有了，天打五雷轰。"

"我何时说你要独吞了，你这么急，怕不是被我说中了心事。"董辉看了一眼"活寡妇"，"你找个人去看看，小心着点儿，别中了什么埋伏。"董辉加重了埋伏这两个字，就在这时，里边传来"轰隆"一声巨响。接着尘土飞扬，呛得所有人干咳了起来。

"怎么回事儿？"罗九冲问道。"里边怕不是塌了吧？"侃溜爷说道。陈起子蹙眉，用刀抵在侃溜爷的脖子上说道："老东西，也该把你这鸟儿放出来溜溜了，别再搂着了，再搂着我把它烤着吃了你信不信？"当初所有人同意让侃溜爷入伙，也是因为他有这么一只有灵性的鸟儿。

侃溜爷心疼他的鸟，可更心疼自己的老命。只得放出鸟去探路。只见他嘟起嘴，学了几声鸟叫，接着那鸟儿便应了两声，还真如人讲话般，沟通毫无障碍。侃溜爷手一挥，那鸟儿便飞了出去。几分钟之后，那鸟飞了回来，落到了侃溜爷的手上，侃溜爷给鸟喂了些小虫，又学起了鸟叫，那鸟一一回应，看得大家啧啧称奇。

一边的"活寡妇"一拍侃溜爷的肩膀："我说老东西，你就别在这儿卖弄技术了，就直说，这里边是个什么情况。"侃溜爷摇了摇头说："它说里边没有人。"这话就有些匪夷所思了，若说里边没有人，那人去哪儿了？所有人面面相觑，最后还是罗九冲喊道："都别在这儿猜了，我们一起进去，是死是活，进去了不就知道了吗？"说罢带头往里边走。

所有人见罗九冲先动了，便也跟了进去。丁繁高看向南宫勇，南宫勇的表情似带着几分凝重，可见眼前的情况也超出了他的预计。"跟上去，但别跟得太近。"南宫勇小声对丁繁高说道。丁繁高点了点头，不远不近地跟着。而董辉的人，一直跟在丁繁高的身边，应该是董辉派他监视丁繁高等人的一举一动。

一群人浩浩荡荡地进了墓室。正墓室十分大，足以容纳百十来号人，大家环顾四周，只见地上放着一些青铜器，应该是随葬品，摆放得杂乱无章，想来放的时候很是匆忙。而墓室的正中间，则放着一口黑漆木棺，那木棺之上画着漂亮的花饰，有云纹，有兽纹，皆是一些普通的图案。墓室的四个角落里，正有四根蜡烛在燃烧着，不时还会爆出一两个烛花，却不见刚才那几个人的身影。

所有人都十分小心谨慎。董辉有经验，他摆弄起地上的青铜器，也不知道动了哪里，墙壁上便打开了一道门，原来那青铜器下有机关。不得不佩服古人的智慧，设计的机关直至今日还能使用。

董辉说道:"这里可能是影棺,他们定是进去了。"影棺这东西不常见,只有极少的墓葬中会出现,是为了防止盗墓贼偷盗而设立的防盗保障,就是用假的墓室和假的棺材来迷惑盗墓者。罗九冲第一个冲进去,其余的人也都跟了进去,一个挨着一个,很怕落于人后。

再往里边是人工开凿的甬道,里边有腐败的气味,却十分干燥。丁繁高几人跟在后边,木头一路上话都很少,只南宫勇小声说道:"这里好像有空气流通。"丁繁高点了点头,他也注意到了这点,可越往里走,气味就越难闻,是那种腥臭腐败的恶臭味,十分刺鼻。木头捂上了口鼻,丁繁高也蹙起了眉头。他总有一种感觉,这里并不像是墓葬,但他又说不出像什么。因为身边一直有监视的人,而那人的身上有枪,他也不便总与南宫勇交流。

"这到底是什么味儿,这里不会有陪葬坑吧?据说很多帝王都用活人活畜陪葬。"有人说道。赖疤回道:"你脑子里进水了?这墓几百上千年了,就算是有殉葬坑,里边的人和牲畜也都化成白骨了。"那人马上回道:"你才脑子进水了呢,你还是管好你的腚吧。依着我说,你也不要跟着了,别强撑着,最后再没命了。"

打人不打脸,骂人不揭短,这人算是哪壶不开提哪壶,赖疤火气上来了,拉开架势就要揍人,最后还是被罗九冲拉开了。他道:"有什么恩怨等出去再算,现在大事儿要紧。"赖疤刚才被董辉来了个杠上开花,此时正憋着一肚子的气,正愁找不到撒气的。可他也不能驳了罗九冲的面子,想着君子报仇十年不晚,倒是正事儿要紧,便恶狠狠地说道:"你给我等着,等出去的,咱俩好好练练。"江湖人惯会好勇斗狠,那人也回道:"练练就练练。"

"这气味不对。"木头终于开了口，他感觉快要窒息了，这味道确实奇臭无比。南宫勇说："这味道有点像尸臭味。"丁繁高倒是没有闻过尸臭味，但他家阁楼里的死老鼠大概就是这种味道，只是这里的味道要比一两只死老鼠的味道浓烈很多。"我感觉更像死老鼠的味道，而且我听到了稀稀疏疏的声音，好像有什么东西在我们的头上爬。"丁繁高说。

木头和南宫勇抬头，可头上什么都没有。木头问丁繁高是不是听错了。丁繁高摇头，他的五感要比常人敏锐，他是绝对不会听错的。他们看不到，就说明在他们的头上，应该还有另外一条甬道。南宫勇便问丁繁高："你觉得像什么声音？"丁繁高摇头表示并没听出来。

这时木头说道："这味道好像是从下边来的。"丁繁高低头一看，脚上似乎有隐隐的雾气。而这北邙山不似云南的原始森林，并没听说过有瘴气，但他脚上那缭绕的分明就是雾气，且有越来越浓的趋势。他心道不好，连忙捂住了口鼻。"有毒。"他一时也解释不清，只能简短地提醒道。木头和南宫勇迅速做出了反应。此时地面的雾气凝结，渐渐淹没脚面，这时其他人也意识到了不对。

董辉也喊道："捂住口鼻。这八成是瘴气。"这薄雾带着浓烈的气味，且雾并没有继续上升，只在脚面上飘浮。一群人有些慌了，忙问这里怎会有瘴气，却无人知晓，只侃溜爷神秘兮兮地说道："只怕是这墓道里机关重重，这瘴气便是机关引来的。"陈起子看向董辉，问道："董爷，您说呢？"董辉看了看四周，回道："也不好说，据说那秦始皇的陵墓里就放着不少的水银，水银有毒，既可模拟山川河流，又可防盗。只是这味道太难闻，也不知道是何瘴气，倒是赶快离开这里为妙。"

罗九冲一听，立马嚷嚷道："我说董耙子，你是什么意思，这臭烘烘的雾气不是你弄出来的吧？之前盗洞挖通的时候，谁知道你进没进来过。你不会是不想跟我们分东西，所以才弄了这么一出吧？"陈起子也冷笑着说道："不是没有这个可能。不瞒大家说，前几天晚上我起夜，可见着他鬼鬼祟祟地跟一个人下了盗洞，直到一个多小时后才出来。"

董辉一听，立马冷下了脸："你们有没有点儿良心。若我想独吞，犯得着弄这一出吗？我只要把这盗洞打偏一点，就说根本没找到那墓室不就完了。横着没有我，你们根本就进不来这里。你当这盗洞是好找的？要真那么好找，你们也不会一个两个巴巴地跑过来跟我谈合作了。要是信不过我董辉，咱现在就一拍两散，你们走你们的阳关道，我们过我们的独木桥。"

"别呀董爷，小辈的说话不好听，我们可是相信您董爷的。再说，这雾气虽然难闻，可也没别的感觉，说不定只是山中的气温骤降的自然现象。这要真是瘴气，只怕我们早就晕死过去了。"侃溜爷又出来拉圆场，老头一边捂着鼻子，一边咳嗽着说道。

其余的人一听，倒也有几分道理，"活寡妇"也道："董爷，我们往哪里走，兴许前边就没有这雾气了。"董辉指了指前边："前边应该还有一间墓室。"一群人一听，立马加快了脚步。

丁繁高三人依旧跟在后边，其实他们更想原路返回，可他们并没有发言权，所以也懒得发表意见。丁繁高一边走着，一边看着墙壁四周的变化，越往里走，他就越感觉不对。脚下地面坑洼不平，却很有规律。一般墓道的甬道都是青砖铺成，这里的地面踩上去十分坚硬，应该也是由青砖所铺，可那青砖之上却有沟壑，所以才会让人感觉坑洼不平。这里的一切，都隐隐地透着一丝诡异。他只得提醒木头和南宫勇："小心点儿，这里有问题。"南宫勇和木头的表情很凝重，皆小心翼翼地走着。

这时一个黑影突然从丁繁高的头上闪过，丁繁高抬头，却什么也没看到。南宫勇和木头也看到了黑影，两人同时问道："什么东西？"丁繁高摇头，那东西跑得极快，像是什么野兽，即便他五感敏锐，却也什么都没看到。

北邙山上，虽然有兔子、野狗，抑或土蛇，却是没有这样能在棚上爬行的东西。且那东西速度极快，像是黑狸，可又比黑狸身形更为健硕。这让丁繁高等人感觉心惊胆战，总有种不好的预感。其他人并没有发现那黑影，兀自急步向前走着。

为躲避雾气，一行人已经拉开了一些距离，没有人知道危险已悄然而至。毫无防备间那黑影突然袭击，还没等人反应过来，已经掀起了一阵腥风血雨。只见方才与赖疤吵架那人，突然间双脚离开地面，被什么东西拖着，迅速向后跑去。那人也在江湖混得小有名号，也不是吃干饭的主，他从兜里掏出短刀向下边划去。便见鲜血喷涌而出，肠子、肚子撒了一地。那场面要多恶心就有多恶心。

那人爬了起来，就见他身下有一黑色毛绒东西，足有十多斤，只见尖嘴豆眼，垂死挣扎，满地翻滚。一边有人惊呼道："这是啥东西，难道是汉中土耗子？"又有人说："只怕还是个耗子王。"

正当大家研究这黑毛的家伙到底是何物种时，又一黑影冲了出来，看上去膘肥体壮，速度极快，将那人撞了个人仰马翻。还未等那人反应过来，那黑色东西便跳上他的肚子，一个猛子便扎进了那人的肚子里。只听得那人痛苦哀嚎，表情扭曲，很快便吐血而亡。而那黑影又从他的肚子里钻了出来，黑毛已经染成了赤色，一双豆眼闪着绿色，凶神恶煞的，看着好不吓人。

"还真是个大耗子。"侃溜爷惊呼一声，撒腿就开跑，一边跑还一边嚷嚷着："不好了，耗子成精吃人了。"其余人也没反应过来，就见一群黑色的大耗子冲了过来。丁繁高终于明白，他之前听到的声音应该是这东西跑过的声音。

也不知道为何，这耗子会长得如此肥壮，竟比猫的个头都大。那些大黑耗子跳上了那人的尸体，开始啃食了起来，那场面极其血腥恐怖，难以用言语来形容，只知道看得人周身汗毛倒竖，冷汗涔涔。这耗子居然真的吃人，在场所有的人被吓得抱头逃窜。

眼见着那些耗子将那人啃食得一干二净，只剩下一副骨架。此时狼多肉少，啃完了那人之后，那群大黑耗子又"鼠"视眈眈地看向其他人。人再怎么跑，也跑不过那些大黑耗子，很快又有一个人被撞倒，肚子被活生生地开膛，接着一只大黑耗子钻进了他的肚子里，那是怎样一副惨状。他哀嚎着用手去扒自己的肚子，希望将肚子里的大黑耗子拎出来，可那耗子很快便啃食了他的心脏，他不甘地垂下手臂，眼角流下恐惧的红泪。

所有人没命地逃。但那些耗子啃食完那人的尸体，又继续向前追来。一群人难以逃脱，只得停下脚步，手里拿着家伙，准备与这些大耗子决一死战。罗九冲不知从哪弄出一只火枪，此时一道火蛇喷涌而出。灼热的气息让人感觉憋闷，甬道里的空气越来越稀薄。那些大黑耗子却不怕火。虽皮毛烧焦，却依旧冲了上来。

有人掏出手枪，对准一只大耗子便扣动了扳机。"砰"的一声，那耗子的头被轰掉了一半，却依旧向前冲着。这再次刷新了大家的认知，这耗子居然不怕火，且生命力如此顽强。这一次倒下的是陈起子养的小鬼。陈起子用刀就去劈那耗子，那耗子却轻巧躲开，继续啃食起尸体来。陈起子无奈，只得继续向前跑。

又有两人倒下，那群耗子便停下来啃食尸体，大家借着这短暂的时间继续逃命。好在不远处，便有一道墓门，大家如抓到了救命稻草，奋力地向前冲，可那道门怎么也推不动，里边应挡有条石。这时董辉拿出了个铁棍，弯弯曲曲，并非寻常形状。他让人用力推门，见门有缝隙后，便将那铁棍伸到里边，再让徒弟们用力撬动那铁棍，就听"轰隆"一声，那封门石被撬开，众人用力一推，将墓室门推开，一群人鱼贯而入。

这时后边又有声音传来，想必那些大耗子已经将那两人的尸体吃完，又要跑来寻找下一个目标。眼见了一只大耗子已到近前，可还有一个人没有进入墓室，就见罗九冲抬腿一脚，踹得那人趔趄倒地。那人知罗九冲要关上墓室的门，便用力扒住门口。

罗九冲命人关上墓门，抵上封门石，可那人死扒着门不放。罗九冲已掏出了刀，准备砍掉那人的手臂，这时南宫勇和丁繁高上前，两人用力将那人拉了进来，却见那人的脚上咬着一只大耗子。木头眼疾手快，一脚将那大耗子踢得飞将出去，那大耗子画出一道完美的弧线，重重地落到地上，很是不甘，但墓室的门已经被关上了。

罗九冲见两人多管闲事，不冷不热地说道："你们几个真是意气用事，你们救了他，可若到你们危急的时刻，只怕他未必肯出手救你们。"丁繁高等人不愿与他多言，正所谓道不同不相为谋。他罗九冲可以视人命为草芥，但他们做不到。人就是这样，各走各的路，各修各的心。

第十四章　疑冢影棺鬼打墙

那人惊魂未定，拱手道谢。丁繁高却看到，他刚才被大耗子咬到的地方已少了两根脚趾，此时伤口处还不断有血冒出，而那血是紫黑色的。丁繁高心道不好，那大耗子有毒。只见那人已经口吐白沫，神色恍惚，眼神变得模糊不清。

这时有人说道："这人不会变僵尸吧？这墓里的耗子可都是吃死人肉才长这么大个的，被它们咬了就会变成僵尸。"这一句话，吓得众人退避三舍。而那人确是中了毒，皮肤枯黄如蜡，眼窝凹陷，正龇牙咧嘴的，表情十分狰狞。

罗九冲看了一眼赖疤，赖疤拿出短刀直接插入了那人的心脏。"兄弟，我送你上路，你也莫要怪我，这样总好过变成僵尸。"

木头终于看不下去了："你这是草菅人命，他只是中了毒，兴许还有救。"董辉却站起来说道："小兄弟，你这是妇人之仁。下来前我们都有约定，生死由命。他中了毒，此时谁有工夫管他，若是由着他在这里痛苦地死去，还不如给他一个痛快。"说罢转身查看墓室里的情况。

这间墓室并不大，里边放着一些随葬品，多为陶器，但品相不好，没几件是完整的。因为地壳变迁，墓葬里的陶器很难保存完整。墓室两边还真有两个随葬坑，里边皆是牛、羊等牲畜的白骨，看着让人毛骨悚然。但奇怪的是，这里并没有什么难闻的味道。刚才那种气味，好像随着那些雾气被阻挡在了墓室外。

一群人走了一圈，没有什么大的收获，便准备继续向前走。看来这些人真的是冲着那蚩尤神卷而来的，若是单纯地盗墓，之前的青铜器和这里的陶器，哪一个拿出去都值不少的钱。

"我说大家就别在这磨叽了，大家也看到了，就冲着外边那些大耗子，这里就一定有宝贝。看来董爷没带着我们找错地方，那蚩尤神卷就在前边，只等着我们去呢。"罗九冲虽损兵折将，却还十分开心地说道。其余的人也皆兴奋了起来，仿佛那荣华富贵唾手可得，近在眼前。

侃溜爷也溜须拍马："谢谢董爷了，这外边有吃人的耗子，一会儿等我们寻到了宝贝，只怕还得劳烦董爷再挖个洞，让我们上去。"董辉被人恭维，洋洋得意，大手一挥："那自然是不成问题。"他身边的徒弟却连忙说道："这些天下来，我师父出力最多。等一会儿寻得了宝贝，也应该我师父拿大头。"

陈起子一听脸色一变，却未开口。倒是"活寡妇"先开了口："小兄弟，此次下来，确实是董爷出力最多，但分东西吧，还真不能这么分。罗爷也没少出力，刚才对付那些大耗子的时候，罗爷的人可是冲在前边的，而且还折了好几个徒弟，罗爷回去也得跟这些人的家人交代，这笔账也是要放到一起算的。对不对，陈起子兄弟？"陈起子刚才也死了一个小鬼在外边，自然同意"活寡妇"的话。

那董辉冷哼了一声："还真是嫁出去的女人泼出去的水。'活寡妇'，你跟罗九冲在一起几天，就向着他说话了。我劝大家别放松警惕，你们可看好了，那随葬坑的牲畜可都不是自然腐化的。"董辉一句话，所有人才注意到，正常尸体腐化的骨头不会如此之白。

有人马上问道："董爷见多识广，给我们说说，这是个什么情况。"董辉摇了摇头："这墓里古怪得很，具体什么情况我也不清楚，大家都小心着点儿。不过之前我们可说好了，我只负责定穴开洞，下来后的安全问题是罗九冲的人负责。还有就是，刚才派出去探路的几个人，到现在生不见人，死不见尸，你们不觉得奇怪吗？"

董辉一句话，又把皮球踢给了罗九冲。罗九冲一听立起了眼睛，可张了张嘴，什么话也没说，但他的眼里有一丝杀意闪过。"活寡妇"拧着腰走到了董辉的面前，抛了一个媚眼："那我也跟你在一起几天，到时候也向着你说几句话。"

丁繁高有些看不清楚这些人了，董辉、罗九冲貌合神离，各有各的主意。"活寡妇"和侃溜爷两个人长了一百个心眼，这些人虽看着像在寻宝，可又不只是在寻宝，倒是夹杂着一些不为人知的事情。也许他们聚在一起的目的并不单纯。

就在这时，远处又传来了"轰隆"一声，接着又是地动山摇，也不知道到底是何原因。只这声音之后，丁繁高就听到四周又有稀稀疏疏的声音，这次不只是头上，四周也有。正当丁繁高要提醒大家时，就见有雾气从四周弥漫过来。众人皆知不好，捂上口鼻，却不敢贸然向前去。头上的声音越来越大，更有撞击岩壁的声音。

罗九冲大喊了一声："快跑。"他能自封九道门，自是有些本事和判断力。不等别人反应过来，他已带着人先向前跑去。与此同时，上面已破了一个洞，就见一只巨鼠探出头来，它身体不断地用力，终于将岩壁扩开，飞将下来，就落到了丁繁高的身边。丁繁高先是护住后边的木头，抬腿一脚，将那巨鼠踢飞了出去。头上却接二连三地有巨鼠飞下来。

南宫勇也带上了"活铲子"，几人已做好了战斗的准备，可那些巨鼠却并没有与他们纠缠，只快速地向前边跑去。成群结队的，场面十分壮观。

随着上边的耗子洞不断扩大，那雾气再次弥漫，依旧有浓烈的恶臭味，但这已不是众人惊慌的来源。相对于耗子和雾气，远处那不断的"轰隆"声，更加让人毛骨悚然。未知的，才是最恐惧的，所有的人都在逃命。

那些大耗子跑在了人群的前边，显然它们这次出现并非为了捕捉猎物，而是在逃命。能让这些食人鼠逃命的东西，定是比之更为可怕和恐惧的东西。于是一群黑色巨鼠和一群惊慌失措的人，比着赛地逃命。

前边便是岔路口，一群人四散而逃，那些巨鼠也皆慌不择路，向哪个方向跑的都有。南宫勇也在犹豫着往哪儿跑，这时丁繁高说道："往回跑。那声音在前边，我们刚才待的地方才是安全的。"于是三个人掉头，向后边跑去，而董辉的徒弟也跟着他们跑，做尽职尽责的看守。

一行几人跑回到刚才的地方，地上的陶器被踩成了碎片，而顺着刚才巨鼠下来的洞口向上看，就见密密麻麻的鼠洞，纵横交错，原来那些巨鼠已如蚂蚁般，将这四周挖出了各种通道，里边还有着不少的老鼠屎，那些恶臭的味道，都是那些老鼠屎发出来的。那"轰隆"声却是越来越远了。

几个人也跑了半天，此时坐在地上休息，丁繁高觉得血气不足，说："只怕是我们体内毒药的原因，我总是感觉有气无力。"南宫勇叹了口气，说："没错。激烈的运动会加速药力。"木头喘着粗气问道："那我们该怎么办？"

南宫勇向守着他们那人努嘴："问他。董辉跟你怎么说的？"那人低着头，并没有回答，却没有一丝落了单的惊慌。南宫勇问十句，他十句皆不回答。南宫勇又道："我说兄弟，你好歹回个话，你姓甚名谁，干吗跟董辉混啊。现在都什么年代了，挖绝户墓可是违法的，不如你跟我们说说这些人的底细，等出去了，我一定给你找个好工作，国营的，总成了吧？"那人还是不答。南宫勇见利诱不成，又改成了威逼："我说兄弟，现在我们三个人，你只有一个人，你就不怕我们……"南宫勇话还没有说完，那人已举起了枪。南宫勇也知此时实力悬殊，只得悻悻然地闭上了嘴。

那"轰隆"声越来越远，南宫勇又说道："我看我们还是上去吧，等他们把这下边的东西都处理干净了，我们再谈合作的事儿。这东西再值钱，也得有命花。"说罢起身就要去放那抵在墓门上的封门石，这时那人起身，上前一步拦住了南宫勇。木头和丁繁高同时冲了过去，南宫勇一把夺了那人手里的枪，丁繁高则按着那人的头，木头一掌劈了下去，那人头一歪便倒在了地上。

南宫勇快速说道："这里的情况不对，若这里早有巨鼠肆虐，又总是地动山摇，那些陶器不可能还有完好无损的。这说明现在这种情况，是我们下来后才有的。"丁繁高表示认同地说："不只如此，那些雾气也很有问题，那雾是随着人走的。雾气又不是人，长着眼睛。"木头则说道："那就是说，那雾是人为的。"丁繁高和南宫勇同时点头。

南宫勇又说："之前我与那'活寡妇'闲谈，又在其他人的嘴里听到些只言片语，才知道他们这次下来，不只是为了寻找蚩尤神卷……"

大约是几个月前，江湖中便有人传蚩尤神卷已再现江湖，搅得许多人蠢蠢欲动。而这董辉自称得知了蚩尤神卷的下落。与此同时，罗九冲也称受了高人指点，得到了蚩尤神卷的线索。于是两人凑到了一起合作，这消息不胫而走，陆陆续续又有一些人找上门来。

江湖中的事儿就是如此，其实董辉和罗九冲也不是非要与这些人合作，但那些散帮的人凑在一起，若是铁了心地给他们使绊子，就是不小的阻力。毕竟那消息江湖上人尽皆知，既然拦不住，就只得搭起伙来一起寻宝。

其实这消息南宫勇之前也听说了一二，却不知是何人放出的，但看董辉和罗九冲应是知道那人是谁。两人既合作，却也防着对方，皆怕对方与传消息这人有勾连，只怕自己辛苦半天，最后却给别人做了嫁衣。

丁繁高蹙眉，想了想后说道："这蚩尤神卷的消息可是与那古彩刘的灯影戏的消息同时出现的？"南宫勇点了点头，说："前后相差不久，也算是这段时间江湖上最热门的话题，只是不知道这两件事可有什么联系，这也是我一直想要知道的事儿。""我觉得董辉和罗九冲之所以会和侃溜爷他们合作，还有其他的目的。"木头说道。南宫勇回道："这是自然，否则谁愿意平白无故地分钱给别人。"

丁繁高一直生活在国外，对南宫勇嘴里说的江湖并不了解。他姨夫常说，有人的地方就有江湖，这江湖是人，也是人心。他以前并不理解，现在看来确实如此。江湖纷乱，却是无风不起浪，那放出消息的人，只怕有着自己的目的。南宫勇又说道："这事也需要丁兄帮忙分析一二，我只是觉得这里并不像是墓葬，虽然这里有棺材也有随葬品，但这里的感觉却不像是墓葬。这里的每一件东西，都没有千百年来未被开启的光泽。"

没错，就是光泽，丁繁高双眸锁乾坤就是因为他能看出一些别人洞察不到的光泽，这就像你家有两个一模一样的水杯，你用什么来区分这两个水杯的新旧，当然是看这两个水杯的磨损程度。而且，新的那个必定要比旧的那个光亮一些。更为科学的说法就是任何东西都存在氧化的情况，存世越久的东西，氧化的程度越严重。而氧化的情况，也与所处的环境有关。若是潮湿的地方，除了氧化之外，还会与空气中的其他物质发生一些化学变化，等等。

丁繁高在得到那黑色石头后便有了这个能力，即便后来他的视力不断下降，可他的这个能力丝毫没有减弱。这一点，他一直无法理解，这也使得那块黑色石头变得更为神秘。

几人将封门石打开，这里是是非之地，不宜久留。又一想，虽然被打晕的那个是董辉的人，可毕竟是条人命，即便有错，但这下边危机四伏，将他丢下无异于让他等死，于是南宫勇将他背起，几人原路返回。

不多时几人就回到了有棺材的墓室，可诡异的事情就此发生了，他们并没有找到来时的甬道，取而代之的是厚实的岩壁。若说一个人的记忆出了偏差，可三人都记得那入口就在西南的墙上，此时那墙面之上却是严丝合缝，别说门了，就连个裂缝都没有。南宫勇用铁爪敲击，听声音那岩壁是实心的。

"你说有没有一种可能，这里有两个，或是不止两个影室，而我们刚才是走错了路。"南宫勇有些泄气地说道。丁繁高摇了摇头，指着地上的四根蜡烛说道："不可能，这蜡烛还在。"可随即，他又发现了不对："南宫兄，我们进来这里也有一两个小时了，可你看这蜡烛。难道说这蜡烛是由特殊的方法炼制，可久燃不熄？"

南宫勇低头一看，那蜡烛下只有少许的蜡油，就像是刚刚被点燃似的。他说道："这也奇了怪了，难道有人在恶作剧，可又不像。只怕这里云谲波诡，我们还是三十六计，走为上计。"丁、木两人也知道要走，可不知如何走。几个人心中着急，却没有办法。南宫勇一拍大腿："要不是这帮孙子把我捆来这儿，我那罗盘不在身上，怎会落得如此？"

就在这时，一阵"轰隆"声传来，接着一道黑光乍现，刺得人双目难睁。与此同时，那原本无路的岩壁之上，居然凭空出现了一道门。木头惊叫："快看，那墓门出现了。"几人皆已看到，更觉诡异离奇，丁繁高是个无神论者，他相信这世上有不为人知的力量，那是因为科学还没有达到那个高度，可此时这景象，多少有些颠覆他三十几年来的认知。

南宫勇虽有惊色，可也是见过大风大浪之人。他飞了一块石头，却见那石头居然被反弹了回来，并发出一声闷响，一听便知是打到了岩壁之上。几人心中大骇，再定睛一瞅，就见那墓门更像是影子一般投射在墙壁之上。木头上前一摸，十分失望地说道："是道假门。"

丁繁高并不意外，因为他早已看出那凭空出现的墓门没有实影。虚与实之间差距甚大，只是平常人很难发现。他问南宫勇："南宫兄可知这墓门是何原因。"南宫勇摇了摇头："我也不知，难道这是海市蜃楼？"

"我还是第一次听说，墓葬里有海市蜃楼。"木头对面前的景象甚是不解，"海市蜃楼是光的折射，这里哪里来的光？"木头的话一落地，马上又反应了过来："难道是刚才那刺眼的黑光？我还是头一次见到光是黑色的，而且还刺眼。"

丁繁高也在想着这个问题，他说道："也许，那刺眼的不是黑光，而是另外一种东西。"南宫勇挠着头，显然也百思不得其解："丁兄，这光有点儿像你说的那光。"南宫勇指的是那黑色石头发出的光亮。丁繁高回道："像也不像。这黑光有些相似，只那刺眼的感觉不相同。我总是感觉这黑光的背后，有着不为人知的秘密。而且这光，并不像是真真切切照射而来的。"

丁繁高好似想到了什么，正当他要抓住那片刻的思绪，将问题想个明白的时候，只听"轰隆"一声，又是地动山摇。接着有喧闹之声由远而近，那声音十分熟悉。几人面面相觑，须臾，就见一群人从墓门鱼贯而入，带头的竟然是罗九冲。

那些人进来后便开始四处寻找，几人在那群人里，不但看到了那几个被巨鼠咬死的人，还看到了他们自己。丁繁高用手去触碰那个四处张望的自己，手却从那个自己的身上穿透而过，只留手上片片黑色光影。是光，是那黑光，是那带着刺目光泽的黑光。

"这是怎么回事儿？"木头指着另外一个自己惊讶地问道。可刚进来的那群人并未听到。南宫勇皱着眉头，答道："海市蜃楼。看来真是那黑光折射的海市蜃楼，这就是我们刚进来的时候。"丁繁高又说："所以说，最初进来的那几个人，也许遇到了跟我们同样的状况。他们并没有往前走，而是跟我们一样，被困在这里，找不到出口。"

"如果按你的说法，那我们也会在他们的海市蜃楼里。他们也许会看到我们，或是刚才我们进来的场景，但是我们看不到他们。"木头一脸的不敢相信。南宫勇点了点头："这有点儿像奇幻小说，不过，世界之大，无奇不有，没准正如丁兄所言。想来这也是个很神奇的事，若我们能出现在几人的海市蜃楼里。那说不定他们也会出现在其他人的海市蜃楼里。所以丁兄，你说到底那黑光是从哪里发出来的，能造成如此神奇的效果？"

"不知道，也许是与我那块黑色石头相似的东西。现在我还有一个疑问，为什么这里的蜡烛能一直保持原状。"丁繁高指着地上的蜡烛，那蜡烛的确和刚才没任何变化，就连火苗都是一模一样的，仿佛那蜡烛静止了一般。

"难道说，我们进来的不是墓室，就连这蜡烛也是海市蜃楼？"木头伸手去触碰蜡烛，可手马上缩了回来。他看着微红的手指，说道："蜡烛是真的。"丁繁高却急声道："不对，你看木头碰过的蜡烛有变化了。"南宫勇和木头仔细一看，就见一滴蜡油顺着蜡烛蜿蜒而下，落在地面上，迅速凝结成蜡滴。而剩余三只蜡烛也有了不小的变化。几人吃惊不小，却无法解释。

说话间，那群人已经离开，而远处有"轰隆"声传来，接着便是嘈杂的声音。几人循声望去，就见一只鸟儿飞了进来，那鸟儿黄头蓝羽，叽叽喳喳叫个不停，正是侃溜爷的那只鸟。不多时董辉等人也跑了回来，跟他们一同跑过来的还有那群巨鼠。只见跑过来的人个个蓬头垢面，狼狈得很。而那群巨鼠，亦是横冲直撞，夾着尾巴毛，显然是受了极度的惊吓。前前后后跑进来的也就只有十几人，其余的人也不知跑去了哪儿。

董辉见了丁繁高等人并没多言，而是向前方墓门的方向跑去。就听"咚"的一声，最先跑过去的罗九冲撞到了墙上，头上眼见着起了一个馒头大的包，可见他撞得有多瓷实。第二个跑过去的是陈起子，他倒是学尖了，用手一摸，只见那墓门突然就消失不见了，他摸到的只是冰冷且满是灰的墙面。他顿时就蒙了，对着那面墙又踢又踹，如疯了般，还时不时地回头张望。

此时其他人也发现了异常。"这门呢？"一个人绝望地喊道。罗九冲捂着额头上的包，掏出枪便是"砰砰"几枪，可并没有改变什么，只在那墙壁上留下了几个弹孔。罗九冲嘶吼了一声，那声音震耳欲聋，可见他也急了。这些人的表现，让丁繁高几人意识到了事情的严重性。

就在这时，外边传来"轰隆"的声响，紧接着便有一个赤色的东西探出头来。那头足有铜锣大小，正居高临下地看着墓室里的人。所有的人都惊叫了起来，如炼狱中垂死挣扎的恶鬼。一时间，凄厉的哀嚎，绝望的吼声，将整个墓室变成了人间地狱。

丁繁高屏住呼吸，方才看清那探出来的头是何物。那头上满是赤色鳞片，一对血红色的眼睛，嘴里还吐着红色的芯子，居然是一条巨蟒。那巨蟒身形硕大，每动一下，便传来"轰隆"的声音，连带着整个墓室里都地动山摇。

"这又是个什么东西？"南宫勇彻底无语了，饶是他见多识广，也不承想会遇到此等庞然大物。那蛇因身形巨大，所以被卡在了甬道里，只有头向前探着，张着血盆大口，看着让人心惊胆战。大家生怕下一秒自己就成了这蛇的美味珍馐，被那长长的芯子卷入蛇的肚腹之中。

"都说蛇吃人都是整个吞下，然后再慢慢消化。"木头的声音有些颤抖。丁繁高将他护在身后："放心，有我在，最多让它把我吃了，我这么大个儿，它吃了我，就定不会再吃你了。"这话有些耳熟，好像在外边遇到那汉中獒时，他就说过同样的话。木头倒是被逗笑了："丁大哥，那獒犬吃了你倒是能吃饱，可这巨蟒个头如此之大，只怕三五个人都能吃得下。"

丁繁高摇头道："非也，你没见少了许多人吗，想必这巨蟒也吃得八分饱了，所以说它吃了我就定不会再吃了你了。"南宫勇急道："我说两位仁兄，这个时候就不要再开玩笑了。"此时与在外边遇到汉中獒时不同，南宫勇急得如热锅上的蚂蚁，丁繁高却成竹在胸。

又是"轰隆"一声，那巨蟒的身子又向前了一些，只见这巨蟒与其他的蟒蛇不同，一般的巨蟒是头大身细，这巨蟒却是头小身壮，也不知是因为吃了太多的人，将身体撑了起来，还是它原本就长成此等模样。

丁繁高说道："南宫兄，我记得《山海经·大荒北经》当中，就记载了一种蛇，叫做'烛龙'。据说'烛龙'是远古钟山的山神，它也叫'烛九阴'。传说烛九阴人面蛇身赤色，身长千里，盘踞于秦岭之中。"

南宫勇回道："没错，《山海经》里确实讲过这么一种蛇。也有说古代的皇帝猎捕此蛇，做成蜡烛，久燃不熄。但据说这'烛龙'早已绝迹，也许本就是传说中的东西，从未真实存在过。怎会跑到这大墓里？"木头则说："难道是这墓主人抓了一只'烛龙'当陪葬品，结果那'烛龙'一直在冬眠，是这些人挖了盗洞惊动了这'烛龙'，它又复活了？"

丁繁高淡笑不语，只看着那十几个人不断地挠着墙壁，直挠得指甲断裂，血顺着手指蜿蜒而下。那"烛龙"又向前了一点儿，张着大嘴，眼见着只离人群不足一米远，若它再向前蠕动一下，只怕这里所有人都会成为它的肚腹之物。

罗九冲急红了眼，用枪指向了丁繁高："对不住了兄弟，说好了合作，那就先拿你去祭这镇陵兽吧。"说罢就要扣动扳机，这时董辉突然出手，将他的枪打到了地上："你是不是傻？他不能动，要动就动他身边那唱戏的。"

罗九冲又将目光转向了木头，木头手握成拳，已做好了决一死战的准备。丁繁高却说道："别动他，我有办法让我们脱困。"他下句话来不及脱口，就见陈起子一刀解决了罗九冲的一个徒弟，又将那徒弟的尸体向前一推，只见眼前黑光一闪，那人的尸体便不见了。

第十五章　海市蜃楼烛九阴

罗九冲大惊，用枪抵着陈起子的额头："你居然敢杀我的人！"陈起子也不是个吃素的，他的刀也抵在了罗九冲的脖子上："彼此彼此，刚才你把我养的小鬼弄死喂这长虫的事儿你忘了，这叫一报还一报。怎么着，想跟我练练，看看我俩谁能喂了这镇陵的长虫精？"

丁繁高骇然，他的话不过是晚说了一会儿，却又害了一条人命。想来其他的人，皆是毙命于自己人的手里。原来这世上最可怕的不是洪水猛兽，也不是鬼魔妖精，而是人，特别是站在身边却人面兽心的人。

丁繁高面无表情地说道："我在英国的时候，看过一个报道，一些科学家推断，烛九阴并非是蛇，也不是什么动物，而是极光，在靠近北极的地方。"南宫勇恍然大悟，木头有些蒙，他疑惑地看向那"烛龙"。

"什么意思？什么烛九阴？"赖疤反问道。这时陈起子说道："烛九阴就是'烛龙'，《山海经》里记载的一个神兽。我就说这不是什么镇陵兽，还别说，真有点儿像'烛龙'。不过极光又是啥？"

丁繁高冷冷地回道："你不用管极光是啥，你只要知道这'烛龙'并非实体，而是海市蜃楼即可。如果我没猜错，只要把这地上的蜡烛熄灭，那'烛龙'就消失不见了。不信就想想，这'烛龙'可曾真的食过人，还是你们杀了人，又将尸体扔向那'烛龙'。而'烛龙'也并非真的张嘴吃了那些尸体，那些尸体只是瞬间消失不见了。"

几人面面相觑，陈起子从兜里掏出几个钢珠扔出，将四角的蜡烛同时熄灭，与此同时，那"烛龙"真的消失不见。董辉用手电的光亮照去，只见不远处的地上躺着一具尸体，那尸体正是刚才被陈起子杀掉之人。陈起子脸上并没愧疚之色，只冷眼瞟了那尸体一眼，说道："这什么'烛龙'虽然不见了，可这墓门又去了哪里？"

"这个就更简单了，有人移动了那棺材和这里的青铜器，所以墓门应该在那个方向。"丁繁高指了指不远的墙面。只见那墙面上确有门形的缝隙，想必那墓门也有机关。人在这暗无天日的地下墓室里，自然是很难辨别方向，全靠罗盘和参照物，此时没有罗盘，若有人动了参照物，确实会让人产生错觉。

罗九冲看向董辉，而侃溜爷和"活寡妇"也看向董辉。董辉却大喊道："你们要是不信我就自己滚出去。我要陷害你们，还用得着等到现在。"几人虽嘴上不说什么，却把质疑挂在了脸上。侃溜爷问道："董爷，要不咱先上去，等准备好了再下来寻那蚩尤神卷？"

"不行，谁都不准走。"罗九冲不知何时捡起了枪，用枪抵在董辉的头上，赖疤和陈起子则将董辉的几个徒弟制服。罗九冲声色俱厉地对董辉说道："姓董的，你甭想独吞那蚩尤神卷。快带我们去找那东西，否则要了你的命。还有，若不是你，老子的左膀右臂怎会折在这里？若今天我找不到蚩尤神卷，也难向我那些死去的徒弟的家人交代。"

董辉百口莫辩："姓罗的你胡说什么，你死了不少的徒弟，那我董家呢，不也是死伤惨重。我早就说了，既然这里藏着蚩尤神卷，那定有着极大的风险。我苦劝你们，你们却当我是想独吞那东西。这下墓本就是危险的活儿，要是次次都顺风顺水的，那不都去当土夫子了。"

董辉的话半真半假，罗九冲和陈起子等人却是半个字都不信他，都说是他想要独吞那蚩尤神卷，才在墓室里故弄玄虚，非逼着他带路去寻那蚩尤神卷。这时，陈起子突然问道："那些大耗子都去哪儿了？"经他这么一提醒，刚才大家被那烛龙的海市蜃楼吓得够呛，根本没理会那些同样逃命的巨鼠去了哪里。陈起子立马想通了，又说道："这里还有其他的出口。"说罢便去摆弄那些青铜器，也不知动了哪里，就听到有机括的声音，接着那道墓门再次出现。

现在放在所有人面前的有两条路，一是原路返回，另外一条则是跟董辉去寻找那蚩尤神卷。此时的罗九冲已红了眼，整个人都在崩溃的边缘，他的双眼满是血丝，如困兽般地看着每一个人。陈起子看了一眼那敞开的墓门，却毫不犹豫地转身。无须多言，他也不打算无功而返。其他的人也都差不多，他们并不甘心就此返回，却不想，等待他们的并不是价值不菲的蚩尤神卷，而是更可怕的深渊。

丁繁高几人倒是很想出去，董辉却说道："丁先生，我出不去，恐怕你也别想走。我已命人将钱先生送到安全的地方。实在是人无远虑必有近忧，防人之心不可无啊！不过现在看来，办事小心谨慎些还是没错的，你说对吗？再则你体内还有毒未清，你们自然是跟着的好。"

丁繁高就知道董辉诡计多端，倒是苦了钱学明，又要被折腾一番。等他出去后，定要好好跟他赔不是。几人只得跟着往回走。可刚一转身，丁繁高就发现董辉派来监视他的那人不见了。那人被打晕后被抬到了这里，之前一直是依靠着岩壁躺着的，不想此时却消失不见了。丁繁高心想，难道那人被巨鼠吃了？可若是被巨鼠吃了应该会留下白骨才是。莫非是被巨鼠抬走了？也不可能，那么大的一个人，若是被巨鼠抬走，怎会没人注意到？

他满腹疑问地再次向着主墓室走去。这一次走得比较顺利，可刚走到一半，就听到"轰隆"一声，接着几个人从他们的面前跑过，那几个人不是别人，正是最初被派去探墓的几个人。几人神情惊惧，慌不择路，罗九冲想要拦住那几人，他的手却从那些人的身上穿过。罗九冲呆愣在原地，只觉不可思议，陈起子和其他几人亦被吓了一跳。

随即不远处一"烛龙"追了出来，几人拼命地向着刚才的影棺室跑去。丁繁高几个早已见过了这场景，此时并不惊讶。可陈起子和罗九冲等并不知那也是海市蜃楼，于是便本能地逃命。

慌忙中，几人跌跌撞撞，只见那"烛龙"越来越近。罗九冲喊道："不说熄了那四根蜡烛，这东西就会消失吗？"陈起子也不知其原因，只知那"烛龙"的芯子就要卷到他的后屁股了。赖疤后边受伤，跑得越快，裤子上的血就越多，而那"烛龙"就如同嗅到了血腥味一般，紧追着他不放。赖疤都快哭出来了，危机之时，他将身体内所有的潜能都激发了出来，拼命地跑，居然没有落于人后。

南宫勇本不想逃，他知道眼前的"烛龙"只不过是海市蜃楼，丁繁高却拉着他和木头也向影棺室跑去。南宫勇边跑边问道："丁兄，那'烛龙'不过是海市蜃楼，我们待在原地就好，又为何要逃？"丁繁高边跑边回头看着后边的情况，回道："我们走了这半天，除了影棺室里的尸体，可还见到其他尸体了？"南宫勇摇头："没有，你还别说，就连之前被巨鼠啃剩下的白骨都不见了。难道说这里有人清理了那些白骨和尸体？"

丁繁高回道："不，没有人清理那些尸体，那些尸体可能是消失了？或是留在了原来的地方。"一句话把南宫勇说得有些蒙了："怎么会消失，什么又是原来的地方？"眼见着那"烛龙"向前蹿了一步，丁繁高拉着木头加快了脚上的步伐。眼见着那芯子就在南宫勇的后背掠过，好在南宫勇一个起跳，又超了赖疤一个身位。

三人暂时安全，丁繁高继续回道："消失是指尸体也进入了海市蜃楼之中，就像跑在我们前边的那几个人。我们到现在都没有找到他们不是吗？原来的地方就是指那些东西没有被挪动，而是我们进入了海市蜃楼中。所以我们现在的麻烦不只是要离开这古墓，还得逃出这海市蜃楼。"

木头彻底被绕蒙了，不过好在他理解能力强，很快又想道："丁大哥，你是说我们遇到了鬼打墙？"丁繁高回道："差不多吧，也可以说是另外一个时空。这是国外的科学家新研究出的理论，叫平行时空。"

几人很快就跑到了影棺室，这时罗九冲和陈起子都有了经验，只见两人一个掏枪，一个掏钢珠，同时出手，很快就将地上的四根蜡烛熄灭。这时丁繁高喊道："熄灭火把，关了手电。"陈起子等人也不知其缘由，倒是依言照做，后边那"轰隆"声立马消失不见了，与之一起消失的还有那"烛龙"。

几分钟后，丁繁高打开手电。几人感觉眼前的事物清晰了起来，且不远处的地上又出现了两具尸体，应是死于董辉的"活铲子"之下。

"丁兄，看来我们走出这海市蜃楼了。"南宫勇说道。丁繁高回道："应该是，只是这海市蜃楼又是如何而来的？"木头也满是疑惑地问道：

"是啊，刚才那场景太过诡异了。"南宫勇则回道："这里曾是若木国祭祀用的密洞，若木国是个很古老的文明，其祭祀方法并没有史料记载，想必与那蚩尤神卷有关。"

丁繁高亦是赞同南宫勇的说法："我觉得，这海市蜃楼就是这里曾经发生过的事儿，烛龙也许真的存在过，只是后来随着环境的变化和人类的捕杀而灭绝了。而若木国在祭祀时，那神珠不小心记录下来了'烛龙'逃脱后追杀若木子民的场景。而后来海市蜃楼出现时，又碰巧遇到了神珠的月华，于是那黑光又再次折射出了新的海市蜃楼。触发了这海市蜃楼的便是那四根蜡烛。这就像一个无限的死循环。直到我们熄灭了所有光源，方才能让这诡异的海市蜃楼停下来。其中原理我说不清楚，应该如南宫兄所说的，与那蚩尤神卷有关。"

这时，几人听到有敲击木板的"砰砰"声。那"砰砰"声越来越响，几人四下寻找，却发现那声音是从棺材里传出来的，众人一个激灵。董辉第一个反应过来，他冲向那木棺，却见那木棺上的棺材钉完好无损，可棺里似有人呼救，他只得让人快些打开木棺。一群人七手八脚地起开了棺材钉，又合力将那沉重的木棺盖推开。就见里边塞着六个人，这六人身体扭曲，重叠着被塞在木棺里，已分不清上边的腿是谁的腿，上边的头又是谁的头。

棺里的六个人皆口吐着鲜血，表情狰狞，有进的气没了出的气，眼看着就要不行了。其中有一个人是董辉的徒弟。董辉问他的徒弟："到底是怎么回事儿？"那徒弟一张嘴，先是喷出了一口鲜血，然后用最后的力气说了两个字："眼睛。"

眼睛？董辉反复咀嚼着这两个字，可四下观望，却是没见什么跟眼睛有关的东西。此时却是人心惶惶，而且这六个人一个接一个地咽了气，恐怖的气氛在所有人的心里蔓延。丁繁高掾上了木头的眼睛，只说："不怕，有我在。"木头也老实地被他掾着，没说什么，但鼻间的血腥味已经说明了此时情况的惨烈。

下来前所有人都以为要发大财了，却没有一个人有足够的心理准备面对如此恐怖的画面。只短短的几分钟，到底是谁有这样的本事，能将六个人缠在一起，又塞进了木棺之中。且那木棺盖也非一人之力能推动的。恐怕就连董辉也没想到会出现这种情况，他蹙着眉头，好像在想着到底是哪里出了错。他警惕地看着其他人，可其他人同样也用惊惧的目光看着他。最后有个人说道："你们看，这木棺盖上有东西。"

说罢董辉拿着手电过来查看，就见那木棺盖上画着一个图腾，像是一只眼睛，可那眼睛里有两个瞳仁。董辉立马倒退了好几步。"这是重明教的圣棺。不对，这里不是吕不韦真正的墓穴吗？怎会有重明教的圣棺。"

原来董辉几人找的确实是吕不韦的墓，却不是史书上记载的那个。据说，当初吕不韦死后，他身边的宾客和舍人欲将他下葬，可又恐他死后不得安宁，便兵分两路，一路将一具身形与吕不韦相似的尸体送入了吕墓（也就是吕不韦妻子的墓中）。这便是大家眼里的窃葬。而另外一队人马，则拉着吕不韦的尸体进了山，并找到了一座将军冢，将吕不韦的棺材放到了将军冢里。

这本是权宜之计，他们当初是想着等风头过后，再将吕不韦厚葬，却不想秦王下令，驱逐了所有的宾客和舍人。这些人无法再入秦国之境，于是吕不韦只能鸠占鹊巢直到现在。这不过是历史轮盘中的小小沙粒，最终没入了尘埃。

"什么是重明教？"罗九冲也凑了过来，他并不知什么重明教，更不解为何董辉会如此惧怕那重明教。

董辉叹了口气，说道："这重明教本是上古的一个教派，他们崇尚的是太阳。图腾则是两个瞳仁的眼睛。因为眼睛又叫目，上古人把目比成太阳。相传上古时并不是有十二个太阳，而是有两个。而另外的一个太阳也并非被后羿射掉了，而是重明教的主神用神力让两个太阳发生了爆炸，最后融为一体。那重明教的主神活了五百岁，他也用了五百年的时间才让两个太阳融合在了一起。"

"那这重明教又有什么可怕的？"罗九冲嗤之以鼻，觉得董辉有些小题大做了。董辉却说道："你懂什么，你就知道吃喝玩乐、坑蒙拐骗，你还知道什么？这重明教本想将两个太阳融合在一起。这样大地就不至于被烤化，河水也不至于被烤干，人们也不至于因为河中无鱼、地上无果而饿死。可不想太阳融合后，重明教却受到了天谴，主神被天雷劈下，他的脚上迸发出了岩浆，将其活活烧死。即便他有神力，有着不死之身，还是被烧得连渣都不剩。主神死后，所有的重明教教徒都觉得上天不公，主神只是怜悯众生，为何要受到天谴，于是他们集体自杀，以血和生命设下诅咒，总有一天，主神的力量会变成黑暗的力量，将整个人间摧毁。"

"我说董耙子，你咋还能信这个？不过是个神话传说罢了，看把你吓的。"罗九冲讥讽道。董辉翻了一个白眼，还真是无知者无畏："你可知魔道从何而来，便是从这重明教衍生而来。其实重明教从未在这世上消失过，而是变成了暗夜里的魔。他们拜日、拜月，不断地吸取活人身上的精气和阳气，为的就是复活他们的主神——若木。"

说到这里，罗九冲方才感觉到毛骨悚然，他指着那黑漆木棺问道："那你说这是圣棺又是什么意思？"董辉表情严肃地回道："圣棺是他们用来吸取活人精气和阳气的圣器，圣棺一出，万人难覆。也就是说，谁要是打开了这圣棺的棺盖，只怕是要用一万条人命才能让圣棺的棺盖再次合拢。"董辉边说边用惊惧的目光看着那黑漆的木棺。

丁繁高也听得背脊生寒，他将木头护在身后，问南宫勇："南宫兄，他说的可确有此事儿？"南宫勇小声回道："倒是有这么一说，不过传说就是这样，你传我，我再传他，多少有些出入，等有空的时候，我再跟你说一说这重明教到底是怎么来的。"

就在这时，又听"轰隆"一声，由远至近，接着便是地动山摇，轰鸣之声不绝于耳。一道阴风吹来，所有的火把同时熄灭，就连手中的手电也失去了光亮。那轰鸣声由长变短，却比之前烛龙出现时还要响上几分，又如地宫在鸣咽，那感觉让人不寒而栗，恐怖至极。

在剧烈的震动中，丁繁高和木头同时摔到地上，不知是地宫要塌方了，还是发生了地震。丁繁高死死护着木头的头，心想着只怕他们都要被活埋于此了。过了好一会儿，那地动山摇的感觉方才过去。一切平复如常，好像什么都没有发生过，地宫里寂静无声，但却有刺鼻的血腥味。

罗九冲摸到了一支手电，他打开手电，照到了木棺之中，却见木棺之中又多了几个人，有两个是他的手下，还有几个是那散帮的人，平时总跟在后边。那棺中的人如麻花般拧在了一起，其中最扭曲的要数赖疤。此时他的头就在一个人的胯下，表情扭曲，口眼歪斜，早已断了气。可再一细看，赖疤头上的屁股正是他自己的。那是怎样的一个姿势，才能将人扭曲成这样？鲜血顺着棺材往外流，带着浓烈的血腥味。罗九冲惊叫了一声，吓得一屁股坐在了地上，其他的人也吓得瑟瑟发抖。

不知是谁点起了火把，这时其他人逃也似的向外边跑去，可没跑几步，就见一团黑雾迎面而来。那黑雾里似有一个怪物，张着血盆大口，吓得众人惊叫声连连。罗九冲一时没反应过来，慌不择路，很快就掉到了棺材之中。就听那棺材里发出"咔咔"的声音，也不知道怎的，就将罗九冲与其他的尸体搅和在了一起。罗九冲瞪大了双眼，似不相信眼前的一切，死得何其不甘。董辉则从他身上摸出一个盒子，打开盒子，里边是一块黑色石头。丁繁高远远一看便知，那并非他那块黑色石头，而是普通的黑色晶石。他就知道以钱学明的聪明头脑，定不会将真的黑色石头带来。

不足半刻的工夫，墓室里的人已经死伤了大半，只留下董辉的人和陈起子，还有侃溜爷和"活寡妇"。这时陈起子不知按动了什么机关，就见那棺材突然移动了一下，露出了下边的一个大洞。那洞中有光亮传来，陈起子二话不说，直接跳进了那洞中。其他的几人也鱼贯而入。

丁繁高的身边响起一个声音："跳下去。"丁繁高被吓了一跳，那人居然是董辉派来监视他的人。可这人刚才不是失踪了吗，怎么突然又出现了？无奈丁繁高三人也跳进了那洞里。几人身体不断下滑，就当丁繁高以为自己会被摔死时，他感觉自己的身体腾空，然后落到了柔软的草垫子上。四周皆是山壁，不远处放有一盏油灯，此时灯芯随风而动，证明这里有空气流通。

南宫勇最后一个下来，直接摔到了丁繁高的身上，压得丁繁高差点儿背过气去。好在木头此时已经起身，没有被压到。南宫勇跳了起来："对不住了丁兄。"他将丁繁高拉了起来，几个人看着这山洞里的情景，不由得面面相觑。

　　"丁兄，你看这眼下是什么情况？"南宫勇问着丁繁高。丁繁高答道："这里本应该是汉代的墓穴，但多年前就被人打开，并对之前的机关进行了改进。而且看情况，这里经常有人来。"

　　虽然那黑色石头之前不在他的身边，他会感觉疲惫不堪，可他的双眼比正常人要敏锐。特别是在他视力下降之后，他的夜视能力反而提高了。也就是说，刚才在上边的时候，虽然没有火把、手电照明，可他还是看到了那些人到底是怎么死的。"丁兄这就是你的不对了，你知道就好了，又何必这么直白地说出来，你这样说，又让做这局的人情何以堪啊。"南宫勇笑着说道。

　　这时，丁繁高等人的身后传来拍手的声音："好，好，很好。看来丁先生确实是我们要找的人。"丁繁高回头，却见侃溜爷拍手叫着好。此时的侃溜爷背脊挺直，气质也与之前大相径庭，倒是有些王者的霸气和威严。

　　董辉也站在侃溜爷的身边，态度恭敬地说道："爷，接下来我们该怎么做？"显然，侃溜爷才是这幕后最大的人物，就连董辉也惧怕他三分。这时陈起子从另外的角落里走了出来，他正用匕首抵在"活寡妇"脖子上，对着侃溜爷问道："你究竟是谁？"

　　丁繁高看出董辉和"活寡妇"都是侃溜爷的人，而陈起子和罗九冲等人，却是被他们忽悠而来的，现在这些人都死在有机关的棺材里，也不知道侃溜爷到底是何居心，为何非要这些人的性命。而那陈起子若不是万事都小心，也不会活到现在。现在他定恨透了这些人，毕竟他带来的小鬼都折在了这里。

这时，南宫勇说道："你问他是谁？陈老弟你就有所不知了，这位爷可是江湖上鼎鼎有名的老东西，人送外号'地下毒王'范十六。江湖上都说他已经死了，不想却改头换面变成了侃溜爷。这些年没人把他这个拎着鸟笼子的老头儿放在眼里，却不想几十年前，他在江湖上可是令人闻风丧胆的大人物。"

"'地下毒王'范十六？"陈起子难以置信地反问道，"他若是范十六，那也应该有一百多岁了。可他看上去只有六七十岁啊？"陈起子怎么也不肯相信，眼前的人会是那个被传死了几十年的"地下毒王"范十六。

"没想到这范十六都活了一百多岁了，还要跑出来兴风作浪。至于这年龄嘛，只能说他保养得很好。我倒是想要问问这老家伙，你是做了多少阴损之事儿，害了多少的人，才让你看着如此年轻啊？"南宫勇说话毫不客气。

"都说千年王八万年龟，好人不长寿，祸害遗千年。"木头说道。他听到范十六的名号后，双眼圆瞪，像是要喷出火来。丁繁高有些摸不到头脑，也不知道这"地下毒王"范十六又是何许人也，为何木头会如此地仇恨他？但看情形，此人定不好对付。

那范十六也不气恼，只笑着回道："老夫今年一百单八岁，还确确实实算是个老家伙。哈哈哈，南宫勇，你也没想到吧？你们南宫家一直要找的人，其实就在你们的眼皮子底下，可是你们就是找不到。哈哈哈，你跟你爹一样愚笨，真可惜当初没能把他杀了，才留下了你和你哥这两个祸害。不过不要紧，今天你肯定是走不成了。等我收拾了你，再去收拾你哥。我要让你们南宫家断子绝孙，再无卷土重来的机会。"

说罢一把粉末撒了过来，南宫勇一把将丁繁高推开，自己则从身边掏出一个汗巾，用力一甩，将那些粉末如数反弹了回去。那范十六却是不躲，那毒药粉是他亲手所制，他早就吃下了解药。范十六又要故伎重施，这时南宫勇从兜里掏出一个白珠子，用力一掷，那珠子就落到了范十六的脚下，接着便升起了白雾。借着白雾，南宫勇拉着丁繁高和木头就往前跑去。

几个人一路小跑，陈起子也扔了"活寡妇"跟了过来。没想到那墓室下边还别有洞天，皆是人为开凿而成的甬道，而且如迷宫般，想必是此前用来躲避敌人攻势的。几个人七拐八拐，就拐到了一个僻静的角落，那里居然有向下延伸的石梯。几个人只得顺着石梯向下，走着走着，又来到了一个开阔的人工山洞。

这山洞被漆上了颜色，应该是白漆，但因年代久远，此时已经泛黄。在泛黄的墙壁之上，画着许多壁画。壁画显得有些杂乱无章，但有一个共同特点——上边都画有鸟形图案。再仔细一看，那鸟的眼睛是双瞳，竟然是《山海经》里所记载的重明鸟。相传伏羲就是双瞳，也叫"重瞳"。而这些壁画所画的正是中国几千年来的一些重大事件，如秦始皇坐战车统一六国，武则天女子登基为帝，郑和坐宝船下西洋，等等。

第十六章　重明教与若木国

从壁画中可以看出，在上古时有个小国，名为若木。若木国国王活了五百岁，他带着若木国的子民共同对抗旱灾。当时的天上有两个太阳，若木国国王便利用圣石若木神珠的光芒，改变了两个太阳的轨迹，最后在祈祷声中，两个太阳撞击到了一起，变成了一个太阳。

此后，天降暴雨，地上不再干旱，可若木国国王因逆天合日而受到了天谴。若木国国王视力不断下降，先是变成了双瞳，最后又变成了瞎子，再也无法正常生活。其子孙后代也是如此，此后若木国便败落了，最后被其他的部落吞并。而若木国的后裔，为纪念先祖合日的壮举，成立了重明教。之后的几千年中，重明教和神珠见证了许许多多重要的历史时刻。

丁繁高说道："这些壁画不论从年代、颜料、绘画风格上看，都参差不齐，看样子应该是若木国的后裔所画。只是这若木国的后裔不应该都是双瞳或是瞎子吗？"

南宫勇摇头说道："听说风后的后裔天生具有神力，而若木国就是风后的后裔，我想这若木国王便是其中神力最强者。双瞳便是他们神力的象征。你看这壁画上双瞳的人身上都有黑色的六角星图案，这应该是死亡的图案。也就是说，所有双瞳的人最后都死了。换句话说，所有拥有神力的人最后都死了。"

丁繁高恍然大悟，又说："但我听说，相传有神力者被称为异人，而异人的神力是与生俱来的，只是这些神力在异人出生时会被身体禁锢，后天若有机缘才会被激发出来。这样的传说在西方也有，西方称为'觉醒'。不知道这若木国的后裔是否如此。"

"不是没有这种可能，"南宫勇回道，"看样子，放消息给董辉和罗九冲的人就是范十六。那范十六可能是重明教的教主，或是若木国的后裔。"丁繁高又问道："南宫勇，那范十六又是何许人也？"

于是南宫勇讲了关于范十六的传说。说起这范十六，确实是北京城里最为诡异的传说。诡异就诡异在范十六的年纪，从清末便有了关于他的传说，最初南宫勇也以为范十六不过是个称号，是一些人或是一类人的统称，也可能是子承父业，但总不会真的活了一百多岁。可他寻根追源，种种迹象表明那范十六确已百岁有余。而这范十六还有一点很诡异，就是他"地下毒王"的称号。

古往今来，总有善用毒之人，武侠小说里有东邪西毒。现实中，用毒也有南北地域之分，就如云南苗疆善用蛊毒，皆是就地取材。范十六却独树一帜，他自小就被卖到了戏班子，学的是武生，便是老天爷赏饭吃，他打小儿也勤快，很有希望成为一代名角。可他后来就叛出了师门，最终成为一代毒王，其中一些细节，至今都让人难以理解。

事情还要从他十六岁那年说起。那年，十六岁的范十六，跟着戏班子来到了王爷府为老福晋祝寿。虽已是清末，可许多贵族依旧过着奢靡的生活。一个老福晋的六十大寿，就开三天三夜的流水席，唱了三天三夜的大戏。那戏也唱得是五花八门，主家是可了劲地点戏，也可了劲地打赏，戏班子自然是铆足了劲唱。可这戏唱到第三天的时候，王府里突然出了命案，因王爷府里正摆寿宴，所以惊动了不少的人。

死的是谁呢？这就得从那老王爷说起了。那老王爷五十有七，比正妻老福晋小三岁。那时候满汉通婚，惯讲究女大三抱金砖，其实也是有道理的，王爷成年便可娶亲立府。可那时候王爷刚刚成年，自要找个大一点儿的福晋管家，才更为妥帖。等王爷成熟一些后，若有中意的女子自然还可以娶来当侧福晋，既有能过日子的当家主母，又有红袖添香的美人。

老王爷自是人老心不老，就相中了那戏班里的一个青衣。捧戏子自古有之，所以正经人家要卖孩子，若有选择，一不会把孩子卖去青楼，二不会把孩子卖去唱戏。这戏子皆是既卖艺，又卖身。那小青衣还未出徒，却长得清秀可人。一出折子戏就把老王爷唱得如百爪挠心，夜里回房看哪个侧福晋和同房丫头都不顺眼，就命人使了银子将那小青衣送了来。

再说那小青衣，虽年纪小，但在戏班子里长大，自是看惯这些，也知道自己与师姐们是瞎子走路——早晚一样儿。虽一百个不情愿，可还是去了。老王爷见了小青衣，乐得不行，还赏了小青衣一个点翠的簪子。可怎奈自己心不老人却已老，再加又饮了些酒，就有些力不从心。只听那屋子里是叮叮咣咣，一夜没得消停。第二天老王爷阴着脸走出去，那小青衣却是被抬着出去的。

等老班主看到那小青衣时，她已经双眼含泪，是只有出的气，没了进的气，老班主看了心疼不已。这小青衣打小儿就在他跟前学戏，长得又水灵，昨夜将人送走的时候还好好的，可回来的时候就变成了这样，任谁心里都心疼。在那个年代，也不是那老班主没人性，都是生活逼的，皆是无奈。于是便让范十六去找了一个大夫。大夫一看，脸色大变，只问这人是为何身体冰凉，血脉逆行，且脸色乌青，印堂之间还有股黑气笼罩。老班主便说一概不知。大夫号脉之后，就说小青衣这病生得蹊跷，他也无力回天。

　　班主倒是没多想，只以为小青衣被老王爷虐待，这大夫也是见识广，只隐晦地说出病因。待大夫走后，老班主又想，这人若是被打死的或是得了什么病都好说，却若说是被老王爷蹂躏至死，传出去只怕会连累了整个戏班子。于是不再多言，只等到时候小青衣死了，就说是得了急症，再买口薄棺找个地方埋了也就完事了。想必老王爷念他们懂事，也能多打赏些银钱。那个时候这样的事儿在戏班子里也多见。再者说，要是老班主去找老王爷讨说法，那死的就不只小青衣了。

　　到了夜里，那小青衣咳了几口血，倒是有了些力气，说起了话来。小青衣年纪小，以为自己这是缓过来了，老班主却明白，她这是回光返照，只怕这人挨不到鸡叫。那小青衣吃力地坐了起来，双眼迷离，却脸色红润，只是周身透着一股子的寒气，让人靠近了就如贴着个冰人似的。可这人之将死，死得又极冤，班主自然要听她唠叨几句。

　　那小青衣便哭诉了所遭遇的诡异之事。那夜老王爷将小青衣拉到床上，说了不少的温柔话，大概就是你若跟了我，我许你如何如何的好前程。王府不缺衣不少穿，到时候你只唱戏给我一个人听云云。这话也基本都是前奏，一般说完这话就要进入主题了，可这老王爷衣服也褪了，蓝缎子面的大被也盖上了，还是拉着小青衣的小手说着话，说着说着小青衣便睡着了，可这一睡不要紧，却是直接把命给丢了。

小青衣迷迷糊糊间被声音吵醒，就看到老王爷打开香柜，跪在地上磕头上起了香。那时候很多人家都供着老家堂，这老家堂里有供着佛的，也有供着观世音的，更有供着大仙儿的。那香柜上香的时候才打开，里边供着塑像、画像或牌位，前边放着供果和香炉。小青衣躺在床上，便是看不到老王爷供的是什么，不一会儿就听那老王爷念念叨叨，形似癫狂。小青衣以为这老王爷八成是供着大仙，这夜里怕是被仙儿上了身，才会上下抖动不停，便闭上眼睛装作没看到，以免冲撞了神佛大仙儿。

大约过了半炷香的时间，就见那香柜之中一道黑光乍现，照到了老王爷的身上，那老王爷如佛光普照，立马如同换了模样一般，陈年老褶子也开了，皮肤也变得光洁如新了，看上去年轻了十好几岁。小青衣为之一愣，又想这老王爷变成这个样子也不赖，不由得羞红了脸，可当她将目光落到老王爷的身后时，吓得差一点儿背过气去。

老王爷的身后本应有个影子，可此时地上的影子却不是人影，而是一个长着大尾巴的东西。小青衣不由得惊呼出声。那老王爷侧头看向她，这一看又是吓掉了小青衣的三魂七魄。就见老王爷转过来的脸上，一半是细皮嫩肉的男人，另外一半则是尖鼻利牙的怪物。小青衣何曾见过这样一个阴阳脸的怪物，自是吓得想爬起来往出跑，可她的身体如同被禁锢了一般动弹不得。

阴阳脸的怪物冷冷一笑，只道今夜它又能饱餐一顿了。小青衣万念俱灰，眼泪大颗大颗地掉。那怪物看着小青衣泪眼婆娑，又道："你如此可怜，我给你留一线生机，若今夜之后你能活下来，那你便有大造化，可你若挺不过十二个时辰，那你天生便是短命的鬼。"说罢便低头在小青衣的脸上嗅了嗅，还直道："真香，真香。"

之后的遭遇，对小青衣来讲便如噩梦般，恨不得立即死掉。说到这里小青衣眼泪如断了线的珠子，噼里啪啦掉个不停。老班主想着老王爷说过要给小青衣留一线生机，便再三追问，那小青衣方才哽咽着道来。那怪物先是采阴补阳，之后又将小青衣开膛破腹，生食其心脏，又饮其鲜血，最后方才心满意足地将小青衣送了回来。

老班主心中大骇，天下竟有此等怪物，茹毛饮血，简直骇人听闻。这时那小青衣露出脖颈，只见一排排牙印清晰可见，还真是生饮其血，看得人背脊生寒。那小青衣又撩开衣襟，原本男女有别，可小青衣早已吓得魂飞魄散，自是顾不了那些。而老班主也当小青衣是自家孩子，虽有些难为情，但这事知道的人越少越好，就低头一瞅。这一瞅又是惊出一身的冷汗。心道幸亏刚才请的是男大夫，若是请的女大夫，只怕要去衣查看，恐又要横生枝节。

就见小青衣从胸口到肚脐有一道粉色的长印，那长印如伤口长出的嫩肉，却还带着些血丝，还真是开膛破腹。但这还不算，只见小青衣肚子上的皮肤青紫，根本不是活人的肤色，便如那义庄里停了许久的尸体，且已经长出了白色长毛。那小青衣竟然已不是个活人了，而是长了白毛的僵尸。

老班主被吓得跌坐在地上，缓了缓心神，又想起那老王爷说过要给小青衣留一线生机，连忙起身去城外寻找道长，将事情与那道长说了，只省略了老王爷的身份。那道长听后一拍大腿，便道那阴阳脸的怪物本是上了王爷身的地仙黄鼠狼，只怕是修为不够，无法渡过天劫，便借人的阳寿来躲避天劫。想来已不知祸害了多少良家少女，采阴补阳。

道长背着布兜，说道："老先生您头前带路，你我速速去降妖除魔，以免再有无辜百姓遭殃。"老班主一听，不知道如何是好。那可是老王爷，若那道士去了降伏了那妖怪还罢了。若那道士法力不敌那黄皮子，恐要落个冒犯皇亲的罪责，还要牵连整个戏班子。

思来想去他心生一计，说道："此刻还有事，待我先处理好那事情，再来找道长降妖除魔。"那道士又劝说："人命关天，你那事情可否先放一放？你我先去降妖除魔，再去看看那少女是否有救。"老班主是王八吃秤砣——铁了心，坚持此事必须先处理了，又说："道长你莫要心急，我办那事儿也就是一时半刻，待我速去速还。"

道士也知拧他不过，便长叹一口气，道："你如今妇人之仁恐酿成大祸，到时候只怕悔之晚矣。"老班主却想着回去后便带着戏班子离开京城这是非之地，连那赏银都不要了，有钱也得有命花才行。不论是老王爷，还是那黄皮子地仙，哪一个都不是他招惹得起的。现如今苛捐杂税，人命如草芥，他怎敢用全班子人的性命与之抗衡？

老班主回去后，就告诉徒弟们收拾行李，徒弟们见其脸色不好，便也没多问。热河那闹得凶，听说朝廷派了不少的官兵去，多事之秋，万事皆要小心。老班主交代好后，便又去看那小青衣，这一看不要紧，却是吓得老班主浑身发抖。不想那小青衣周身皆是黑毛，此时双眼瞪得溜圆，那眼眸之中竟然变成了双瞳。最重要的是，此时小青衣的肚腹肿胀如球，里面似有什么在蠕动。老班主心道不好，小青衣这是怀了妖胎，只怕这妖胎落地，那小青衣也会变成黑毛怪物，这便是老王爷说过的一线生机。

正当老班主不知所措之时，就听门外有人叹道："幸亏贫道及时赶到，否则只怕那怪物就成了气候了。"说罢那道长走了进来，道长自是看出老班主在敷衍他，便尾随着他来到了王爷府。就见王爷府内一团黑气笼罩，妖气横行，若他再晚来一步，只怕要出大事儿。

道长说道："班主你好生糊涂，你可知这姑娘怀里揣着的是何物？那非妖胎，而是妖之气魂。那阴阳半妖，采阴补阳，便是把所有的妖力凝聚于这姑娘的腹中，借腹生魂。又逢这几日五星连珠，天生异象，这妖魂若降生，那这怪物的另外一半身体也能幻化成人，如同脱胎换骨，便是彻底摆脱掉了天劫。可此等妖怪，若想一直在人间，必须要时常生食人血来维系体内妖气的平衡，否则睡觉、醉酒或是生病时，很容易变回原形。"

说罢那道长将一道符纸贴到了小青衣的肚子上，接着一道黑烟升起，小青衣便浑身抽搐。那道长又拿出桃木剑，想要用剑破了魂胎。却不想这时范十六冲了进来，硬生生打断了那道长的桃木剑。那道长一心作法，怎会想到有人偷袭？猝不及防间桃木剑已经断成了两截，那道长也口吐鲜血倒地而亡。

老班主立马傻了眼，问范十六这是要干什么。范十六却说他与小青衣从小一起长大，自是看不得她死于桃木剑之手，并让老班主将小青衣交给他处理，让大家等他一天再离京不迟。老班主头一次遇到这样的怪事，自然是不知如何是好，想来范十六鬼点子多，倒不如交给他处理。

第二天，小青衣被人发现吊死在了王爷府后院的歪脖子树上，死的时候双眼圆瞪，肚腹却干瘪得很。老班主得了信儿之后，便问范十六这是哪一出。那范十六却说，若跟着戏班子，不过是做一辈子任人摆布的玩物，别说壮大重明教，匡扶若木国了。老班主大骇，只道："那小青衣本是与你一起长大，你就眼看着她这么死了，且戏班子里的人多为同根同源之人，你又怎能如此对他们？"范十六却冷笑着回道："道不同不相为谋。我那妹妹与我并非同心，而班中其他人虽与我同根，却阻我大好前程。既是绊脚石，又留下何用？"

老班主心中一凉，当初便是范十六称王爷府在请戏班子，他不疑有他，带着人便来了王爷府。想必这范十六早有害人之心，却是隐忍了这么多年，这一次恐怕是大难临头了，于是便叫徒弟们快点儿逃命。可人还没等走，便被官府的人抓了去。只称老班主勾连红莲教余孽，想要造反。那小青衣和道长皆是老班主所杀。老班主还妖言惑众，用了巫蛊之术，让那小青衣死后双眼不合，且眸中变成双瞳，手段极其残忍，而其他的人皆是帮凶。

大堂之上老班主直喊冤枉，并将老王爷是阴阳半妖的事情和盘托出，却不想引得他人哄堂大笑。那大老爷又给老班主加了个捏造事实、构陷皇族的罪名。很快整个戏班子的人都被拉到了菜市口，皆落了个身首异处、暴尸于城墙的下场。那老班主更是罪加一等，受了凌迟之刑。也就是老百姓常说的，千刀万剐。

范十六亲眼看着那老班主和戏班子其他人行刑，露出了诡异的笑容。打那儿以后，范十六便进了王爷府，成了王爷的幕僚。而那老王爷和小青衣腹中的魂胎便成了范十六成为"地下毒王"的关键。

那范十六用那半截桃木剑挖出了小青衣身体里的魂胎，却没有交给老王爷，而是找了一个容器装了起来，并贴上了那道长的符纸。之后告诉老王爷，老班主找来了道长，他赶去时那道长已一剑挑了那魂胎，他未能保住魂胎，只将那道长打死了。

老王爷一听怒气冲天。他就差一步，便能长生不老，躲过天劫，却不想被这老班主给搅了局，自是不会放过老班主，于是叫范十六拿他的腰牌，找来官府拿人。正所谓官官相护，帮王爷做事，还能捞到政绩，何乐而不为？于是便有了菜市口那血腥残忍的一幕。

之后那范十六一直依附着王爷，可不想王爷府里闹起了夜鬼。那夜鬼非魂非魄，只是一道黑光中的魅影，在走廊或是庭院之中唱戏，且那魅影身穿彩衣，头戴一点翠簪子，正是当时老王爷送与那小青衣之物。

王府之人皆称，那小青衣被道长下了恶毒诅咒，才会非人非鬼地留在王府，久久不肯离去。于是王府中三天请和尚念经，两大请道士作法，可那魅影非但没有除去，那老福晋却先无辜暴毙，且死的时候双眼圆瞪，表情惊恐，眸中有浑浊的双瞳，像是被活生生吓死的。王府之中人人自危，都说是那小青衣在找替死鬼。

之后王府之中接二连三地出现诡异的事件，总有人离奇死亡，且死时皆是双眼圆瞪，表情扭曲。直到最后，老王爷也暴毙而亡，唯有老王爷死的时候与众不同，他身体佝偻，仿佛七老八十，且浑身干瘪，根本不像刚刚死去，倒像是死了许久的干尸。

打那之后，王府里便不敢住人了，成了当时很有名的鬼宅。之后八国联军进了北京，王府也被一把大火烧了个干净，就在王府漫天大火的时候，只见范十六从火中缓缓走出，而他的身后跟着无数蛇虫鼠蚁、蝎子蜈蚣。那些东西成群结队，吓得老百姓退避三舍，可那范十六不以为然。

等大火燃尽，大家发现整个王府塌陷了下去。看样子整个王府的地下都被人打通了，想必那些蛇虫鼠蚁、蝎子蜈蚣，皆是养于王府地下，那"地下毒王"范十六的名称便是从这得来的。

民国之后范十六辗转多地，成了道上很有名的杀手，只要他出手，就没有解决不了的人。据说他有一地下毒窟，里边养了不少的毒物。这些关于范十六的传说也都是坊间传说，毕竟年代久远，也无从考证。可近些年来范十六久未出现在江湖中，原来是变成了侃溜爷，还真是出人意料。

丁繁高觉得这故事确如南宫勇所说，有许多蹊跷且难以自圆其说的地方，不过像这样的人物传奇，本就是口口相传，也没准就是范十六自己让说书之人宣扬出去，以提高自己的知名度。这样的做法古而有之，在英国也很多见，当初马克那个案子就是这样的。不过这故事里有许多有用的信息，可现在他还无法将整件事情串联起来，特别是他父亲的出现，还有神珠和黑色石头的关联。

丁繁高看向木头，却见他只凝视着墙上的壁画，却是一句话也不多言。南宫勇又道："想来这里便是范十六的毒窟。如今我们想要出去，难如登天，这也是我太过大意，没想到找了这么多年的地下毒窟，居然就是重明教的祭祀洞。"

丁繁高这才明白为何他总觉得这里不像是古墓，原来是祭祀洞。这时脚下又有白雾升腾，丁繁高心道不好，这雾气虽没毒，却能引来巨鼠。只怕范十六就是用这雾气控制巨鼠，他们必须万分小心。可即便他再小心，还是有那毒虫、蜈蚣、碗口大的蜘蛛、食人巨鼠冲了过来。

范十六手持药炉，那雾气正是从那药炉中滚滚而出。"哈哈哈，我看你们往哪儿跑。我养的这些宝贝可都是精妙得很，只要一口，就让你灰飞烟灭。"

三人见大敌当前，便拉开了架势与那些毒物搏斗。这时董辉和"活寡妇"又带着几个人一同向三人出手。敌众我寡，眼见着那有毒的蜈蚣就要咬到丁繁高，南宫勇上前一步，将那些毒蜈蚣踢将出去。之后那些毒物便不敢扑过来了。

董辉和"活寡妇"的功夫一般，但十分难缠。木头对付"活寡妇"，相比之下，倒是木头更胜一筹。那"活寡妇"并不是花拳绣腿，招式与木头有几分相似之处。南宫勇与董辉你来我往，董辉招招下死手，南宫勇却见招拆招，还找了个间隙吹响了鸟哨。也不知他如何吹的，就见范十六养的那只小鸟飞了过来，直接落到了范十六手中的药炉之上。未等范十六反应过来，那小鸟已将他手中的药炉打翻在地，但与此同时那小鸟也被一个蜘蛛咬断了脖子，被那蜘蛛吃得渣子都不剩。

范十六一看药炉被打翻，便又撒了一把药粉，指引着那些毒物去咬那三人，可不知为何那些毒物一接近丁繁高三人就要退回去，如此反复几次。范十六突然惊道："《驭兽经》？"

南宫勇笑道："嘿嘿，你有张良计，我有过墙梯，咱今天就练练，看看到底鹿死谁手。"范十六瞪着眼冷笑道："我就说嘛，在上边的时候我养的那些蛊鼠为何会逃了，原来是你搞的鬼。不过也罢，你有过墙梯又如何，我'地下毒王'的名号可不是浪得虚名的。我这可有母蛊。"

说罢范十六袖子一挥，就从里边爬出一只黑色甲虫来。那甲虫身体乌黑，只有尾部是红色的。南宫勇低声骂道："你个老狐狸！大家快逃。有这母蛊在只怕那些毒物不会再躲着我们了。"

南宫勇话音未落，便见一只蛊鼠已经扑了过来。丁繁高挡在木头面前，胳膊被咬了一口，他感觉胳膊一麻，但意识还很清醒。"丁大哥，你怎么样了？"木头看着丁繁高的伤口，怒火中烧。丁繁高安慰他道："没事儿，这东西没有说的那么邪乎。"可说话间，木头也中了招。

第十七章　援兵至，逃出生天

　　范十六见几人中招，却没有倒地不起，惊道："难道你们事先就服了解药？"南宫勇嬉笑着说："老狐狸，这叫未雨绸缪。当初你害了柏天行的师祖，当他知道凶手是你后，便开始着手研究解毒的办法了。就在你放出古彩刘传说的时候，他就已猜出那放消息的人是你了。"

　　范十六气道："那老东西坏我好事，死有余辜。若不是他给师妹瞧病看出了端倪，又禀明了皇帝，王爷也不至于还未兵变就被粘杆处暗杀而死。之后我被朝廷追杀，最危险的地方也是最安全的地方，谁会想到我还留在王府。我好不容易就要成功了，结果又被人告密，那死老太婆逃离北京时，居然下令烧了王府。若当时我能成事儿，老百姓兴许也受不了这些年的苦。"

　　南宫勇立马回呛道："就凭你这阴险狡诈之人，怎会对百姓好？你骗那王爷能帮他得到神力，其实不过是给他下了巫蛊之术。那王府中所有起了疑心的人，也皆死于蛊毒，双瞳便是那蛊毒。"说罢他从身上掏出炸药，又道："虽然我们身上有解药，但也扛不了多久。既然我们出不去，那就炸了你这毒窟。炸死一个算是扯平，多炸死几个算是赚了，总好过我们悄无声息地死在这里。我先多拉几个垫背的再说。"说罢就要点引信。

董辉急了，冲了过来，却挨了南宫勇一刀。南宫勇哪里会如此破釜沉舟，他不过是虚晃一枪，好带着人逃走。南宫勇带着几人往出跑，却不想"活寡妇"突然堵住了几人的退路。她抬手就是一枪，打到了南宫勇的胳膊上，南宫勇胳膊中枪，战斗力骤减，很快被毒蜈蚣钻到腿上。

南宫勇一咬牙，用刀挑开了裤管，又一刀下去，划开腿上皮肤，将那毒蜈蚣拽出甩出去老远。他腿上的鲜血流了一地，引来了更多的毒虫。就当三人万念俱灰之时，就听上方"轰隆"一声，几人以为又是什么毒虫要来，却不想头上石头滚落，砸倒了好几个董辉的手下。

接着几个人跳了下来，带头的挥舞着长绫绣球，正是那洪师傅。那绣球是铜制的，上边刻着上古神兽。那是洪师傅的独门武器，叫"太平乐"。"丁侄子，老头子我来救你了。"洪师傅龙行虎步，每一个跳跃都能扫倒一片毒虫。跟在他身边的正是柏天行，柏天行飞出银针，一针便能解决一个毒蜘蛛，是针无虚发，针针见效，不愧是杏林高手。后边还跟着一个人，那人将大马勺抡得生风，也是一勺拍倒一片毒虫，仔细一看，那人正是李原山。

洪师傅还带了许多徒弟，个个都身怀绝技。一行人更是有备而来，火枪开道，这些毒虫可不比蛊鼠，很快就成了烤虫干，那些蛊鼠也被吓得四处逃窜。范十六和他的手下亦被打得片甲不留。就在这时，一黑影飞奔而来。众人定睛一看，竟然是那汉中獒。那汉中獒直接扑向了母蛊甲虫，那母蛊甲虫来不及逃脱，竟被汉中獒一口吞下。

几人将受伤的南宫勇带到了地面。南宫勇吃了大亏，自是不高兴，就将所有的汽油倒入洞中，又将身上带的炸药扔到了洞里，就听一声巨响，整个地面便塌陷下去，整个毒窟已然坍塌损毁。"那洞中毒物众多，若都跑出洞外只怕会伤及百姓，只能将其掩埋于此。至于洞中之人，皆非善类，也是死有余辜。"众人皆赞同南宫勇的做法。

几人终于安全了，原来洪师傅发现丁繁高等人不见了，便开始寻找，结果却遇到了不少的阻力。而柏天行见丁繁高和木头多日不与他们联络，也猜是出了什么大事儿，于是和李原山赶来了洛阳。两人找到了洪师傅，又摆脱了范十六的人，寻着踪迹找到了北邙山，又在一只獒犬的带领下找到了盗洞。那獒犬一直将几人送出北邙山，方才折返回山中。

丁繁高觉得这犬很有意思，木头则说，这獒犬也知道范十六把此地当成毒窟，饲养毒物，涂炭生灵。丁繁高也知獒犬要比一般的狗聪明，却不信它能如人般洞悉一切。只怕这獒犬也是被南宫勇召唤而来，想必这事儿木头也知晓一二，只是没有告诉自己。

南宫勇受了重伤，几人将南宫勇三人送去了医院。丁繁高和木头的伤也处理好了，柏天行还给了他们几粒药丸，说是可解他们身上的毒。两人恢复得很快，两天就能出院了。可南宫勇伤得很重，还需养上几天。

回到了宾馆，丁繁高便迫不及待地拉住了木头的手，一脸含情脉脉地看着木头，看得木头心里直发毛，说道："丁大哥，我可没有乱七八糟的癖好，你休要再靠近我。"丁繁高"扑哧"一笑，只说道："婉婉姑娘，你还要装到何时才好？"

原来丁繁高疑心木头已经很久了，一来是他见到婉婉的时候就不见木头，见着木头的时候就不曾见过婉婉。两人的身形不同，身高也不同，但想必木头易了容，且还垫高了鞋跟。可再怎么易容，也逃不过他的眼睛，他在木头和婉婉的身上都找到了同样的感觉。最初他也在怀疑自己是不是有了别的倾向，这事情在国外并不少见，但他确信自己不是。

木头瞪大了眼睛："你胡说什么呢，这里哪有婉婉姐？"丁繁高一把扯下木头的头套，露出里边被黑网固定住的长发。"你从不穿短衣短裤，也从不和我们一起方便，睡觉的时候也都穿着厚衣服。想必你的身份南宫兄也知道，所以他这一路上处处给你做掩护。可我又不傻，这么大个美女见天放在我的跟前，我怎会发现不了？"

木头一听，苦涩一笑："丁兄你还真是聪明，我乔装了这么多年，骗过了很多的人，却没有骗过你。"若不是有难言之隐，她又何苦以男装示人。

丁繁高又道："其实在我第一次见到你时，哦，不，应该说是见到婉婉的时候，我就觉得很眼熟。后来我想起来，在古彩刘家的照片上，虽然那扎着两个小辫子的女孩只有侧脸，可那兴许就是我未来的媳妇，我自然记得清楚。所以，你就是古彩刘最小的徒弟。而且我还猜到，既然你能装成木头，那么历代的古彩刘是不是都是女人？"

丁繁高猜想，当年的锦元并没有死，而是假死。之后锦元摇身一变，成了古彩刘。那古彩戏术也是她利用黑珠子，也就是若木神珠的特性，制造了灯影的效果，方才在庙堂之上一举成名的。想必那神珠可以投像，那繁花似锦和灯中仙女皆是投的像。

木头点头："没错，历代的古彩刘都是女人，而且我就是古彩刘的接班人，为了掩人耳目，我必须有一个男人的身份，于是我就成了木头。"

丁繁高解开婉婉头上的盘发丝，说道："难为你将一个人活成两个样，其实两个都是你，只是每个人你都只表现出了一半的性格。想来你这么多年过得也很不自在。"他从小体弱，知道那种压抑和束缚的感觉，婉婉的生活比他那时还要苦上几倍。

婉婉眼中含泪，这么多年，她一直保守着这个秘密，从来没有一个人知道她的苦，更没有一个人对她说过这样的话。她确实活得很苦，当婉婉的时候，她虽是女儿身，却要稳重。当木头时，她又要表现得木讷些。她从来不曾活泼过，可她骨子里是个喜欢热闹的人。两个人加在一起，都不是整个的她，她活得实在太苦。

丁繁高掏出手绢为婉婉擦掉眼中的泪："你不要难过，以后在我的面前，你就是你，是婉婉也是木头。你可自由放纵，可以活泼爱笑，也可以矫情不讲理，总之不管你什么样，我都喜欢。"历经了北邙山下的险境，丁繁高不想再隐藏自己的内心。自己已经三十多岁了，好不容易心动一次，自然要大胆一些。再则，他一直生活在英国，西方人表达爱情的方式从来都是直截了当的。

婉婉一时间不知如何是好，但眼前人确是良人。他在北邙山下处处护她，遇到危险时，也总会站在她的身前。一次两次如此，她不为所动。次次如此，她即便心盲眼瞎，也不是那无心之物，怎会没有感觉？怎会不为之心动？可她背负的太多，此时并不是谈情说爱的时候。

婉婉流下一行清泪，缓缓说道："其实我来这一趟，不只是为你，也是为了找到范十六。我母亲自小被师祖收养，学习古彩戏法，那范十六为得知古彩戏术的秘密，便下毒毒害了我的父母。我父母虽没直接死在他的手上，可那次中毒伤了他们的根本，后来时代变迁，又遇动荡，他们染了病就没扛过去，只将三岁的我扔给了师父。还有你说的对，锦元便是我的师祖，她其实也是若木国的后裔，更是重明教当时的教主。时代更迭，重明教几重受挫，教中圣物若木神珠也在流亡中遗落。

其实并没有什么瘸拐廖，那瘸拐廖就是钱昆。他本是逃犯，却跑去憋宝。那黄老棒也是若木国的后裔，他将神珠埋藏在长白山上一株千年老参之下，用参压制神珠月华时的光芒。却不想被钱昆发现，杀人挖走了人参和神珠。

师祖不得不出山，跟心上人夺回了神珠，却不想被粘杆处发现神珠有月华的奇景，便杀了师祖的心上人，也就是宋博才。师祖为报仇进了大官府中，查找当年是谁杀了心上之人。之后师祖报了仇，便以古彩刘的身份留在了京城，最后不知为何双目失明。想来这便是若木国的诅咒，所有若木国的后裔，最后都会变成瞎子。

那神珠不定期的月华，被粘杆处发现，准备进献给皇帝。当时有位闲散王爷，他明里是忠臣，心却觊觎皇位。他想弄到那神珠，并找到蚩尤神卷的秘密，从而夺下皇位。而那范十六也是若木国的后裔，可他却痴人说梦，非要匡扶若木国，却遭到师祖的姐姐，也就是当时的古彩刘的反对。

谁想范十六勾结了那王爷，引得师祖的姐姐带着戏班子进了王府。那小青衣便是范十六的亲妹妹，不想范十六都下得了死手。那次算是若木国后裔，乃至重明教损失最严重的一次，几乎是全军覆灭。其中被砍头的人中就有师祖的姐姐，可老班主，也是重明教当时的大护法，他在关键时刻放走了我师祖，方才为若木国留下了一丝血脉。

至此神珠便与古彩刘的彩灯分开。范十六却借机得到了神珠，想要谋反，却被柏叔的师祖禀告了朝廷。之后那王爷谋反不成，被处以极刑。范十六被迫藏匿于王府地下，结果被林姓官员发现，又禀告了朝廷。范十六为泄恨，便杀了柏叔的师祖和那林姓官员的家人。之后范十六利用那神珠装神弄鬼，打着古彩刘的旗号蛊惑人心，直到新中国成立后，方才销声匿迹。我父母为了寻回神珠，便去接近范十六，结果却中了他的圈套。

这些才是事情的真相，并不似传说中的那样。锦元师祖一生洁身自好，只是乔装成了大官府中的婢女，方才报了大仇。其他的故事也是如此，皆为夸张和捏造，这便是人言可畏。至于什么圣棺，那都是范十六为了敛财和蛊惑人心伪造出来的东西，他打着重明教的旗号毒杀异己，没少给重明教抹黑。现在神珠未回到师父的手中，我哪里敢谈情说爱。只怕我要辜负丁大哥了。"

说罢婉婉起身就要离开，却被丁繁高一把拉回来。"傻丫头，我不知你背负了如此多的重任。你放心，如今这神珠应该还在钱学明的手上，想必洪师傅很快就会找到他。至于那范十六，也已经被压在了北邙山下，应该也不需要多少时间。我可以等你，等到你愿意做我的女朋友。"

钱学明很快就被找到了，他被关在范十六的一个私宅里。找到的时候也中了毒，瘦得不成样子，却没有性命之忧。柏天行给钱学明解了毒，又开了滋补的方子。钱学明告诉丁繁高，他已经将那黑色石头放到了银行的保险柜里，而他带去交易的不过是块无用的黑色晶石。而看守钱学明的人正是千门之人，带着的人丁繁高也认得，正是"月季大哥"。

"月季大哥"用了一招欲擒故纵，想要接近丁繁高等人，可不想他那下了药的酒，对丁繁高几人并没效果。

丁繁高和婉婉去银行取来那黑色石头，婉婉将那黑色石头放在手上来回端看，却说这黑色石头并非神珠，虽然这黑色石头也有月华之相，却不是圆的。丁繁高也道："这黑色石头和神珠确有相似之处，可这黑色石头不可投影，但我觉得这两者必有关联。"

两人带着黑色石头离开银行。两人刚刚走到街上，就见一个乞丐爬过来乞讨。那乞丐没有双腿，十分可怜。丁繁高掏出零钱给他，婉婉则问他是哪里人，想把他送到救助站去。却不想那乞丐得了钱后，打了一个口哨，接着几十个乞丐都冲了过来，上来就抢丁繁高手上的皮包。

来的都是小孩子，丁繁高虽与之周旋，却也没敢下重手，结果却吃了大亏。这时陈起子突然出现，抢走了装着黑色石头的盒子，然后快步离开。丁繁高和婉婉想要追，却被小乞丐们缠着脱不开身，等两人挣脱出来，那陈起子早已没了踪迹。

两人回去后，就将事情的经过说给了洪师傅听，洪师傅一听，立马就找人去打听陈起子的下落。不想那陈起子如此命大，竟然从那毒窟中逃脱了出来。洪师傅道："若再将他逮到，定不能轻饶了他。"

几人在洛阳找了陈起子许多天，却没有结果，几人都有些郁闷。洪师傅连着几日都见不着个人影，却在一日回来后，将丁繁高叫到了无人处说道："丁侄子，此前我没有告诉你，也是因为我不是十分肯定。其实你父亲后来曾回过国，还曾来找过我。可那时我不在家，他扑了个空。因为我未见到人，他也没留下口信，我只是听邻居口述，那人的身影样貌与你父亲十分相似。我便拜托南宫店主查一查当年丁兄是否回了国，今天他将查出的结果告诉了我。"

事情还要从当初被范十六利用"灯影成妖"所灭门的林姓大官一家说起，当时那姓林的官员，得知大火之后范十六带着一群毒物逃出了京城，便觉不妙，就将最小的儿子送到了世交家中抚养。之后林家虽被灭了门，却留下了血脉。后来时代变迁，可林家的后人有丰厚的家产，便也过得不错。且与那世交之家的儿子情同手足，两人还戏称，若是一男一女，自是要结成娃娃亲。若两家生男孩便结拜为兄弟，若都生女儿便视为异姓姐妹。下一辈亦如此，直到两家能结成亲家为止。

讲到这时，洪师傅便问丁繁高："你可知那世交之家姓什么？"丁繁高摇头，突然又想到若这事与他没有关系，想必洪师傅也不会多此一问。他用试探的口吻问道："可是姓丁？"结果洪师傅立马点头："没错，正是姓丁。那丁家的后人正是你父亲丁卯。我还要问问，你可知那林家的后人是谁？"

丁繁高思来想去，却是不知是谁，不过想来这人也定是他身边之人。可又想除了一人之外，其他人皆有名有姓。他又试探地问道："难不成是婉婉？"洪师傅露出意味深长的笑容："哟呵，看来你还不知道人家姓啥啊。我说丁家大侄子，你见天把人家都快看化了，却不知道人家姓林，这就有些说不过去了吧？"

丁繁高只觉好笑，原来他与婉婉早有了此等缘分，这是命中注定。原来范十六与婉婉是几代的世仇。好在那范十六已死在了北邙山下，倒是便宜了他。他要是早知道事情的始末，只怕不会放过那老家伙。

洪师傅又继续说道："范十六将神珠带在身上，据说很是受用，他还利用神珠养毒，此后他的视力开始下降。不久，他便找到了北邙山上若木祭祀的秘洞，并将那里建成了毒窟。可那日九星连珠，也不知为啥，那神珠居然投出了影像，有若木国祭祀的场景，亦有'烛龙'食人的场景，还有一些诡异离奇的东西。每隔一段时间，那影像便出现一次。

"南宫店主说，你们在北邙山下见到的海市蜃楼便是那神珠黑光所折射的影子，而这现象，定与蚩尤神卷有关。只怕那神珠是打开蚩尤神卷的钥匙。那神珠就如眼睛般，只有通过它，才能看到蚩尤神卷里所记载的东西。

"范十六却不知，他觉得他视力下降和那毒窟里的怪象都是神珠的反噬。后来他找到了丁家，本是想找出神珠与蚩尤神卷的秘密，破除反噬。结果他却喜欢上了丁家的未婚妻，也就是丁兄的母亲，也就是你的祖母。

"说来丁家的未婚妻也与古彩刘有些渊源，她正是锦元心上人宋博才宋家的后人，应该也是若木国的后裔。宋家则是重明教收集情报和提供经费的旁系，一直经商。宋博才死后，宋家便低调了许多。虽然后来锦元成了古彩刘，可古彩刘也不过是重明教的一个重要的分支。

"宋家女儿长得亭亭玉立，早就许给了丁家。丁家也有若木国的血统，自然也是重明教的信众，所有重明教的信众，都会联姻，以保留若木国的血脉。但只有锦元的后人才是若木国国王的后裔。那范十六便是护国法师的后裔，他一直坚信自己天生拥有神力，只是需要神珠才能开智，激发体内的神力。这也是他又找到丁家的原因。

范十六一直从中破坏丁、宋两家的婚姻，而你祖父母两小无猜，早就认定了彼此。且范十六屠杀了若木国的后裔，想要得到重明教的话语权，更是被所有的重明教教众所不齿。后来丁、宋两家结亲，生下了你的父亲。可在你父亲五岁的时候，你的祖母便不知所终了。之后你的祖父终日以酒浇愁，没有几年就撒手人寰了。

"你父亲至小就跟母亲特别亲厚，一直在寻找母亲的踪迹。有人称在广东见到了她，你父亲便去了广东寻找她的踪迹。宋家之前是开赌坊的，你祖母之前赌术了得，凡有人千术十分厉害的，她便要去看看，虽是个女人，却也是江湖豪杰。所以你父亲就经常豪赌，且还出老千，为的就是引出你祖母。

"之后范十六利用赌局引来你父亲，又骗光了他的家财，就是想看看丁家和宋家是不是知道那神珠与蚩尤神卷的秘密，结果发现你父亲并不知情。之后他便想利用你父亲将神珠毁掉，想以此来破除神珠的反噬。

"但据说后来范十六也变成了双瞳，但那时候他已与洋人勾结在了一起。那洋人找了洋大夫给他的眼睛动了手术，他又一直以毒攻毒，这才没有变成瞎子。这些皆是南宫店主找人查到的。现在看来你父亲的失踪，也与范十六脱不了干系。"

丁繁高蹙眉问道："这么说，我父亲一直想找到我祖母的下落，结果那范十六却利用了他这点。那我的祖母到底人在何处？"

洪师傅答道："南宫店主查到，当初你祖母染了重病，只怕自己拖累丈夫，便偷偷离开。之后你祖父找到了她，可那时你祖母已无力回天。回来后你祖父不肯将祖母的死讯告诉你父亲，不想此事却成了你父亲的心结。后来你祖父因为思念你祖母，没几年就去了，只留下大笔的家财给你父亲。之后范十六却骗你父亲说你祖母还活着。为了逼他说出神珠的秘密，他还谎称你祖母是见异思迁，方才抛夫弃子与人私奔，最后死于花柳病。你父亲得知此事后，简直伤心欲绝。但他不知道，正是范十六找人冒充你祖母在各地出现，目的就是不断地试探你父亲是否知道那神珠的秘密。"

丁繁高心中苦笑，他们父子俩倒是相像，一个千里寻母，一个万里寻父。是不是丁家的孩子总是在寻亲的路上备受煎熬？最初他痛恨范十六是因为他与婉婉有仇，却不想自己也身受范十六所害。倒真是便宜了那范十六，让他死得如此痛快。

而那幅螺珠胸针少女的画，原来画的是祖母，难怪他第一次见到就觉得十分眼熟。当初自己就很想将那画买下，好在阴差阳错卖给了钱学明。等一切结束之后，他定要将那画买回来好好珍藏。

不过这其中还有些事情解释不清，那范十六杀人如麻，但为了得知那神珠与蚩尤神卷的秘密，也应该手下留情。他觉得范十六是因爱成恨，后来才对祖母下了毒手。祖父也应该知道内情，却没敢将真相告诉给父亲，是怕父亲年幼只想去报仇，毕竟范十六手段可怕，父亲一定不是他的对手。而后来父亲得知了范十六的阴谋，才会离开了家躲避范十六，为的也是保全他和母亲。那范十六确实可恨，只因他一人，就让丁家几代人都没得安生。

但这样说来，又有些不对。以范十六的性格，怎会只害了祖母，却不对祖父动手，而且还破天荒地放了他父亲？难道说中间还有什么隐情？想到这里，他突然有了一个大胆的想法，但此时范十六已死，倒也是无从考证了。只希望父亲如今还活着，能给他一个答案。

"对了，南宫兄可查出为何范十六要引那么多人下北邙山？还有，最后那神珠去了哪里，那神珠又与那黑色石头有何关联？我猜想，那神珠许是被范十六变成了黑色石头，所以范十六才会想要找回那黑色石头，只是他早些年并不知道他手里的神珠作用如此之大。"丁繁高说道。

洪师傅回道："这事儿南宫店主推断，范十六应该是听了谁的话，想用活祭之法消除神珠的反噬。他在墓室里弄的那个假圣棺，便是用来活祭的。而且他早就发现，烛光能引发洞内的海市蜃楼，他觉得那是与先人和神灵沟通的媒介，只有在海市蜃楼里杀了所有的人，才算是真正的活祭。哼！这范十六也是真老糊涂了，居然相信这些无稽之谈。对于那神珠，南宫店主的想法倒与你有几分相似，他也认为那神珠最后变成了黑色石头，想必这中间一定发生过什么。"

第十八章　陈起子狡兔三窟

苦找了几天后，丁繁高终于得到陈起子的消息，得知他在广州。丁繁高几人不敢耽搁，立马买了去广州的机票。洪师傅正好在广东，于是他便去了机场接机。在家靠父母，出门靠朋友。那时候交通没有现在发达，几人下了飞机后立马开车直奔惠州。这也是当时最快的方式。可没想到他们刚到了惠州就得到消息，陈起子并没有来惠州，而是去了广州。

原本几人想着坐飞机可以节省些时间，这样便能堵到陈起子，直接在火车站就把人给截下了。他坏事做尽，先打他个满地找牙，再扭送公安局。想必以他的累累罪行，肯定得挨枪子。搞不好拔出萝卜带出泥，没准还能查出不少大案来。可不想这人是属泥鳅的，滑得很，半路就下了车。倒是他们大意了，那陈起子虽只有三十多岁，却在江湖上摸爬滚打了二十多年，也算是老江湖了，必然有些手段。

几人又开车回了广州。广州到惠州一个来回，天已经黑了，几人连口饭都没来得及吃，只疲于赶路，各个疲乏得很。婉婉虽是个女孩子，却不矫情，一路上少言寡语，倒是丁繁高话多了些，看样子对黑色石头的丢失并不在意。

洪师傅是最辛苦的，他一路开着车回到广州，几人找了宾馆住下，一边等着陈起子的消息，一边休息调整状态。结果是丁繁高的澡刚洗了一半，也没来得急跟婉婉说点体己话；洪师傅的觉也只睡了不到十分钟，他的兄弟就打来电话，称陈起子到了广州并未停留，直接被人带走上了船，好像是去了东南亚。

　　几番折腾之下，几个人如泄了气的皮球。看来陈起子早就联系好了下家，或是有人提前买通了他，让他加入了董辉的寻宝队，然后伺机偷走黑色石头，再去东南亚跟他们交易。

　　去东南亚的手续十分烦琐，丁繁高拿着英国护照倒是方便些，其他人却只能干瞪眼。洪师傅更是气得直拍大腿，最后憋出了一句话："丁贤侄，要不我们游过去吧？"丁繁高想了想那片汪洋大海，感觉自己没那个实力。再看一眼婉婉，那丫头却是一脸的兴奋，且有点跃跃欲试的感觉。不得不说，婉婉这个样子挺可爱的。只是这游过去就算偷渡，他就是再着急追回那黑色石头，也犯不上干违法乱纪的事儿。只是婉婉这看了危险就很兴奋的性格，他需得好好跟她谈谈。

　　丁繁高知道婉婉活得不容易。那么小就失去了双亲，又要学唱戏，又要学古彩戏法。明着她是青衣婉婉，要弘扬传统文化。背地里她又是古彩刘的传人，背负着很多的使命。所以她从小就要付出比别人多几倍的努力，她那些天真可爱的天性就这样被生活扼杀了。好在她现在遇到了他，他希望自己能给婉婉一片新的天地，让婉婉在他们的天地里能活出自我，可以想做什么就做什么，可以由着性子来。但是，冒险的事情除外。

　　不过转念一想，为何婉婉的师父会选她当接班人，想必也是看出了婉婉骨子里那种坚韧的劲。婉婉是那种虽在苦中，却能苦中作乐的人。这一点要比他强。所以他活到三十多岁还没有心动过，直到看到了婉婉。他之前不明白爱情的真谛，现在他懂了。爱情就是互补，是圆梦，人们会在另一半的身上找到失去的自己，这样的结合才叫作圆满。

丁繁高刚刚思想有些溜号，恋爱的人就是这样，甭管是男是女，多大年纪，一旦触碰到了爱情，多多少少都会这样。他溜个号不要紧，那边洪师傅已经和婉婉达成了共识。一个号称野泳界的高手，浪里白条，能横跨长江。一个自称体育馆里的美人鱼，在水中即是如鱼得水。两人一拍即合。老的说要去买泳衣，少的却说不成，要是穿上泳衣太扎眼，只穿着便衣下去，若游到一半被人发现，就说她为情所困要自尽，其他两人则是好心市民，跳入海中，挽救失足女青年。差一点儿把丁繁高鼻子气歪了。这是老的没老样，少的也越学越跑偏。于是他大手一挥，打电话给南宫勇让他想办法办手续，且钱学明在东南亚有业务，也能找人帮忙打听陈起子的下落。

要说南宫勇还是很有门路的，很快就给两人办好了护照，几人顺利过了海关，而迎接他们的正是钱学明。丁繁高见钱学明自是喜不自胜，两人紧紧地拥抱到了一起。"好兄弟，你身体恢复得如何了？"丁繁高激动地问道。钱学明看向婉婉："自是没有丁兄有美人相伴好。多亏了柏老前辈天天给我医治，还有南宫店主家传的补药。"

说起南宫勇，丁繁高自然要多问几句，得知南宫勇虽受了重伤，但柏天行医术精湛，他也好得七七八八了，只是一直惦记丁繁高和那黑色石头。也是他让钱学明来东南亚助丁繁高一臂之力的。"南宫店主说，那黑石头既关系到蚩尤神卷，又有着非比寻常的作用，万不能落入歹人之手，更不能便宜了洋鬼子。据说，那范十六也来了东南亚。"钱学明说道。

丁繁高蹙眉："那范十六没死？"钱学明点头："当初那地下毒窟塌了之后，我们以为他非死即残，没想到他居然逃走了。而且董辉和几个受了重伤的人也爬了出来，结果刚一出来就被警察带走了。他们坏事做尽，估计等待他们的只有挨枪子了，这也算是他们咎由自取，恶有恶报。"

"那'活寡妇'呢？"丁繁高又问道。钱学明摇了摇头："不知道，除了范十六通过自己事前挖好的密道逃了出去外，其他的人，不论是尸体还是有口气的，都压在里边了。倒是便宜他们了，死得如此痛快。"

钱学明的朋友已经查到了陈起子的下落，陈起子到了东南亚之后并没有闲着，吃海鲜，拜寺庙……彻底游戏人间。想来陈起子幼年乞讨，如今终于可以过上人上人的生活，自然要放纵些。

这里的夜色很美，可几人并没有心情观赏，只回到了酒店。接下来的几天并没有陈起子的任何消息，看来陈起子也知道丁繁高等人追来了东南亚，所以低调了许多。直等得几人心急如焚，却又无可奈何。偌大个东南亚，一个人就如同海中的沙砾，如何能轻易寻得见？

倒是丁繁高在这段时间里终于找回了自己的睡眠，也许是那黑色石头离开他太久的原因，他虽然五感不再敏锐，可精神状态很不错，身体倒是比之前要好上许多。看来丢了那黑色石头，算是塞翁失马，焉知非福。那黑色石头让他改变了许多，可也让他产生了依赖性。

记得他最初发现自己身体的变化时，欣喜若狂，他太喜欢那种感觉了。可后来，他渐渐觉得，自己早就迷失在了那黑色石头带给他的荣耀中。他庆幸自己为了寻找父亲的下落回了中国，让他遇到了这么多朋友，也让他意识到了人性的贪婪。若他再执迷不悟下去，迟早会沦为那黑色石头的奴隶，他会失去自我，甚至变成跟陈起子、范十六那样利欲熏心的人。好在他还可以回头。

婉婉是个热爱美食的人，这几天她很热衷于去买炖盅、甜水和各种热带水果。这里华人很多，买起东西来倒也方便。几天的时间倒是让丁繁高吃得气色红润，整个人也精神了许多。直到五天后，方才有了陈起子的消息。钱学明拿着几张船票说道："据说那石头还在陈起子的手里，好在我们来得及时，他还没来得及交易。他订了明天的邮轮，应该是想在船上交易。他现在藏得很好，看来上船前很难逮到他，所以我也订了票，只要他上了船就铁定跑不掉了。"

洪师傅一贯嫉恶如仇，十分痛恨陈起子这样丧尽天良的人，他拍着桌子说道："倒是这个理儿，他坏事做尽，居然还让他逍遥了这么多天，倒是便宜他了。等我逮到他的，定让他付出代价，还那些被祸害了一生的孩子一个公道。人在做，天在看，不是不报，时候未到。这次即便陈起子不偷那黑色石头，也绝没有让他逍遥法外的道理。还有就是那个范十六，待收拾了陈起子之后，咱就去端了他的老巢。"

当年范十六偷走了黑色石头，还打着古彩刘的名号滥杀无辜，为非作歹，才间接害死了婉婉的父母。不肖别人说，等回去，婉婉也自会寻到范十六。于是婉婉语带怒气地说道："不只是范十六，还有他背后的洋鬼子，一个也别想好过。"

就在这时，房门被推开，未见来人，先闻声音："对，就是这话，老头子我也是这么想的。"几人抬头一看，说话的正是李原山，他的身边还跟着柏天行和南宫勇。此时南宫勇的手上还打着石膏，脖子上挂着一块白布固定着。

"哎呀，李老弟、柏老弟，你们怎么也来了？"洪师傅见了李原山和柏天行如同见到了亲人，三个老头之前就认识，又在北邙山上合作救人，还都喜欢喝些小酒，自是乐得聚在一起。寒暄几句后，南宫勇说道："据可靠的消息，范十六也来了东南亚，还带了不少人。所以我又把两位老前辈请来助阵，这一次可不能再让范十六跑了。"

"放心，这里每个人都不会放过他，这次我们定让他有来无回。"丁繁高握住了婉婉的手说道。婉婉的手有些微凉，他用大掌将其包裹，用自己的温度安慰她，倒是胜过千言万语。

为避免打草惊蛇，掩人耳目，第二天一行人乔装之后便分批上了船。丁繁高和婉婉扮成情侣，钱学明和南宫勇则扮成了游客。其余的人钱学明说自有安排，只说比他们更早一些上了船。上了船后，丁繁高便与南宫勇会合。丁繁高戴着一副金丝边的眼镜，穿着笔挺的高级西服。婉婉又在他的脸上鼓捣了半天，垫高了鼻子，画重了眉毛，就如同换了一个人似的。南宫勇留着络腮胡子，穿着花衬衣、牛仔裤，还戴着一副蛤蟆镜，若不是十分熟悉，还真难一眼认出。

两人在甲板上假装抽烟借个火。南宫勇看着大海，小声对丁繁高说道："听说陈起子已经上船了，但是一直没见着范十六。从订票的信息看，也没有人与范十六相似。所以一会儿你和婉婉也留心着点儿，他一定能上船，他才不是个吃哑巴亏的主儿，自然会找陈起子算总账。"

"那陈起子呢？他住在哪号舱？"丁繁高问道。南宫勇将一个字条塞到了丁繁高的手里，说道："他住顶层的豪华舱，这是他的房间号。若不是等着范十六上船，他上船的时候我就能把他按下了，现在再留他自在一会儿，让他引出范十六再说。"丁繁高也觉得这样最好。

整个邮轮有三层，陈起子住在顶层最好的位置，也是邮轮最贵的房间，而钱学明订票时，只订到了二层的海景房。但顶层只有豪华房的客人才能进，其他层的客人很难混进去。南宫勇说他会想办法混进去看看，两人约好晚饭的时候再见面，之后南宫勇离开，丁繁高则继续站在甲板上，看着海天一线。

一只海鸥从丁繁高的头上掠过，时不时有游客喂些面包。海鸥吃得心满意足，有时会在游客的头上盘旋一圈，展现它优美的线条，以此作为回报，有时则头也不回地飞向海中央。丁繁高想着，若一切都结束后，他也能如海鸥这般活得潇洒自由多好。

远处岸上的集市正是热闹的时间，一些旅客会买些干果和鲜花带上船。一个穿着红色长裙、身材有些臃肿的女人拎着沉重的行李在集市里穿梭，不时地与几个渔民交谈着什么。丁繁高蹙眉，这时婉婉拍了他一下："看什么呢，看得这么入神？"

丁繁高回头，正对上婉婉浅笑的脸："没什么，就看到一个人有些眼熟。"丁繁高指着岸上，却发现那个女人不见了。"谁啊？是你在英国时的朋友吗？"婉婉也向岸上望去。丁繁高却转过身："没什么，应该是我看错了，我就是觉得眼熟而已。"他嘴上虽这么说，心里却充满疑惑，那女人总给他一种熟悉的感觉，可又想不起这人是谁。

丁繁高无意间抬起了头，发现三楼的甲板上站着一个人，那人正一动不动地盯着他，看样子正是陈起子。陈起子穿得西装革履，还梳了眼下很流行的大背头，不似之前那么土气，可眼睛里的凶残是无法掩饰得住的。两人四目相对，陈起子立马转身离开。丁繁高蹙眉，难道陈起子认出他来了？

直到开船，丁繁高也没有看到洪师傅他们。而陈起子见了丁繁高之后就再也没出现过，丁繁高确定，陈起子并没有下船，这说明他和黑色石头的买家确实要在船上交易，否则以陈起子的性格，一定下船逃跑的。再有就是，他既然不跑，可能说明他没有任何的顾及，想来那个跟他交易的人也很有背景。

船很快就开向了公海，进入公海后，整艘邮轮的气氛开始变得不同了。三层的灯几乎都亮了起来，一、二层原本站在甲板上的人也都不知了去向，看来这艘邮轮确实有情况。

这艘邮轮确实与众不同。来之前南宫勇就查出这并非普通的邮轮，而是一艘赌船。等船开到公海之后，船上的赌局也就开始了。且这船的主人很有背景，所以上船之前大家才要分开行动。据南宫勇分析，那黑石的买家很可能就是今天赌局的庄家。赌船上有很多赌局，其中有的赌局是一些庄家借赌船开的盘口，其中的规矩也十分繁杂，总之船上那几位固定的庄家皆十分神秘，南宫勇至今也没有查到其真正的身份。

丁繁高挽着婉婉的手来到了邮轮最核心的部分——娱乐厅。一些小的赌局已经开始了。南宫勇正坐在一张桌前玩着梭哈，而钱学明则在一张赌桌前押着大小。丁繁高自从得知父亲为了寻找祖母而成为赌徒后，便认真地研究过赌场的规矩以及赌徒的心理。他想弄明白，为何父亲会一步步堕落于此。好在父亲有一丝理智尚存，方才保下了那块黑色石头。

十几个穿着艳丽的女人，手里拿了砝码，指引着赌客应该如何换筹码，而一些穿着花衬衣、长得流里流气的男人一直盯着每张赌桌上的情况。这些人就是放高利贷的，只要赌客想要翻本，那就掉入了他们的圈套，少则倾家荡产，重则家破人亡。

婉婉还是第一次看到这样的赌场，不免有些好奇。这时只见一个女人扭动着腰肢来到了两人面前，那女人先向丁繁高抛了一个媚眼，又用蹩脚的英文问两人需不需要换筹码。丁繁高看了一眼婉婉，婉婉的面色显得有些不悦，那女人却丝毫不顾及，整个人都快贴到丁繁高的身上了。丁繁高向后一躲，那女人重心不稳，差一点儿跌倒，好在身边有人扶了她一把。只见她满是脂粉的脸上，微有怒容，但丁繁高毕竟是客人，而且还是住在二层海景房的客人，她也只能作罢。

这艘赌船的规矩是只有有实力的常客，才有资格入住三层的豪华房，而新来的大客户只能订到二层的豪华房。所有的客人在上船后都会拿到一个与房间号对应的金色徽章，并被要求别在衣服显眼的位置上。

"对不起，是我失礼了，请问我能为您做什么？"那女人强忍着怒气问道。丁繁高冷冷一笑，说道："还是换一位男士来为我们服务吧，我妻子不太喜欢你身上廉价的香水味，因为只有暴发户或是交际花才会使用，而我的妻子更喜欢定制的香水。"说完后不顾那女人垮掉的脸，挽着婉婉向前走去。

婉婉浅笑，手偷偷拧了丁繁高一下："谁是你的妻子啊？"丁繁高的目光落到了娱乐室那扇由几个保镖看守的门上："亲爱的，我们今天玩多大的？"他的语气，像极了在征求妻子同意的卑微丈夫。婉婉比量一根手指，意思是一百块。因为她刚才听到十块钱才能换一个最小的筹码。按现在的汇率，一百块就是她一个月的工资了。

丁繁高微微一笑："好的，那我们今天玩小点儿，十万英镑。Waiter！"很快一个服务生跑了过来，毕恭毕敬地问道："先生，请问您需要我做什么？"丁繁高确定，以这位服务生刚才的位置，应该听到了他和婉婉的对话，此时他还装做波澜不惊的样子，想必这里的大客户赌资都很大。

　　丁繁高说的十万英镑不过是投石问路，他并不知道这里的规矩，但是他去过蒙特卡罗赌场，也知道一些赌场的规矩。一般的小赌场，若要拿出一万英镑来赌，就已经是他们的大客户了，而服务员的态度一定是毕恭毕敬且热情的，且还有专属的服务生服务。可在大一些的赌场，十万英镑只能进高级一些的贵宾室，但要有专属的服务生就要满足两个条件：一是巨额的赌资，二是很有信誉的常客。

　　他刚才特意说出十万英镑这个不高也不低的金额，就是想看看服务生的态度。这里只是东南亚的小国，且经济也没有欧美那么发达，英镑和美元在这里都可以直接交易，十万英镑其实也算是很大的数目了，可服务员的态度虽恭敬，却还没到热情的程度，看来三层的玩家玩得会更大。

　　服务员问丁繁高用什么方式来换取筹码，丁繁高则掏出支票本，在上边写上了一串数字，之后他将支票交给了服务员。服务员一看，支票是英国汇丰银行的，脸上终于露出一丝笑容。他交给丁繁高一个长方形的小盒，里边正好是十万英镑的筹码，并将丁繁高领到了那扇被几个保安看守的门前。

　　"先生，这里是贵宾室，里边有更为安静和舒适的环境，也有更新奇的娱乐方式。"服务生做了一个请的手势，丁繁高则拿出十英镑作为小费。保安打开门，里边是小的赌厅，此时里边已有了几十个客人，看来这艘赌船一夜的收入颇丰啊。

一个穿着更为体面的服务生走向丁繁高，丁繁高笑着将婉婉领到了一个赌桌前，这里玩的跟外边玩的大同小异，只是每次下注最少一百个筹码。婉婉的脸色变得有些难看，一百块就已经是她一个月的工资了，而丁繁高一次性就拿出来十万块，还是英镑，她顿时感到丁繁高手里拿着的不是塑料的筹码，是她家附近那好几条胡同。

丁繁高看着婉婉脸上不断变化的表情，心觉好笑。他发现婉婉虽然智慧通透，却是个很简单的人。她虽身处复杂的环境，还能看得出人心，却还把自己活得十分简单，这便是难能可贵的。

"亲爱的，怎么了，你不喜欢这里？我们要不要再换个地方玩？"丁繁高指了指另外一扇更为华丽的门问道。婉婉立马大惊失色，她怎会看不出，十万英镑才进了这道门，而那扇更为华丽的门只怕没一百万英镑根本进不去。一百万英镑可以买下好几个剧场了，对于她来讲，那可是个天文数字了。她头摇得跟拨浪鼓似的，涨红着脸，小声对丁繁高说道："不要叫我亲爱的。"

丁繁高"嘿嘿"一笑："遵命，看来夫人不喜欢西方直白的表达方式，更喜欢中式含蓄的称呼，那为夫就只唤夫人了。"婉婉的脸色更红了，她明明说的不是这个意思。还没等婉婉说话，人已经被丁繁高按坐在一张赌桌前了。

这里不玩番摊，玩的都是扑克和大富翁什么的。婉婉不太会玩，刚想提醒丁繁高赌小点儿，就见丁繁高拿出一把筹码往桌子上一扔，婉婉感觉心都提到了嗓子眼，那一把足有一万英镑了，转眼间就输没了。在她的眼里便是小半条胡同没有了。这时丁繁高又抓了一把筹码扔了出去，这一下又小半条胡同没有了，正在婉婉在心里与半条胡同挥泪告别的时候，丁繁高已经输掉一个小剧场了。

婉婉用手按着筹码的盒子，用警告的眼神看向丁繁高，那有些凶巴巴的样子，倒是让丁繁高的心情更加好了。他轻轻拍了拍婉婉的手说道："放心，我有分寸，再过一会儿，等那服务员检验了我那张支票的真伪，才是我们的重头戏。"

重头戏，当然是进入最里边的贵宾室，会一会陈起子。运气好的话，还会遇到范十六。他已经有些迫不及待了。婉婉吐出一口浊气，实在是她接受的教育和做人的准则，都不认同赌博这种娱乐方式，但现在他们的目的是逮到陈起子，引出范十六，那就必须打入敌人的内部。

她拿出一把筹码，学着丁繁高的样子扔到了桌上。她咬着牙看着那"小半条胡同"进入了别人的筹码箱。丁繁高看着婉婉扔筹码时眼含杀气，一副视死如归的样子，仿佛她扔出去的不是筹码，也不是英镑，而是她的命。看来婉婉哪里都好，只是有点儿抠门。他小声说道："放心，这点儿钱我还输得起。"结果换回的是婉婉的一记眼刀，他立马闭上了嘴。

不一会儿，服务员恭敬地走了过来，问丁繁高和婉婉要什么饮料。丁繁高要了一杯威士忌，给婉婉点了一壶茶。这里的客人来自许多国家，但大多是华裔，所以这里也备有茶叶。这种服务方式让婉婉大开眼界，但心里也明白，对方已经确认了丁繁高的实力。那么接下来便是重头戏了。

第十九章 "一帆正"盗走黑色石

　　眼见着筹码盒里只有不到一万英镑的筹码了，一旁的服务员表情变得有些耐人寻味，只等着两人输光了再给他们换些筹码，十赌九输，这是自然的。婉婉将剩下的筹码都拿了出来，扔到了桌上，信誓旦旦地说道："这一把我们要翻盘。"

　　丁繁高看了一眼赌桌，了然一笑。古彩刘的技艺源于戏法，其中奥妙与赌博很是雷同，皆是利用人的盲区而使的障眼法。婉婉可是古彩刘的接班人，自然蕙质兰心，早已看出这赌局中的法门。

　　这一把自然是赢了，接着两人又赢了几把，很快就回了本。婉婉十押九中，也成了众人围观的对象。丁繁高拿出了一把筹码，发给身边的服务生。服务生没有得到换筹码的抽红，却拿到了更为可观的小费，自然乐得给两人加油助威。很快整个房间里的气氛都热闹了起来，两人也不只在一个桌前赌，他们换了各种玩法，丁繁高观察着这里的每一个人，而婉婉则认真地研究着赌局中的规律。在她的眼里，这并不是赌博，而是如同玩华容道般的一道道难题，她在破解中得到了快乐。

　　婉婉玩遍了所有的项目后，有些兴趣缺缺地说道："好没意思，要不我们把这些换回去睡觉吧。"一旁的服务生听了脸色大变，庄家雇用他们的目的，就是让所有的赌客都输光筹码，甚至负债离开。如果这些筹码都换成现金，应该有一百多万英镑，那就是他们的失职。

服务生叫来了经理，经理三十多岁，十分精干的样子，虽然心里一百个不愿意将筹码兑换现金，他却仍堆笑着问丁繁高和婉婉是否玩得尽兴。丁繁高说："我夫人不太喜欢这里的玩法，有没有更新奇的东西？不管赌什么，我今天只想让我的夫人开心。为此，我愿意再换一百万英镑的筹码来玩。"说罢又掏出了支票，写上了一串数字。

经理将支票拿走，待确认了支票的真伪后，又将丁繁高和婉婉领进了豪华娱乐室。豪华娱乐室是一间间小的房间，两人被领到了其中一间房里。这豪华娱乐室里，除了有进口的水果、糕点和饮料，还有专属的服务生。

房间内有一面玻璃墙，透过玻璃，便能看到正中央的赌桌。丁繁高数了一下，像这样的房间应该有八间，只是不知道其他房间里的赌客是谁。

此时赌桌上躺着一个穿着白衣的少女。服务生介绍说，这是这里最与众不同的玩法，赌这赌桌上少女的体重。等大家都下了注后，就会有人脱下少女身上的衣物称体重，全程所有的玩家都能清晰地看到，以示公平。这确实赌得别出心裁，只是刷新了丁繁高和婉婉对恶俗的认知程度。这里的服务生却不以为然，显然已经见惯了这样的场面。

服务生见丁繁高和婉婉没有下注的意思，又小声凑到丁繁高的耳旁说道："先生，如果您愿意下三倍的赌注，赢了后您不但能得到翻倍的筹码，还可以得到这少女的初夜权。"丁繁高看向婉婉，以婉婉的耳力，当然听到了服务生说的话。

那服务生还在继续游说着："先生，您放心，在你享受奖品的时候，我们一定会给夫人安排精彩的娱乐活动，保证她不会干扰到先生对奖品的体验。而且这少女身世清白，没有任何的传染病，这一点也可以放心。"

丁繁高点了点头，示意服务员拿走了一半的筹码作为赌注，并押了那位少女只有八十一斤。服务生拿着筹码和小费高兴地离开了，婉婉的脸色却变得十分难看。她怒瞪着丁繁高。丁繁高指了指墙壁，凑到婉婉的耳旁说道："这里有监听器。"

婉婉向一旁侧身，跟丁繁高拉开了一段距离，丁繁高却又凑过来说："不是你想的那样。我们初来乍到，若是不能入乡随俗，只怕他们会起了疑心，这里可是他们的地盘。"公海属于法外之地，杀了人再扔到海里，准保死无对证，天王老子来了也寻不出蛛丝马迹。

婉婉却带着几分怒气地说道："那跟你要赌这少女的初夜权有什么关系？"丁繁高说道："那女孩最多七十六斤，我肯定赌不赢，我不过是想迷惑对方。"婉婉蹙眉："你怎知她才七十六斤？"丁繁高一副高深的模样说道："丁氏绝学，概不外传。"婉婉白了他一眼，准备不再理会他。丁繁高又继续说道："我不喜欢那么瘦的女人，我喜欢丰润一些的，九十斤的正好，不过再胖些就更好了，胖一点儿的女人有福气，这是我姨母说的。"婉婉又红了脸，想问丁繁高怎么知道她正好九十斤。

房间里的喇叭声响起，称所有的玩家已经下了赌注，接下来就是开奖的环节。那少女站在赌桌上，上边是一个大大的显示屏，那赌桌就是人体秤。少女正准备褪下身上的长裙时，丁繁高低下了头，他很厌恶这样的赌博方式，婉婉则看着丁繁高的动作，像极了看着自家不省心丈夫的小妻子。

就在这时不远处传来一声枪响，就见一个人倒在了一扇玻璃前，鲜血喷溅到玻璃上，留下赤目的红。"杀人啦！"一声声凄厉的喊声传来。这时一个人出现在满是鲜血的玻璃前，那人正是南宫勇。丁繁高心道不好。

出事的房间与他们的房间相隔不远。此时那房间外已站了几个人，房间的门敞开着。一个服务生瘫软在地上，显然受到了惊吓。房间里站着的是手持勃朗宁手枪、一脸茫然的南宫勇。而那个倒在玻璃前，浑身是血的不是别人，正是陈起子。

南宫勇蹙眉看向丁繁高，用口型对丁繁高说道："不是我干的。"一群保安冲了进来，用枪指着南宫勇。随即一个穿着长袍戴着礼帽的男人走了过来。"胆敢公然杀人，这里可不是你随便撒野的地方。来人，给我把人抓起来，等船靠岸，就将他送到警察局去。"

说话的居然是范十六，原来范十六就是这里的庄家。丁繁高当下就明白，他们中计了，陈起子和范十六是一伙的，目的就是将他们引来这里，再一网打尽。好一招引蛇出洞，现在陈起子已经没任何利用价值了，范十六就杀了陈起子栽赃嫁祸给他们，他还真是小看了范十六这家伙。

南宫勇示意丁繁高少安毋躁。这是公海，即便丁繁高出手救人也无法安然离开，他只得眼看着那些人将南宫勇带走。

之后两人回到了刚才的房间，站在玻璃前看着一群人处理着陈起子的尸体。婉婉小声问道："你确定那是陈起子吗？"丁繁高点头："没错，我确定，他手上的茧子跟我在毒窟时见到的一模一样。可他并不是刚刚才死的，他应该死了至少四个小时了。按时间推断，应该在我在甲板上看到他之后。所以南宫兄是被陷害的。"

事情突变，又是在海上，一时间丁繁高也陷入了十分危险的境地，而且他没看到钱学明，更没有看到洪师傅他们，也不知道他们是否安全。"你打算怎么办？"婉婉问道。丁繁高忧心忡忡地说道："看看范十六想干什么再说。"

很快范十六就走了进来，说："丁先生，若不是你出发前给领事馆打了电话，那么刚才被带走的就是你，而不是那个倒霉的南宫勇了。我倒是忘了你和钱先生都持有英国护照，你们要是在这船上消失了，只怕我会有大麻烦。不过我也没打算就这么放过你，你说我该怎么对付你，还有你身边这位漂亮的小姐呢？"

范十六的目光落到了婉婉的身上，丁繁高很想把范十六的眼珠子挖出来，扔到海里去。因为像范十六这种恶毒的人的目光，是对婉婉的亵渎。有种账叫秋后算账，等他救出了南宫勇，再收拾他也不迟。于是他说道："听说我父亲曾与你对赌，输掉了全部家产。不如我们今天再赌一局，你输了把那黑色石头还给我，我输了就告诉你那黑色石头的秘密。"

"秘密？你怎么知道那石头的秘密？你不过是我的一个棋子，跟你那赌鬼老爹一样，只配被我利用。"范十六很不客气地说道。丁繁高却"呵呵"一笑："棋子？若我父亲是棋子，他为何留下了这块黑色石头？只怕我父亲早就知道了这石头的秘密，才会将它送到了一位王室成员的手里，利用那人王室贵族的身份，保全了那黑色石头。而你想利用我将那石头带回国，利用我引出我父亲，继而得到那黑色石头的秘密。"

"你不要再故弄玄虚了，我已经查到了，你那赌鬼老爹根本没把那秘密告诉你，所以你现在对我没有任何的用途。"范十六的眼里满是杀意。丁繁高却说："是，你说的没错，父亲为了保护我和母亲，并没有将那个秘密告诉给我。但是你忘了，我有很多科学家的朋友，他们已经破解了这黑色石头的秘密。我也是刚刚得知了这个秘密，我想这个秘密来得正好。"

"你休想骗我。"范十六笃定地说。丁繁高直视着他，斩钉截铁地说道："我猜想，我父亲曾带着这块黑色石头去过火山，而且还去了很多非洲小国。他在那里解开了这黑色石头的秘密。你可知道什么是蛊皿珠生？"这一句话让范十六改变了主意："好，既然你要赌，那规矩我来定。我需要准备一下，两个小时后，我们还在这里见。来人，送两位客人回房间，看好两位客人，不要让人惊扰了他们。"

丁繁高和婉婉被分别带到了两个房间。丁繁高自是不肯，婉婉却说她不会有事儿。婉婉被送回他们原来的房间，丁繁高则被带到了三层的豪华房里。他进了房间，就见刚才那长裙少女站在床前眼神怯懦地看着他。保安说道："丁先生，老板说你对这女人很感兴趣，所以就让她来伺候你休息。"说罢又对那少女说："好好伺候这位贵客，否则你知道下场。"那少女连忙点头，保安方才离去。

丁繁高心道："范十六你这家伙才对这少女感兴趣呢。不过只怕你对她感兴趣也是心有余而力不足。"现在他与这少女共处一室，若是被婉婉知道了，后果不堪设想。他好不容易才找到了一个喜欢的人，定是要娶婉婉为妻，与之携手共度余生，可不想节外生枝。

"我不需要你伺候，你可以走了。"丁繁高指着门说道。那少女却跪了下来，声泪俱下地说："求求您了，就让我伺候您吧，否则他们会杀了我的。"说罢哭得肝肠寸断,我见犹怜。都说眼泪是女人最好的武器,这少女的眼泪更是具有杀伤力。丁繁高天人交战了一番之后,直接坐到大床之上,笑着对那少女说道:"那就看你的表现了。"

少女有些愣神,想着这位客人转变得如此快,果然男人皆好色,刚才只怕是假正经。于是擦了一把眼泪就扑了上去,那动作十分娴熟。少女扭动着身体,一身媚骨,可见并不是个等闲之辈。美人在怀,丁繁高手却在裤兜里掏着什么。

那少女伸着脖子要去亲他,丁繁高看得分明,那少女的口齿之间有个什么东西,他别过脸。那少女够不到丁繁高的嘴,只得将手往丁繁高的衣服里伸,丁繁高抬腿就是一脚,直接将那少女踢倒在地,接着起身,将那少女的手扭到身后。那少女还要抵抗,却是咬也咬不着,挠也挠不到,还被丁繁高用个绣花针给插到了穴位里,直接晕死了过去。丁繁高这一招还是跟柏天行学的。

那少女晕倒后,丁繁高检查了这少女的嘴和指甲,里边居然都藏着剧毒。想来这少女正是范十六养出的毒后,据说这毒后是百里挑一。那范十六抓了上百个孩子,从小以毒喂之,体弱者自会暴毙而亡。不死者,长大后身上五毒俱全,被称为"毒后"。

毒后身上能藏上百种毒药,功效各不相同,能分分钟要了你的命。但听说这毒后的皮肤上就有剧毒,可丁繁高没有任何中毒的迹象,可见传闻也不全然可信。想必范十六是想用毒来控制他,逼他说出那黑色石头的秘密,却不想他见招拆招,根本没有上他的当。

范十六得知毒后并没有得手,就将丁繁高带回到豪华赌厅,此时桌前放着丁繁高之前的筹码。范十六坐在赌桌前,说道:"这一次,我们赌骰子。"说罢拿出八颗骰子，"这骰子可是人骨所制，明末清初，一赌徒嗜赌如命，生断了自己的一条好腿，并将腿骨做成了这八颗骰子，自此之后他逢赌必赢，只因这骰子上有他的精魂，所以他一呼百应。"

丁繁高却笑着说："范老活了一百多岁，居然还用这种哄骗三岁小孩子的说法骗人，不觉得害臊吗？你不过是刮了那黑色石头的粉末做成了手中的戒指，方才能控制这骰子。你这么公然出老千，还真是老太太靠墙喝粥——卑鄙无耻下流。"

范十六被当众揭穿，脸色自然很难看，他说："这里是我的地盘，所以这规矩就必须由我来定，就算你知道又怎样，我说了赌骰子，就只能赌骰子。今天我们就赌大小，三局两胜。"丁繁高将所有的筹码都推了出去，说："既然这里是你的地盘，那赌多少局又有何意义？不如只赌一局，一局定输赢，也省得浪费我的时间。"

范十六点头："痛快，那我们就赌一局，不过筹码还得加上若你输了便要亲手杀掉南宫勇如何？"丁繁高一拍桌子："你这是想借刀杀人？既然是赌，可不能如此耍诈。"范十六却说："非也，你要赢了，我将南宫勇和婉婉姑娘都还给你，并保证你们能顺利下船。这样你并不亏。"丁繁高知道说他不过，只说道："好好好，你的地盘你说了算，只希望你说到做到。"

"那是自然。"范十六答应得十分爽快。他将骰子一分为二，一人四颗，放到骰盅里。两人同时摇动骰盅，然后将骰盅放到了赌桌上。范十六做了一个请的手势，一副胸有成竹的样子，等着丁繁高先开。丁繁高便也不磨叽，打开骰盅，里边的点数是三四五六——十八点。范十六哈哈大笑，又说："看来丁先生并没有继承你那赌鬼老爹的本事，你趁现在好好想想，给南宫勇怎样一个死法吧。哈哈哈，你放心，你杀了南宫勇后，我自然会放了你和婉婉姑娘，到时候不用我动手，南宫家自然会追杀你们，就让你们做几天亡命鸳鸯又如何？哈哈哈，丁先生，你说我此计算不算是一举数得？"

丁繁高却冷笑道："范老怕是笑得太早了些，你的骰盅还未开，胜负未定，你怎知我必输无疑？依着我看，此局你必输无疑。"范十六却讥讽他道："哟呵，还真是不见棺材不落泪，不到黄河不死心啊。那今天你十六爷就让你死得心服口服。"说罢范十六打开骰盅，却见骰盅之中四个骰子皆是一点，共计四点。

范十六愣了足有十秒，方才缓过神来："姓丁的，你出老千！"丁繁高却笑了："我说范老，我何时出老千了？我整个人都在你的眼皮子底下，我要是出老千，就算你没看出来，我身后这几个保安也一定能看得出来啊。愿赌服输，你该不会想赖账吧？"范十六本有十足的把握，却不想事与愿违。他拍案而起，可又坐了回去，冷笑着说："也罢，既然如此，我愿赌服输。"说罢从身上拿出一个小盒子，扔给了丁繁高。

丁繁高接过盒子，打开一看，正是那黑色石头。这石头在他的手中数年，自然不会看错，只是不想范十六会如此轻易交出石头，实在令人费解。但范十六没有放过南宫勇，只说南宫勇杀了人，船长已经打电话报了警，需得上岸后查明情况才能放人。丁繁高不知道他葫芦里卖的什么药，但只要黑色石头在他的手里，就不怕范十六要花样。

之后，丁繁高被送回了房间，此时婉婉心急如焚，见丁繁高回来方才松了一口气。婉婉说刚才服务生送来了晚餐，让丁繁高吃些。吃完饭后见天色已晚，两人只得先睡下。两人和衣而眠，却也睡得不踏实。丁繁高听着外边的海浪声，想象着父亲当年漂洋过海时的心情，会否因为祖母的遗弃而心生怨恨，会否因为遭遇的种种劫难而怨天尤人。正在他思绪百转千回之时，就听窗外有窸窸窣窣的声音。

他打开窗帘，就见平静的海面上突然飞出一个黑影，那黑影如鬼魅般腾空，直直落到了丁繁高房间的窗户上。那影子青面獠牙，吸附在窗外，样子吓死人。丁繁高将窗帘拉上，但那鬼影直接出现在了他的面前。他惊呼一声，直直地倒在了床上。婉婉被声音惊醒，却也被那鬼影吓得晕死了过去。

等两人转醒，已经是第二天了。丁繁高动了动僵硬的脖子，忽然看见地板上有两个水脚印，他这才想起昨夜被黑色鬼影吓得晕死了过去。他叫醒婉婉，婉婉亦有些惊魂未定，她说道："丁繁高，我要下船，这船上有水鬼。"丁繁高也觉得昨夜那青面獠牙的黑影与水鬼十分相似，也赶快收拾了行李，只等着船快些靠岸。

范十六倒是说到做到，并没有再为难丁繁高，但人是铁饭是钢，一顿不吃饿得慌，昨天两人吃得极少，此时早已饥肠辘辘，于是两人来到了餐厅，准备吃个早饭。早饭十分丰盛，中餐、西餐皆有，菜品丰富，口味极佳。

餐厅的服务员十分热情，给丁繁高添了好几次粥。吃饱了饭，两人去甲板上看风景，一只海鸥落到了丁繁高的肩膀上，婉婉拿出干果喂它，那海鸥一直在两人的头上盘旋，最后落到机电房外。丁繁高和婉婉相视一笑，直接冲到了机电房内。机电房内几个保镖掏枪准备射杀两人，却被两人两三下夺了枪。婉婉一记旋风脚，只踢得一个人眼冒金星，鼻孔流血，顿时找不到东南西北。丁繁高一记重拳，也打得另外一个人眼花耳鸣，之后两人在机电房的暗室里找到了被五花大绑的南宫勇和钱学明。

原来昨天南宫勇和钱学明也进了豪华赌厅，进来后，钱学明借口上厕所，实则去探听情况。但出了房间很久没有回来，之后有服务生找南宫勇，说钱学明在另外一个房间等他，南宫勇便去了，可没等他推门而入，就听到里边有枪声。他掏出手枪，进门查看，就见陈起子浑身是血地倒在了窗前。这时门后闪出一个服务生，一屁股坐在地上扯着脖子就喊他杀人了。

但实际上陈起子是中毒死的。丁繁高想到了那毒后。他将那毒后弄晕后，就将她锁到了房间的衣柜里，可等他们再回去的时候，那毒后已经不见了，衣柜里只有他捆那毒后用的绳子。若那陈起子见色起意，与那毒后有了肌肤之亲，只怕会死得很惨。

救出南宫勇和钱学明后，几人便跑去餐厅与李原山、柏天行和洪师傅会合。此时餐厅里已经展开了激战，李原山将大马勺抡得虎虎生威，柏天行耍着菜刀，洪师傅则拿着他的太平乐，除此之外，几人还人手一把手枪。这两天可苦了他们三个，见天地窝在厨房里，就等着今天大干一场。

此时船上的保安一半被迷晕，一半被打得没有了还手之力。船长是个洋鬼子，也被拎了出来，逼问这船真正的主人到底是谁，那船长看着黑洞洞的枪口，只得说出实情。这船并非范十六的，而是一位妇人的资产，也不知那妇人是何来历，只知那妇人常与洋人做生意，总是带些外国人到船上玩。之后几人在船上找了半天，也没找到范十六，想必是开着快艇离开了。

原来李原山等人是扮成厨子上的船，因为乔装得好，并没有被发现。昨天洪师傅借着给婉婉送晚餐的时候跟婉婉联系上了，今天柏天行又借着给丁繁高盛粥的机会，与其商量好了对策。至于关南宫勇的地方，便是那海鸥告诉丁繁高的。

几人皆已安全，只那黑色石头再次被偷了。昨天那水鬼出没，今早丁繁高才发现，那黑色石头被调了包。南宫勇说："那并非水鬼，而是名为'一帆正'的水上强盗。这'一帆正'是一男一女，两人从小就在海边以捞海鲜为生，水性十分好。据说两人能在水里憋气半个小时，最擅长的就是在船上行窃。"

说起来这"一帆正"的师父更为有名，他本名姓甚名谁不知道，只知他人送绰号"正一帆"。风正一帆悬的正一帆，也有说是"挣一番"的。这正一帆老些年在黄河上捞尸的没有一个不知道的。据说他捞尸有几个规矩，阴天黑天不捞；穿红衣的不捞；钱不到位的不捞；活着的不捞。有人就问活着的不捞是什么意思？意思就是如果有人落水，或是自尽，即便他就站在边上，也一概不捞。有人就说，那不是见死不救吗？对，就是见死不救了，他那破船除了他是喘气的，其他的都是尸体。

正一帆捞尸的本事是祖传的，他能根据落水者的体重、落水的位置、落水的时间，以及近期的气候，判断出那尸体会在哪儿漂着。基本上十拿九稳。这不捞活人的规矩也是早就立下的，据说是因为捞尸人不能跟河神抢人，否则被淹死的就是自己。

而正一帆定价也不是乱定的，有的尸体落水时间久了，被泡得肿胀，用绳子一套，那绳子就得嵌在肉里，等他把人弄上船，那尸体也就皮肉分离了。这既是对苦主的不敬，也对不起主家的赏银。像这样的尸体，要保持完好，自然要多费些力气。再则就是若那尸体漂在漩涡处，赏银自是也要翻倍。

那时有一个军阀，家中有一小女，年方二八，出落得亭亭玉立，却被仇家寻仇，被作践了之后扔到了黄河之中。军阀便找人去捞女儿的尸体，捞了半个月也没捞上来。于是有人说正一帆是捞尸行的行家里手，于是便找来正一帆。

这正一帆平时捞尸先是寻问主家苦主的情况，然后定价，这价是一口价，他要多少，主家就得出多少，否则这尸他肯定不捞。但这军阀来找，几十杆的枪齐刷刷地对着他的脑袋，他自是不敢反抗，摇着小船就下了河。

第二十章　舍得方有逍遥身

这一天正一帆的四个规矩坏了三个，一没给赏银，二是阴天，三是那小姐死的时候，正好就穿着红色的衣裳。这正一帆自知这尸不好捞，口含黄酒，打起了十二分的精神。可他刚出岸就听天雷滚滚，河水如蛟龙入水般上下翻腾。

那正一帆便央求军阀，能否等天好了再下河捞尸，那军阀却说，他闺女死得惨，才使得天怒人怨，若今天不将尸体捞上来，只怕那黄河水要泛滥。正一帆一听立马明了，今天这尸要是捞不上来，他连小命都不保了，于是只能硬着头皮上了。

船行到河中央，就见河中起了一个漩涡，若是一般的船，只怕连人带船立马被卷入河底，可正一帆一手撑船，一手将套尸绳挂在了船头，那套尸的绳也传三代了，往船头这么一挂，就见原本摇摇晃晃的船又稳了下来，成功地避开了漩涡，之后，小船很快就来到了下河口。

按照正一帆的推断，这小姐的尸身应在这下河口，可此时风大浪高，却是不见那小姐的尸体漂在水中。正一帆心中暗道不好，那小姐只怕被扔下来的时候还一息尚存，又是穿着红衣，被河神收了房，此时他来捞尸，只怕要搭上他的小命。

这横竖都是死，不如放手一搏，他只道："河神你妻妾众多，多那小姐一个不多，少她一个不少。等他日我定找人扎个红衣小人扔到河里，再扔一只活鸡下来给河神您老人家下酒，总之您老人家高抬贵手，放那小姐的尸身上来，我定好好地祭拜您。"

正一帆见河神没有回应，又说："河神您老人家也不要怪我，都是主家布袋里装菱角——出嘴不出身。主家有权有势又有枪，我也不能不识时务啊！"

也不知那河神是觉得正一帆没有孝敬他老人家，还是觉得正一帆话太多，只见水中又起了一个漩涡。正一帆撑船躲避那漩涡，却见那漩涡之中有片红色衣角。原来那小姐的尸身一直在此，只是这里有个水下漩涡，所以才没有漂出水面，难怪别人都捞不到。若不是今天那漩涡露出水面，只怕他也看不见。

可这尸身虽在，却不好捞。就在这时，一个惊雷，他的船无故起了火。正一帆心道："是福不是祸。"这船已起火，是要断了他的后路，横竖一死，于是带着套尸绳跳入水中，很快他便被卷入了漩涡中。

"正一帆"在水中盘旋，呛了好几口水，眼见着就要沉入水中，就见水中一红衣少女翩翩起舞，不是别人，正是那苦主小姐。那小姐虽入水多日，但近日雨多，天气寒凉，那小姐的尸身却是完好的。那小姐在水中转着圈，身体轻盈得如同水中的鱼儿，却有血泪从眼角溢出。

正一帆心道："小姐你虽长得不错，却命苦，死得如此冤枉，而且还连累了我。"于是他在水中也哭了起来。这时那小姐却睁开了眼睛，对正一帆说道："船家你有本事，能否替我杀掉害我的人？你若应下我，我便随你上岸。"正一帆一听，立马回道："小姐死得冤枉，我自然要替你伸冤。"接着正一帆便人事不知了。

待到翌日，有人发现正一帆躺在岸上，身边的套尸绳捆着那红衣小姐。正一帆被救醒后，自然是得了主家不少的赏钱，但此后他便时常梦到那小姐问他为何没有替她伸冤，而且那日若不是那小姐冤魂不甘，推他上了岸，只怕他也成了水鬼。可那害死了小姐的仇家也是个大军阀，就连小姐的父亲都拿那人没辙，若有一分的胜算，那小姐的父亲也不会不替爱女报仇。

眼见着正一帆被梦魇折磨得形销骨立，若再不动手，只怕会被梦魇折磨而死。他只能痛下决心，找上那小姐的父亲，定下一计，要来手枪一把。他又苦等了一个月，直到一日那仇家坐船于河中，他在水中憋气游到船前，再用那套尸绳挂住船上桅杆，从水中一跃而起，将那仇家一枪毙命，船上的人见军长被刺杀，便向水中放冷枪。那正一帆虽受了重伤，却活着上了岸。之后正一帆就成了被通缉的要犯，却正好干起了水下偷盗的营生。

多年后，正一帆年老需要帮手，就收了一男一女两个徒弟，起名"一帆正"，也有说"一番挣"的，总之两人也成了海下盗匪，倒是小有名气。不过新中国成立后两人便销声匿迹了。

这正一帆的事亦是口口相传，但其中也是漏洞百出。比如那小姐在水中怎么开口说话，那正一帆又是如何在水中作答，但江湖中人的事皆是老百姓茶余饭后的消遣，传来传去各种版本皆有。而如今是好时代，却不想那范十六又让"一帆正"重出江湖。

现在看来，范十六将黑色石头还给丁繁高是另有目的。他还石为假，实则掩人耳目，先将石头完璧归赵，再让"一帆正"将石头偷走，这样江湖上的人皆知那黑石头在丁繁高的手里，他自然就成了众矢之的。而范十六可带着那黑石头，继续寻找传说中的蚩尤神卷。还真是机关算尽，好一招李代桃僵，迷惑人心的妙计。

这两天丁繁高忙着跟范十六赌，洪师傅三人却亲眼见着，那些保安将还不上赌账的人扔到了海里喂鲨鱼。这老哥仨一合计，这赌船和那范十六的毒窟一样，都是万恶之源，必须毁掉。于是三人逼着船长将船开回到了近海，又命船长放下救生艇，称船发生了故障，让所有客人离开。

客人们大多吃了被下了药的早餐，也都晕死了过去。还没清醒，就被人送上了救生艇，等人都走远了，李原山毁了船上的设备，洪师傅和柏天行一把火把船给点了。接着几个人坐着最后一个救生艇向岸上驶去。至于船长和船上的保安，他们的手上多少都染着人血，而当地的政府早已被他们买通，对其罪行熟视无睹，此时报警也是无法，就让他们跳海求生吧，生死由命，只看造化如何。

老哥仨早就摸清保安的底细，谁在船上工作的时间长，谁心狠手辣，谁是帮凶。几十号人，无一清白，于是他们吃的饭里，都被柏天行下了料，保证他们即便没喂鲨鱼，回去后也成个废人。他们出来混江湖的，好勇斗狠，自是有不少的仇家，若是废了，自然日子不好过，准保活受罪，这是天不报人报。

第二天，在一个东南亚无名小岛之上，两个黑影从水中一跃而出，两人青面獠牙，看着十分吓人。不过两人并非会飞天遁海，而是手上有一钢丝，两人正是凭借那钢丝才脱水而出。他们脸上戴着的则是鱼皮面具，此时两人将面具摘下，是五十多岁的一男一女，长得黑瘦。

两人将一个盒子交给了岛上的女人，那女人接过盒子，却反手两刀，将两人杀死。那"一帆正"老夫妻俩在海上纵横多年，却不想死在了老东家的手里。范十六看着地上的两具尸体，不由得叹了口气，掏出手枪对着女人就扣动了扳机。那女人却一刀飞了过去，直中范十六的命门。范十六瞪大了双眼，不承想自己竟然会死在无名岛上。

　　女人拿着盒子狂笑了起来："你居然要独吞这神珠。幸亏我一直防着你，才正好借你之手，掩人耳目，得了这神珠。"就在这时，一群海鸥飞了过来，啄得那女人叫苦连连。她赶忙捡起范十六的枪对着天空开了数枪。她非但没有打中海鸥，还被海鸥抢走了手中的盒子。女人去追那海鸥，却见那海鸥将盒子放到了南宫勇的手里。

　　"不承想你这个女人还活着，不过你下手也够黑的，连自己的老姘头都不放过。"南宫勇说道。原来这女人不是别人，正是"活寡妇"。"活寡妇"脸色一变，用枪指着南宫勇说道："把盒子还给我，否则我杀了你。"南宫勇却回道："你和那群洋鬼子合作了这么多年，他们甚至还帮你买下了船让你经营，结果你却想独吞那黑色石头，就不怕那群洋鬼子知道了，跟你玩命。"

　　"活寡妇"冷冷一笑："所以你们一个都别想活着离开。"说罢她就要开枪，枪却被飞来的大马勺打飞了出去。一群人从树林里冲了出来，丁繁高手里也拿着一把枪，对"活寡妇"说道："我想世上之人只知毒王范十六，却不知范十六是个女人，而侃溜爷不过是你的棋子、你的工具、你放在人前的一个幌子。"

　　"活寡妇"心里一惊，不想自己隐藏得如此之深，却还是被人识破了。"你是怎么知道的？"丁繁高回道："是南宫兄最先怀疑你的，因为你身上有一股子异香，那是冷毒丸的味道。你为了保持年轻的容貌，在脸上用了不少的毒，而且你还吃了不少那黑色石头的粉末。之前在船上，你伪装成服务生想要靠近我时，我一下子就闻到了你身上的味道，所以才会当众给你难堪。其实在北邙山上的毒窟里，我就发现侃溜爷要看你的眼色，而你总能用只言片语，轻而易举地掌控全局。想着范十六也是唱戏的出身，又学过古彩戏法，就觉得范十六本应是个女人，而你才是真正的范十六。

"再有便是你常用那神珠续命，不想在九星连珠之时，意外激发了神珠的能量，使得神珠与什么物质发生了反应，变成了黑色的石头。其实这也是那陨石能量降低的表现，你却以为神珠已毁，你必须受于反噬。

"而那时候，那些觊觎我中华瑰宝的洋鬼子们也想要得到那神珠，可那神珠一直在你的手里，还被你亲手毁了。你怕事情败露，那些洋鬼子不会放过你。再则那些洋鬼子一天得不到神珠，就得继续跟你合作，你就可以利用他们做很多的事儿。于是你给了我父亲一笔钱，想让他毁掉黑色石头。但后来，你知道了蚩尤神卷的秘密，方才写信给我，让我拍下那黑色石头，并将石头带回国。

"你本以为我父亲会把黑色石头的秘密告诉我，所以你才一直没有杀我。其实你不知道，你刮下那黑石头的粉末时被我父亲看到，他毕竟是读过书的人，自然觉得那神珠有问题。你以为从那神珠上刮下的粉末是神药，能延年益寿，让人返老还童，其实不然。这神珠本是一个天外陨石，落入地球后，碰巧遇到了火山爆发，形成了类似于化石的特殊晶体，故而叫'蛊皿珠生'。后人发现，那陨石的粉末有神奇的效果，便刮下来做成配饰，即可控制一些东西。最初的古彩刘也是利用这东西做成了点翠簪子，用灯影来制造幻术。

"这陨石有轻微的放射性，能够影响人的脑部活跃程度，制造不一样的基因和思维模式。所以你虽保持了年轻的容颜，身体却垮掉了。你现在只能靠炼毒来维持生命，想必活得十分痛苦吧？难怪你会给自己取名'活寡妇'。

"所以你才想要独吞这黑色石头，继而找到蚩尤神卷，最后练那长生不老之功。我劝你不要痴心妄想了，这天下不可能有长生不老之功，那些不过是古人一种被神化了的说法。"

"不，那是你无知，这世上就有长生不老之功。若木就活了五百岁。""活寡妇"，不，应该是范十六说道。丁繁高却摇了摇头，很不客气地回道："你错了，若木不是一个人，而是一种文明。所有若木国的国王都叫若木，这也是一种精神和信仰，更是一种传承。所以你虽然是若木国的后裔，却没有什么长寿基因，你们都是普普通通的人，根本不会长生不老。你还是快些醒醒吧！"

"不，你说得不对！"范十六依旧不肯相信。这时柏天行说："你为一己私利，假装灯影成妖，杀了我的师祖和林家几十口人，你早就该下地狱了，你摸摸你的脸，都如老树皮一般，吓死个人。"柏天行在那海鸥的身上加了点料，会化解范十六皮肤上的毒性，那皮肤离开了毒，很快就开始衰老。

范十六摸着自己的脸，吓得惊叫一声，冲到海边，一见海中自己的倒影，脸上干枯皲裂，确像老树皮一样，非常吓人。她一口老血喷了出来，直直地倒了下去。不多时口吐白沫，抽搐了两下就死了。想她活了这么久，最后却是被自己活活吓死的，还真是可笑。

几人带着黑色石头，坐着快艇往回开，可上了岸，就被一群人拦住了去路。那些人二话不说，冲上去就下死手，而且个个都带着手枪。几人反应不及，洪师傅和柏天行都受了伤。李原山见两个好兄弟受了伤，拎起大马勺就要跟对方拼命，他那大马勺可是特制的，可以挡子弹。但此时敌众我寡，形势不容乐观。

眼见着几人就要吃亏，就见一人飞奔而来，她一身红色长裙，手持一盏走马灯。那灯影微动，如同千军万马，唬得人一愣，那女人轻轻一跃，踩着那些人的肩膀就落到了丁繁高的面前。丁繁高暗道："好厉害的轻功。"这女人身形眼熟，这不正是那日岸上集市中那女人吗？

那女人扔出一颗粉珠，那粉珠在地上炸裂，就见白烟四起，那女人喊道："快跟我走。"柏天行也道："快跑快跑。"几人也知这女人是他们的救兵，于是便跟着女人跑去。

那女人跑得很快。婉婉竟然喊她师父。原来那女人正是这一代的古彩刘。虽在逃命，可丁繁高也看得分明，这人正是柏夫人。难怪看着如此眼熟。所以说柏夫人和李原山也应该是若木国的后裔。原来几人是这样一个关系，还真是让人意想不到。

几人跑到了码头上，却被白裙少女拦住了去路。"你们往哪里跑，还不快快交出神珠，否则我定不会放过你们。"居然是那跑掉的毒后。

想来那毒后早已不喜被范十六控制，此时见范十六已死，自然想要独吞神珠。双方实力悬殊，可毒后善用毒，一把毒粉扔了出来，本以为会毒倒众人，却见众人并无反应。还没等毒后反应过来，几人已经围攻了上来。

毒后虽然也有些功夫，却不是众人的对手，最后一招，便是要咬破口中毒囊，将剧毒啐到敌人的身上，那毒是五毒之首，可让人在一瞬间毙命。她用力一咬，却不想立马口吐鲜血倒地而亡。原来丁繁高那日就换了毒后口中的毒囊，若她不再害人，那毒囊自是无用，若她再想用毒害人，必自食恶果。

其实那毒也是婉婉在与他分开时给他的，不过是利用五行相克的原理研制的毒药。若正常人吃了，最多是拉拉毒火，可毒后身上五毒俱全，却是会立即毙命。

毒后已死，几人继续躲避追杀。那追杀他们的应是与范十六合作的洋鬼子的手下。被毒后耽误了点儿时间，此时后边追兵已至，就听身边枪声响起，几人只怕又是一场恶战。一群海鸥盘旋在追来之人的头上，与之周旋，却阻挡不了手枪的子弹。就在危急关头，只见一辆大卡车急驰而来。车上探出一个脑袋，戴着鸭舌帽，却是看不清面孔，只听声音浑厚，他道："快上来。"几人跳上卡车，那卡车直奔闹市区而去。

到了闹市区，那卡车停下，丁繁高含泪跳下车，直奔驾驶室而去。就见那司机蹒跚下了车，却已是老泪纵横。丁繁高扑了上去，与那人紧紧拥抱。他哽咽地说："父亲，你这些年来可好？"虽然那人只说了一句话，可丁繁高怎会忘记父亲的声音。丁卯已然泣不成声，父子多年未见，自是真情流露。

南宫勇忙说："丁兄，此地不宜久留，我们还是先回国再说。"几人再次上了卡车，一路直奔飞机场。几人辗转回国，一路上丁繁高算是把所有的事情捋清了。

当年丁卯以为自己被母亲遗弃，万念俱灰，拿了范十六的钱，准备在海上销毁那黑石头。可那时的船上皆有赌场，他赌个昏天黑地，本想着若赌输了所有的钱，便带着黑石头一起跳海，却不想遇到了丁繁高的母亲。丁母的温柔让丁卯有了重生的勇气，也鬼使神差地没有将那黑色石头毁于海中。并在与丁母去非洲办事的时候，意外地发现了那黑色石头外边先是一层氧化物，里边还包裹着一层岩浆外壳。他大胆地将黑色石头的外壳刮掉，只见里边是黑晶珠石，方才知道，这黑色石头本是天外陨石，被岩浆包裹住，如同穿着黑色外衣。

那陨石可以影响人的大脑，虽可以让人五感提升，却透支了人的身体，使人视力下降。而那陨石外的岩浆因受陨石的影响也如陨石般，可以影响人的大脑。丁卯觉得这东西有些奇异，便带着陨石回了国，找到了南宫勇的父亲，并从他的嘴里得知了蚩尤神卷的秘密。这时范十六和她背后的洋鬼子正四处寻找丁卯，丁卯只得带着陨石再次漂洋过海。为保护陨石，他又将那陨石外包裹了一层岩浆，变成了现在的样子后，又将黑色石头送给了一个贵族。

丁卯和丁母在国外过了好一段的幸福生活，直到范十六的人找上了门。为保全妻儿，丁卯不得不离开家，并再也不与家里人联系。这些年他虽不敢回家，却一直在关注着丁繁高的成长。直到范十六写了匿名信，让丁繁高拍下那石头。丁卯心急如焚，却不敢现身，只得在暗处帮助丁繁高。

于是在适当的时间，他将那螺珠胸针和油画送到丁繁高的身边。那油画一直在他身边，而那胸针，是他得知洪师傅在四处寻那胸针之后，特意从黑市找来的。而且他多年前，曾在滑雪场救过钱学明一命，此时他便拜托钱学明帮他照顾丁繁高。老中医的出现是个巧合，丁卯正好让老中医引丁繁高去了"水心斋"。

一切有机缘巧合，也有阴谋算计，更有丁卯的精心安排。可事情总有变化，中间虽多少有些超出丁卯的掌控，最后结果却很顺人心。

再则就是南宫勇，南宫勇才是整件事情的关键。其实柏天行、李原山，包括古彩刘以及婉婉皆是南宫家的人，他们一同追随"水心斋"，就是为了保护蚩尤神卷不落到洋鬼子的手里。而他早知范十六的阴谋诡计，并让李原山和婉婉在他饮食中加上一些固本培元以及抗毒的药粉，正是这些东西，让丁繁高能更快脱离神珠的影响。

范十六让侃溜爷在京城散布了不少的消息，那柏夫人就利用她在京城的人脉，将古彩刘的故事传了出去，为的就是引丁繁高去查。柏夫人在暗地里没少帮丁繁高的忙，范十六的人在京城几次要对丁繁高下手，柏夫人则与柏天行，一明一暗，保护了丁繁高。那日在小院中画着花脸使长枪的正是柏夫人，也是她让婉婉伪装成木头保护丁繁高的，却不想促成了一段好姻缘，还真是千里姻缘一线牵。

可即便如此，那范十六和她背后的洋鬼子的势力依旧很大。所以在洛阳的时候，范十六再次对南宫勇动手。此时南宫勇想着与其一路躲避，不如深入敌营，正所谓不入虎穴，焉得虎子。于是才被董辉抓到了北邙山上。那一次也是真悬，南宫勇差一点儿丢掉半条命。好在洪师傅和李原山、柏天行三人甩掉了那伙老千，方才赶到了北邙山将人救出。

这一路上，丁繁高有惊有险，却总能化险为夷。虽有他的决断，也有所有人的帮忙。丁繁高对几位老前辈心怀感激，更是开心自己结识了南宫勇和钱学明两个好兄弟。不过他最大的收获是找到了心爱的人。而与父亲的团聚，则是他意想不到的惊喜。

回北京后，丁繁高在父亲丁卯和婉婉的陪同下，将若木神珠交给了南宫勇。"我丁家父子与这神珠有奇缘，但这东西既是神来之物，又是催命的毒。我与繁高商量好了，愿将这东西交与南宫店主保管。"丁卯说道。

南宫勇笑着问丁繁高："丁兄，你可舍得？"

丁繁高长叹了一口气，回道："其实这东西不过是块陨石，却能激发人内心里的欲望。我得了它，且受了它带来的虚幻之乐，这感觉不过是欲望的满足。人不应被欲望支配，所以我将它交给南宫兄，希望南宫兄能妥善地保管它，最好不要让它再出现在世人面前。"

"丁兄能看破一切，也算是有大造化，想来我这店里的点翠簪子，此时与你已有大缘分，今天我就将它送与你，也算是给那簪子一个好的归宿。"南宫勇将一个锦盒交到了丁繁高的手里，里边装着的正是丁繁高第一次来时相中的那个簪子。原来一切皆是缘……

休息了几天后，丁繁高和丁卯回了趟英国，一来处理那边的事务，二来离家多日自是要跟姨夫、姨母报个平安，再则丁母的忌日将近，两人也要回去祭拜。其实当年丁母去世的时候，丁卯在夜里曾见过其最后一面，所以丁母是含笑而去，她知道丁卯一直就在她的身边，所以她一直活得很快乐。丁母死后，丁卯每年也都会去祭拜她，只是这一切丁繁高并不知道。

待一切办好之后，丁繁高带着几行李箱的书又回了国。这次他在婉婉家附近买了一个四合院，准备等丁卯去洛阳与洪师傅叙了旧之后就常住于此了。

丁繁高与婉婉小别胜新婚，两人自是蜜里调油。婉婉问丁繁高，那日在赌场中为何能赢了侃溜爷。原来她也以为是侃溜爷故意放水，是想让丁繁高带走神珠，可一想，恐怕不是。丁繁高从兜里掏出了一块强力磁石，其实这便是他的制胜法宝。

他们到了东南亚后，他便觉得事情有些蹊跷，这些天他们疲于奔波，只怕会忽略了什么。于是他打电话去大使馆，正巧这里的大使曾拜托他拍过一些古董。他本是想留个后手，却不想那大使称詹姆斯正在找他。詹姆斯正是当初他找来给神珠检验年份的专家，于是他又打给了詹姆斯，詹姆斯告诉丁繁高他最新的研究结果。那黑色石头很可能是天外陨石，且他打听到，有人曾经见过一名亚裔男子带着一块相似的石头去了火山。詹姆斯推断，这陨石可以影响人的大脑，而它的克星其实就是磁石。陨石有磁场，只要用磁力更强的磁石便可以干扰其磁场。

婉婉连连称奇，原来这世上之物还真是一物降一物。

丁繁高再次去"水心斋"的时候，又在门外看到了那只黑猫，可那黑猫再次在他的眼前消失了。丁繁高记得，之前他曾多次见过这黑猫，想来一定与南宫勇有关。婉婉告诉丁繁高，那是南宫家的灵猫，也世代保护着"水心斋"。

之前在北邙山上时，范十六便说了《驭兽经》。所以北邙山上的獒犬还有东南亚时的海鸥，皆是受了那《驭兽经》的驱使。但毕竟南宫家有许多不为人知的秘密，丁繁高不便多问，只觉这"水心斋"和南宫家皆是神秘的存在。

后来丁繁高又问父亲："当初范十六心仪的是不是祖父？若说范十六喜欢的是祖母，那一切就说不通了，且范十六本就是女人，所以她当时喜欢的一定是祖父。于是她害死了祖母之后，又放了祖父。祖父因爱人是被自己间接害死，才会郁结于心，不肯将实情告诉给父亲。所以范十六虽然多次加害父亲和他，却没有直接杀了他们，因为他们父子两个身上都流着祖父的血。丁家几代的漂泊，皆因那毒妇而起。"

丁卯长吁短叹，道："我在认识你母亲后才想到了这一点，只怪我当年太过执着。好在我迷途知返，又发现了那神珠不过是天外陨石。之后我用火山灰再次将其包裹，方才让那神珠敛其光芒，我也才放心让它再次回到你的身边。只是范十六与洋人勾结，我怕连累你们母子方才离家，结果却苦了你和母亲。也怪我年轻时不学无术，若我早些认识南宫家的人，也许我与你母亲也能有个圆满的结局。而你也不必活得如此沉重，我愧对你们母子。"说罢老泪纵横。

丁繁高却坦然一笑，他原本是有心结，可经历了一番磨难，总觉得一切皆是最好的安排。若他不来寻根，又怎能结识这么多的好朋友，还认识了林婉婉？说来他还要感谢父亲。

事情至此还未结束，待丁卯回到北京，自是要去刘家大宅拜会一下婉婉的师父。他意外发现当年婉婉的母亲为躲避范十六乔装成乞丐，却差一点儿被巡警打死，正好被丁卯所救。之后丁卯给了婉婉母亲一块银元。婉婉母亲准备回京，却遇到了范十六，恰好丁卯也要上京，就将她送回了京城。当时婉婉的母亲还是男儿装扮，称自己日后会找丁卯报恩，若自己报不了此恩，将来自己的子女也定会知恩图报。

丁繁高暗笑，只道原来婉婉的出生就是为了报恩来的，而且他们还有着娃娃亲。倒是缘来缘去，一切皆是命数。